LEYRE
HISTORIA, ARTE Y VIDA MONÁSTICA

P A N O R A M A

3

BILDUMA/COLECCIÓN: PANORAMA 3

Izenburua/Título: Leyre. Historia, arte y vida monástica

Egilea/Autor: © Fray Ramón Molina Piñedo, O. S. B.

Argazkiak/Fotografías: © José Luis Larrión

Argitaratzailea/Edita:

© Nafarroako Gobernua/Gobierno de Navarra
  Kultura, Kirol eta Gazteria Departamentua/
  Departamento de Cultura, Deporte y Juventud

  Vianako Printzea Erakundea-Kultura Zuzendaritza Nagusia/
  Dirección General de Cultura-Institución Príncipe de Viana

  1. argitaraldia/1.ª edición: 1983.
  1. berrinprimatzea/1.ª reimpresión: 1985.
  2. berrinprimatzea/2.ª reimpresión: 1988.
  2. argit., zuzendua eta osatua/2.ª ed. corregida y aumentada: 2018.

Azaleko argazkia/Fotografía de la cubierta:
Vista parcial de la cripta del monasterio.

Bildumaren diseinua/Diseño de la serie: Mariano Sinués

Maketazioa/Maquetación: Barasoain Comunicación

Inprimaketa/Impresión: Gráficas Ulzama S. L.

ISBN: 978-84-235-3500-2
LG/DL: NA 2843-2018

Sustapena eta banaketa/Promoción y distribución:
Nafarroako Gobernuaren Argitalpen Funtsa
Fondo de Publicaciones del Gobierno de Navarra
C/Navas de Tolosa, 21
31002 Iruña/Pamplona
Tel.: 848 427 121
fondo.publicaciones@navarra.es
https://publicaciones.navarra.es

Leyre
Historia, arte y vida monástica

Fray Ramón Molina Piñedo O. S. B.

Segunda edición corregida y aumentada

P A N O R A M A

3

Nafarroako Gobernua | Gobierno de Navarra
Kultura, Kirol eta | Departamento de Cultura,
Gazteria Departamentua | Deporte y Juventud

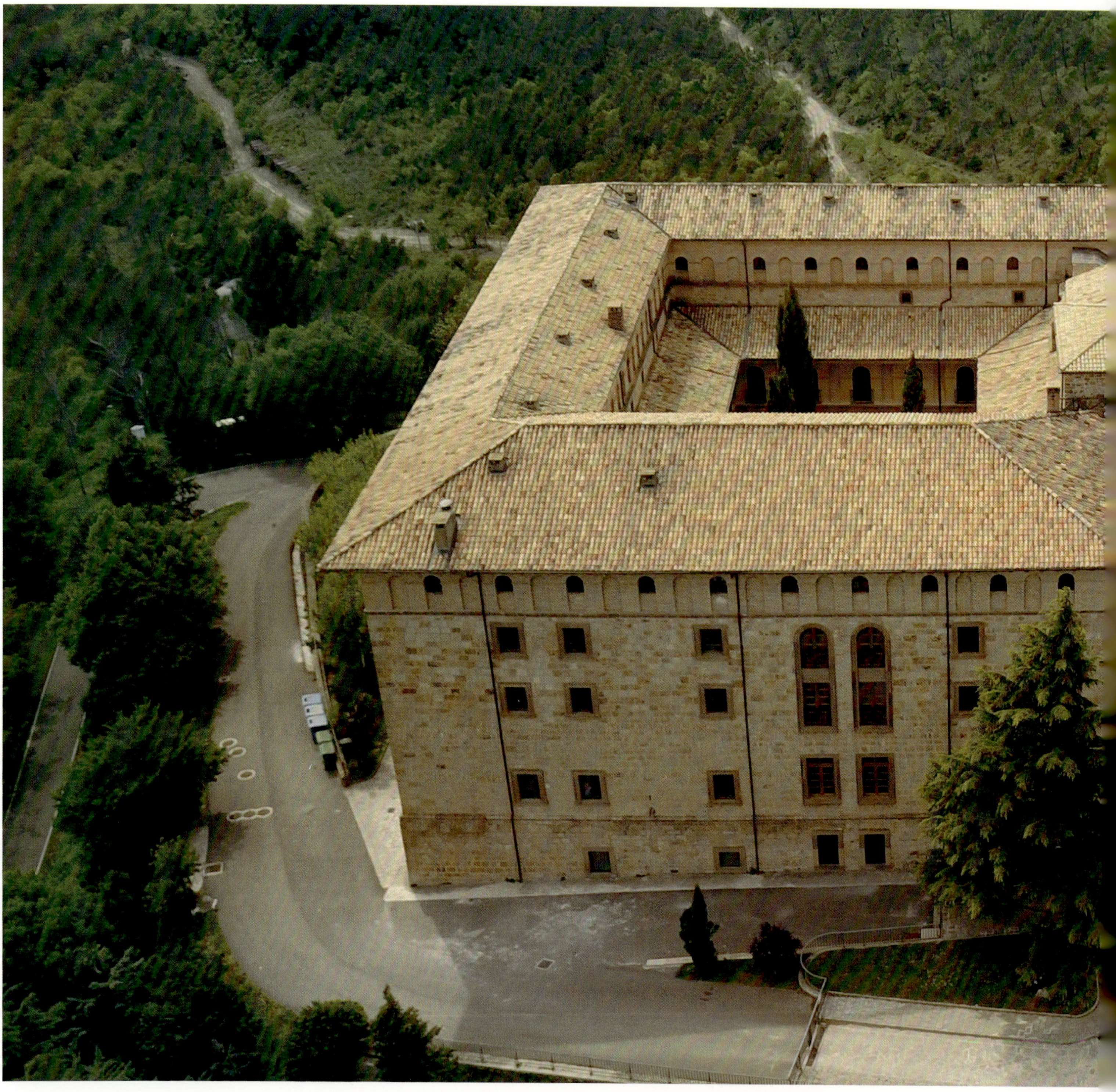

Vista en altura del monasterio de Leyre, que muestra su estructura. En primer plano, la fachada de la plaza de los Ábsides.

ÍNDICE

- **08 INTRODUCCIÓN**

- **10 MARCO GEOGRÁFICO**

- **12 HISTORIA**

  - **14 PRIMERAS REFERENCIAS (SIGLO IX)**
    - 14 El viaje de san Eulogio y las construcciones más antiguas
    - 17 Las santas Nunilo y Alodia y las primeras donaciones
    - 17 El monasterio femenino de San Cristóbal de Leyre

  - **18 SIGLO X**
    - 18 El rey Fortún Garcés, monje de Leyre
    - 19 San Virila y los abades del siglo X
    - 20 ¿Corte y obispado?
    - 21 Un monasterio propio de la familia real
    - 22 Cultura de Leyre
    - 23 Paso de Almanzor

  - **24 DE 1024 A 1083**
    - 24 Sancho III el Mayor, gran mecenas de Leyre
    - 25 Leyre y la restauración de la Iglesia de Pamplona
    - 26 Los obispos-abades y la comunidad
    - 27 Se introduce la reforma cluniacense
    - 29 El Ordo de Leyre y sus *Consuetudines*
    - 29 Incremento del dominio monástico
    - 31 Hospitalidad en el Camino de Santiago
    - 31 Cultura de Leyre
    - 32 Primera consagración de la iglesia (1057)
    - 32 Segunda consagración de la iglesia (1098)

  - **34 DE 1083 A 1134**
    - 34 Cambios institucionales en Leyre
    - 34 Fin del sistema de los obispos-abades. Bajo la jurisdicción del obispo diocesano
    - 35 ¿Nuevos estatutos para el Ordo de Leyre?
    - 35 La Virgen añadida al titular del monasterio y de la iglesia
    - 36 Los abades y la comunidad de monjes
    - 37 Culminación patrimonial entre 1083 y 1134
    - 38 Señorío monástico de Leyre
    - 41 Memorándum del abad Raimundo
    - 42 Cultura de Leyre en el siglo XII

  - **44 DECLIVE (1134-1300)**
    - 44 Entre Navarra y Aragón a partir de 1134
    - 45 Pleito por la exención episcopal
    - 45 Victoria temporal de Leyre (1168-1178)
    - 46 Victoria relativa del obispo de Pamplona (1185-1198)
    - 47 En la Provincia Benedictina Tarraconense-Cesaraugustana
    - 48 Crisis al finalizar el siglo XII y principiar el siglo XIII
    - 49 Luchas entre monjes negros y monjes blancos
    - 51 Un robo con ocupación del monasterio

  - **52 SIGLOS XIV Y XV**
    - 53 Los titulares del monasterio
    - 53 Los abades
    - 53 Los monjes, la observancia regular y la cultura
    - 54 A la sombra de los reyes de Navarra
    - 56 La hacienda entre 1236 y 1562
    - 57 Marchan las monjas del monasterio de San Cristóbal

59	DE 1500 A 1636	92	**ARTE**
59	Leyre y la anexión de Navarra a Castilla	95	CONJUNTO EXTERIOR DEL MONASTERIO
60	En la Congregación Cisterciense de Aragón y Navarra	96	LOS ÁBSIDES
61	Los abades		
63	Los monjes y la observancia regular	99	LA CRIPTA
64	Nuevas construcciones		
64	La bóveda tardogótica de la iglesia	105	EL MONASTERIO PRIMITIVO
65	El monasterio nuevo	108	LA CABECERA ROMÁNICA
66	Nuevo panteón para los reyes de Navarra	115	LA GRAN AMPLIACIÓN
68	EL IMPULSO DE LA NUEVA CONGREGACIÓN (1636-1800)	115	La obra del segundo románico
		118	El abovedamiento tardogótico
68	La observancia regular		
68	Los abades temporales	121	MOBILIARIO, IMAGINERÍA Y PANTEÓN REAL
70	Los monjes		
70	Frutos de cultura y santidad	122	LA PORTA SPECIOSA
73	Administración del patrimonio		
74	Cinco eventos curiosos	128	EL MONASTERIO NUEVO
76	SIGLO XIX	132	**LOS MONJES BENEDICTINOS**
76	La guerra de la Independencia y sus repercusiones	136	**BIBLIOGRAFÍA**
77	Desamortizaciones y exclaustraciones		
77	José Bonaparte y los regulares		
77	Nuevo exilio		
79	Éxodo sin retorno		
80	Venta del patrimonio monástico y ruina del monasterio		
82	RESTAURACIÓN		
82	Primeras medidas para salvar el conjunto monumental		
83	Don Hermenegildo Oyaga y Rebolé. Primera restauración		
87	Real Decreto del 18 de julio de 1888. Segunda restauración		
88	Traslado definitivo de los restos de los reyes		
89	Restauración definitiva del monasterio y de la vida monástica		

INTRODUCCIÓN

Vista del monasterio de Leyre enmarcado en plena naturaleza.

Los monasterios de la vieja Europa continúan atrayendo la atención de los hombres y mujeres de nuestro tiempo, por muchos motivos.

Fundaciones y panteones de reyes y de poderosas familias nobles suelen tener proporciones grandiosas, encierran tesoros artísticos y guardan preciosos recuerdos históricos. Unos se levantan en maravillosos parajes. Otros nos causan admiración con inolvidables monumentos del arte románico, del estilo de transición, del ojival más puro, del gótico tardío, del renacimiento y aun del barroco. Y en todos ellos se respira la indefinible fragancia, mixta de religión, historia, cultura, silencio y paz, que parece propia de estos recintos sagrados.

Construidos para fines religiosos, en tiempos de transformaciones profundas, los monasterios presidieron el nacimiento de la cristiandad medieval. Hogares de vida cristiana, a la par que influyentes núcleos de civilización y cultura, en ellos está cristalizada una parte importante de la historia, la cultura, el arte y la religión misionera y civilizadora. Allí se inculcaron la primacía de los valores del espíritu, el reencuentro del hombre consigo mismo, la fraternidad universal, la dignificación del trabajo, el amor hacia el estudio y el saber de la antigüedad, la disciplina, el orden y la paz. Las obras más sólidas del progreso social y espiritual de la Edad Media se fraguaron en la paz de los monasterios. Gracias a ellos se llevó a cabo la tarea de reconstruir Europa y salvar el depósito de la fe y la cultura.

Se agolpan los nombres de tantos monasterios, diseminados por Europa. Y con más vigor todavía vienen a la mente los nombres de los monjes que pasaron su vida rezando y trabajando dentro de sus muros, miniando y copiando manuscritos, escribiendo, enseñando, edificando, roturando tierras, evangelizando y batallando. Son nombres de plenitud histórica, que se pronuncian con respeto y se evocan alentando esperanzas.

Cuesta trabajo perdonar a la Revolución francesa, que tanto influyó en la vida social y religiosa de Europa, y que suprimió el monacato en Francia. Por causas diversas, también fueron expoliados los monasterios de Bélgica, Alemania, Portugal y otros países. Solamente treinta sobrevivieron a la caída de Napoleón. En España, en 1835, también cerraron todos los monasterios. En unas décadas, Europa se cubrió de ruinas monásticas. Tesoros de arte, que los siglos habían acumulado en ellos, desaparecieron. Lo que perdimos entonces nos hace llorar, pues las ruinas son, como dijo el poeta, llanto del arte, de la historia y de los seres que no saben llorar.

Pero a pesar de tantas y adversas vicisitudes, quedan aún monasterios para dar testimonio de pervivencia y activa continuidad. Unos bien conservados, donde el arte y la historia siguen dando sus lecciones de ejemplaridad. Otros gritan, desde sus muros desplomados, la alerta de un próximo peligro. Los hay caídos para siempre y que ya no pueden resucitar porque se pudrieron sus carnes y se dispersaron sus huesos. Y, en fin, monasterios de hoy mismo, que son los primeros en comprender el arte nuevo y en levantar su voz para anunciar que todo lo bien creado puede ser bendecido y vivificado por Dios.

Todos sentimos la desaparición de tantos monasterios y esperamos, como muy cercana, la fecha en que todos los que aún se mantienen erguidos, siquiera vacilantemente, se sientan acariciados por manos reparadoras, que devuelvan al paisaje, a la tradición y a la vida que anda esas piedras que hablan de espíritu.

Uno de los monasterios importantes, que sigue en pie y continúa en su plena función monástica desde hace más de mil doscientos años, es el de San Salvador de Leyre. El año 1983 quisimos darlo a conocer mejor por medio de una publicación en la colección Panorama. Agotados los ejemplares de aquella edición, de una segunda y de otra tercera, que aparecieron en 1985 y 1988 respectivamente, hemos decidido reeditarla por cuarta vez puesto que muchos siguen interesándose por esta obra.

Sin embargo, en esta nueva edición, son numerosas las variantes respecto a la primera edición. Se amplían los temas, actualizando su interpretación, y se añaden otros nuevos, incluso capítulos enteros. También ha sido actualizada la bibliografía. El apartado gráfico, esencial en una publicación de estas características, ha sido asimismo revisado, procediendo a cambiar la portada, ordenar las fotos y sustituir algunas de las anteriores por otras más pertinentes o de mayor calidad.

Aparece el libro al término de la celebración de los ciento cincuenta años de la declaración de Leyre como monumento histórico nacional. Intensamente deteriorado por las exclaustraciones y desamortizaciones del siglo XIX, Leyre fue uno de los objetivos preferentes de la Comisión de Monumentos Históricos y Artísticos de Navarra. Desde mediados de ese siglo, se puso de relieve no solo su valor histórico-artístico, sino también el referente memorial del reino que el monasterio ostentaba. En 1867, la Comisión consiguió impedir su venta en pública subasta y protegerlo con la declaración como monumento nacional. Se inició así un largo camino de recuperación de los edificios y de algunas de sus joyas más significativas. La vuelta de los monjes benedictinos en 1954 recuperó la vida diaria del monasterio.

MARCO GEOGRÁFICO

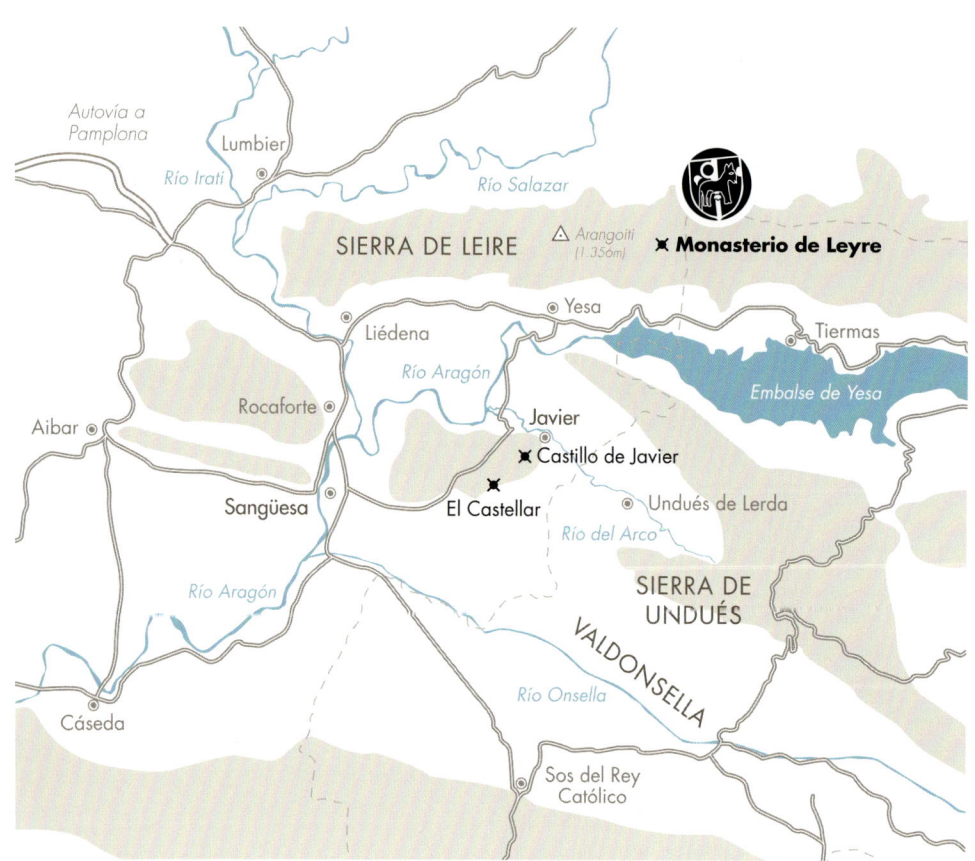

Al sureste de Navarra, limítrofe ya con Aragón, existe un paraje excepcionalmente bello, tal vez sin igual en toda la geografía navarra. Es una zona montañosa entre la denominada sierra de Errando y las montañas de Sos del Rey Católico. Corresponde a la actual merindad de Sangüesa.

En la vertiente meridional de aquella sierra, entre un laberinto de alturas casi insalvables, es donde se localiza el antiquísimo e histórico monasterio de San Salvador de Leyre.

Casi equidistante de Pamplona y de Jaca (a unos cincuenta kilómetros), el lugar, aún hoy día, se hace apartado y retirado, a pesar de las excelentes vías de comunicación que lo ponen en contacto con el mundo civilizado. Faldeando la sierra, una moderna carretera lleva hasta la cima de la altura donde se yergue el monasterio. Enlaza con la autovía del Pirineo A-21, y se toma viniendo de Pamplona en la dirección de Jaca, poco antes de entrar en el pueblo de Yesa, a cuya jurisdicción municipal pertenece Leyre.

El sitio es un mirador grandioso, abierto a la contemplación de un panorama que no tiene rival por su belleza, variedad y la vasta extensión que abarca: en su parte oriental, las crestas mayores de los

Pirineos sobre las que destacan, en la dirección de Jaca, el pico de Oroel, el lomo de las fuertes montañas que cobijan a San Juan de la Peña y cerrando parcialmente, por el sur, la Canal de Berdún. En su parte contraria occidental descuella, en último término, la basílica de Ujué, con su traza de castillo medieval en bello románico-gótico, que corona las variadas ondulaciones de los montes de Navarra. En los días limpios, cuando el cielo es diáfano y riente, la mirada se pierde en las profundidades de un horizonte inmenso que descubre parte de Aragón, media Navarra y pueden verse, más lejos todavía, los perfiles, tenuemente dibujados, de algunas sierras castellanas.

Hacia el mediodía, se divisan las sombrías montañas de Peña y de Sos del Rey Católico, y entre estas y el pantano de Yesa, pequeñas cadenas de montículos separando los valles paralelos del Aragón, de Javier y de la Valdonsella, con pueblos de existencia milenaria, ligados a la gesta de la Reconquista en Navarra.

Por el norte, se contempla la grandiosidad de la sierra de Errando, brava muralla natural, extendida desde el Arangoiti hasta la entrada del valle del Roncal, con sus quebrados y abruptos picachos, que colaboran a dar seguridad y serenidad al lugar. En lo más alto de las cumbres, casi inaccesibles, sobre todo en la Edad Media, su posición convertía a Leyre en un extraordinario observatorio y lugar de repliegue.

A los pies mismos del monasterio, el terreno desciende abruptamente en una sorprendente armonía de dunas calvas, pinos, carrascas y campos de laboreo hasta confundirse con el embalse de Yesa, que ahora cubre el cauce del Aragón.

La amplia superficie de sus cambiantes aguas, gris plata unas veces y verdiazul otras, se pierde en la lejanía, hacia la Canal de Berdún, y presta al paisaje gran serenidad y belleza.

Este es el marco geográfico del monasterio de Leyre. Un lugar montaraz, de inmenso horizonte, silencioso y expectante, como suspendido entre el cielo y la tierra, donde domina un clima de altura, recio y, a la vez, tonificante. Muy a propósito para la vida monástica de silencio, oración y contemplación.

Este marco geográfico único constituye uno de sus muchos atractivos y, como vamos a tener ocasión de constatar, ha desempeñado un importante papel en su vocación y destino histórico.

El monasterio de Leyre y su entorno geográfico en la sierra de Errando.

Historia

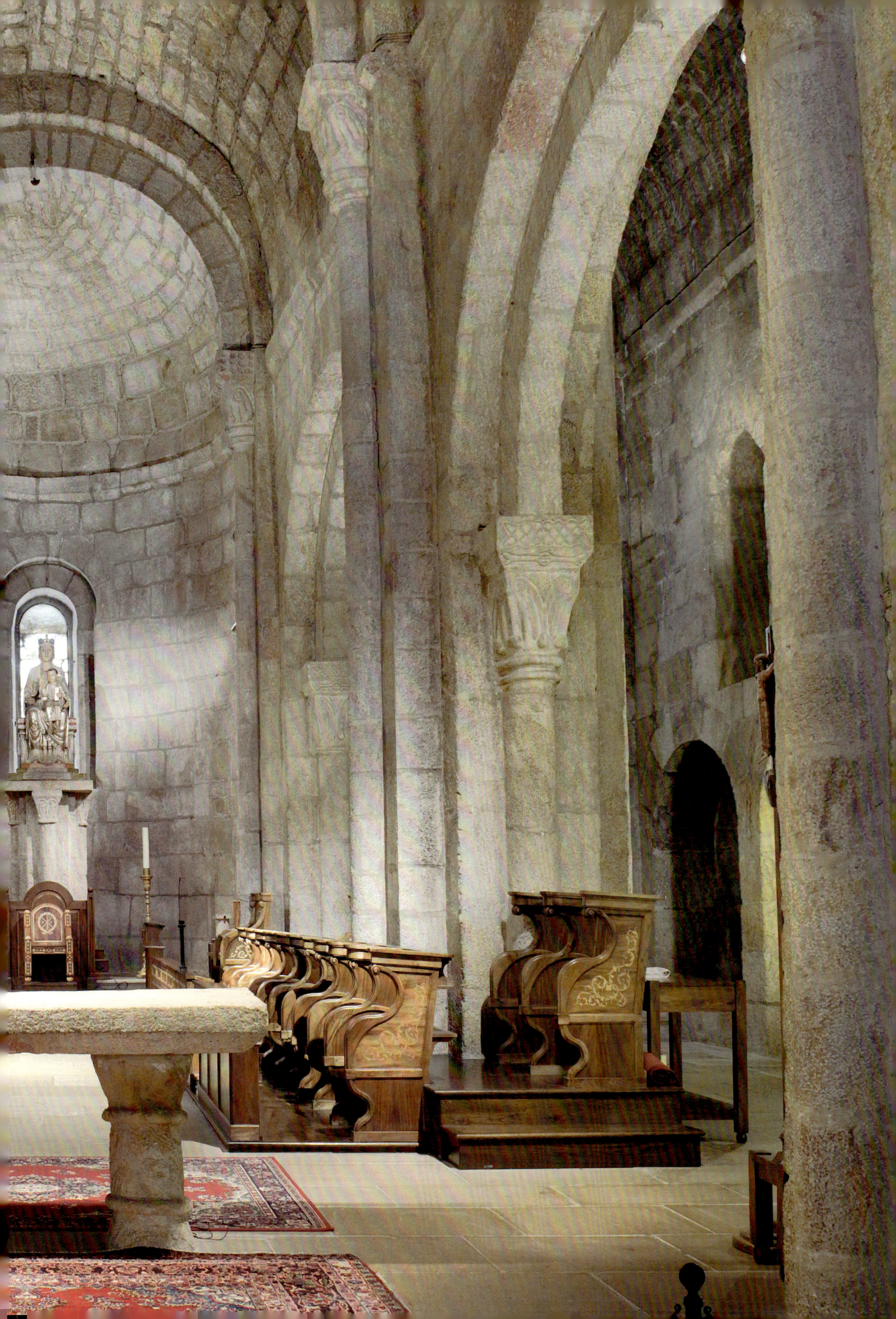

Entorno del monasterio de Leyre antes de la construcción del pantano de Yesa, tal como lo pudo ver san Eulogio de Córdoba el año 848.

PRIMERAS REFERENCIAS (SIGLO IX)

Resulta muy difícil, por no decir imposible, precisar cuándo se fundó el monasterio de San Salvador de Leyre. No hay indicio alguno de su existencia en la época visigoda y los documentos más antiguos que hablan de él no alcanzan más allá del siglo IX.

El viaje de san Eulogio y las construcciones más antiguas

El primer testimonio históricamente fiable se lo debemos a san Eulogio de Córdoba. El año 848 iba de viaje a las tierras germánicas para recabar noticias de sus hermanos Álvaro e Isidoro, que eran comerciantes, y se habían desplazado hasta Baviera. No pudo atravesar la frontera por la vía de Cataluña ni tampoco por la de Roncesvalles, porque las tierras de la Marca y las pirenaicas se hallaban en plena revuelta, y tuvo que quedarse en Pamplona. Aquí el obispo de la diócesis, Wilesindo, le acogió en su casa, levantó su ánimo decaído y le instó a visitar algunos de los monasterios del Pirineo para encontrar, quizá al mismo tiempo, un paso abierto hacia Francia.

El incipiente reino de Pamplona contaba entonces con algunos cenobios, sobre todo en el sector oriental. Entre los que pueden documentarse con seguridad figuran los de San Pedro de Usún, San Pedro de Igal, Santa Engracia de Urdaspal y San Salvador de Leyre. Dentro de la jurisdicción del conde de Aragón existían los de San Martín de Cillas, San Julián de Labasal y San Zacarías de Siresa.

Los monasterios visitados por san Eulogio fueron: Leyre, sobre la falda meridional de la sierra de Errando; Cillas, a orillas del río Veral, poco antes de la salida del valle de Ansó; Siresa, en el valle de Hecho; Urdaspal, en el valle del Roncal, a orillas del río Esca; e Igal, en el valle de Salazar.

De cuanto san Eulogio dice en una carta que envió en 851 al obispo Wilesindo, se deduce que el monasterio de Leyre se encontraba ya en su emplazamiento actual. El abad Fortunio regía su comunidad y en ella conoció «varones muy señalados en el temor de Dios».

Poseía, además, una gran biblioteca, que repasó de forma exhaustiva, pues en una de sus obras, *Apología de los mártires*, dice: «La curiosidad me hizo registrar todos los libros allí conservados y, de improviso, cayeron mis ojos en las páginas de un opúsculo, sin nombre de autor, que contenía la historia del nefando profeta». De esta *Vida de Mahoma* se llevó una copia, que después le sirvió para argumentar en contra de él, lo cual prueba que Leyre también contaba con un escritorio que, por aquel entonces, llevaba a cabo una actividad febril, dado que en los días que permaneció en el monasterio los monjes fueron capaces de hacerle la transcripción.

De esta primera noticia resulta difícil aventurar cuál pudo ser el origen

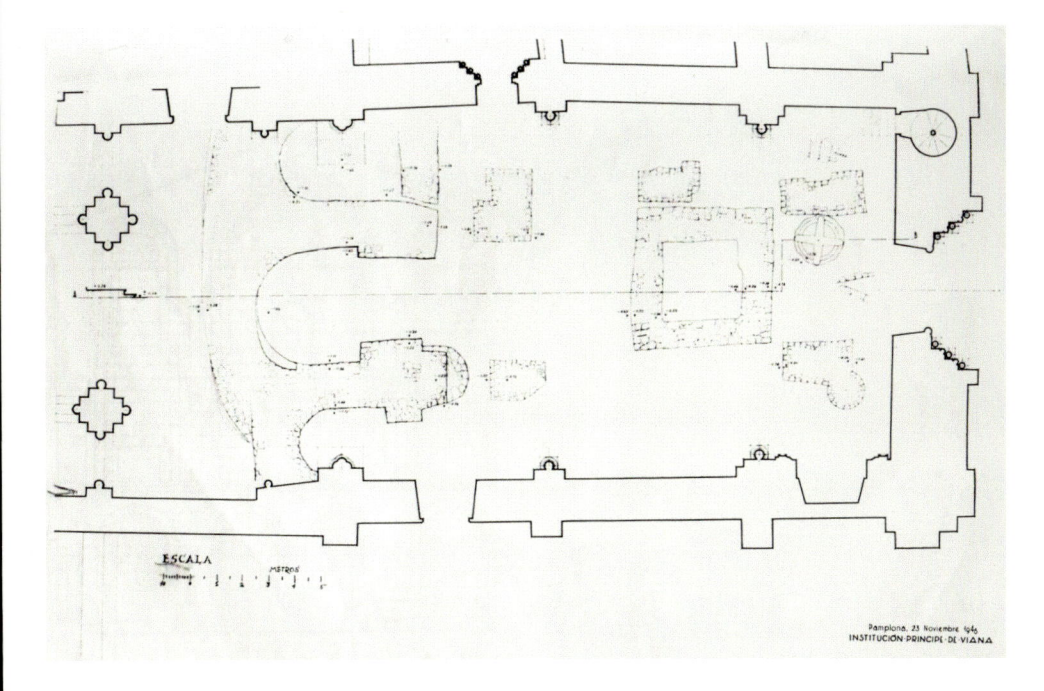

Plano de la cimentación de la iglesia prerrománica o carolingia en la gran nave románica, según F. Íñiguez en 1946.

Abajo, San Eulogio de Córdoba escribiendo la carta al obispo Wilesindo de Pamplona. *Óleo sobre lienzo del siglo xx en el zaguán del monasterio.*

del cenobio. No podía ser de reciente fundación, pues las palabras de san Eulogio lo pintan como monasterio pujante y famoso, centro importante de vida espiritual e intelectual, y todas estas cosas piden el transcurso de los años.

Por lo demás –viene a decir L. J. Fortún–, no es aventurado sugerir, que, ya por entonces, era el monasterio más destacado del reino de Pamplona. Impresión que se corrobora al considerar la fundación del monasterio de Fuenfría, en la entrada del valle del Roncal, hacia el 850, cuyo inicio se debió a la colaboración de García Íñiguez, el obispo de Pamplona Wilesindo y el abad Fortún de Leyre. Los tres lo dotaron de los elementos esenciales: una regla hecha ex profeso, la iglesia de Santa María y un coto redondo. Solo un monasterio en crecimiento podía acometer una empresa de este tipo.

Cómo podrían ser los edificios cuando san Eulogio visitó Leyre lo permiten adivinar algunas de las construcciones antiguas que se mantienen en pie todavía y otros restos arqueológicos. Son la planta y la fachada del primer y segundo piso de la actual hospedería, que la tradición llama «Palacio Real», «Palacio Episcopal o Abacial» y «Sala del Concilio». Se trata de una construcción de piedras irregulares y ennegrecidas, en las que se descubren bien los trazos de una antigua fortaleza. Su fachada principal da a la plaza de los Ábsides y muestra unas saeteras terminadas algunas en forma de herradura, que bien podemos remontar al siglo IX.

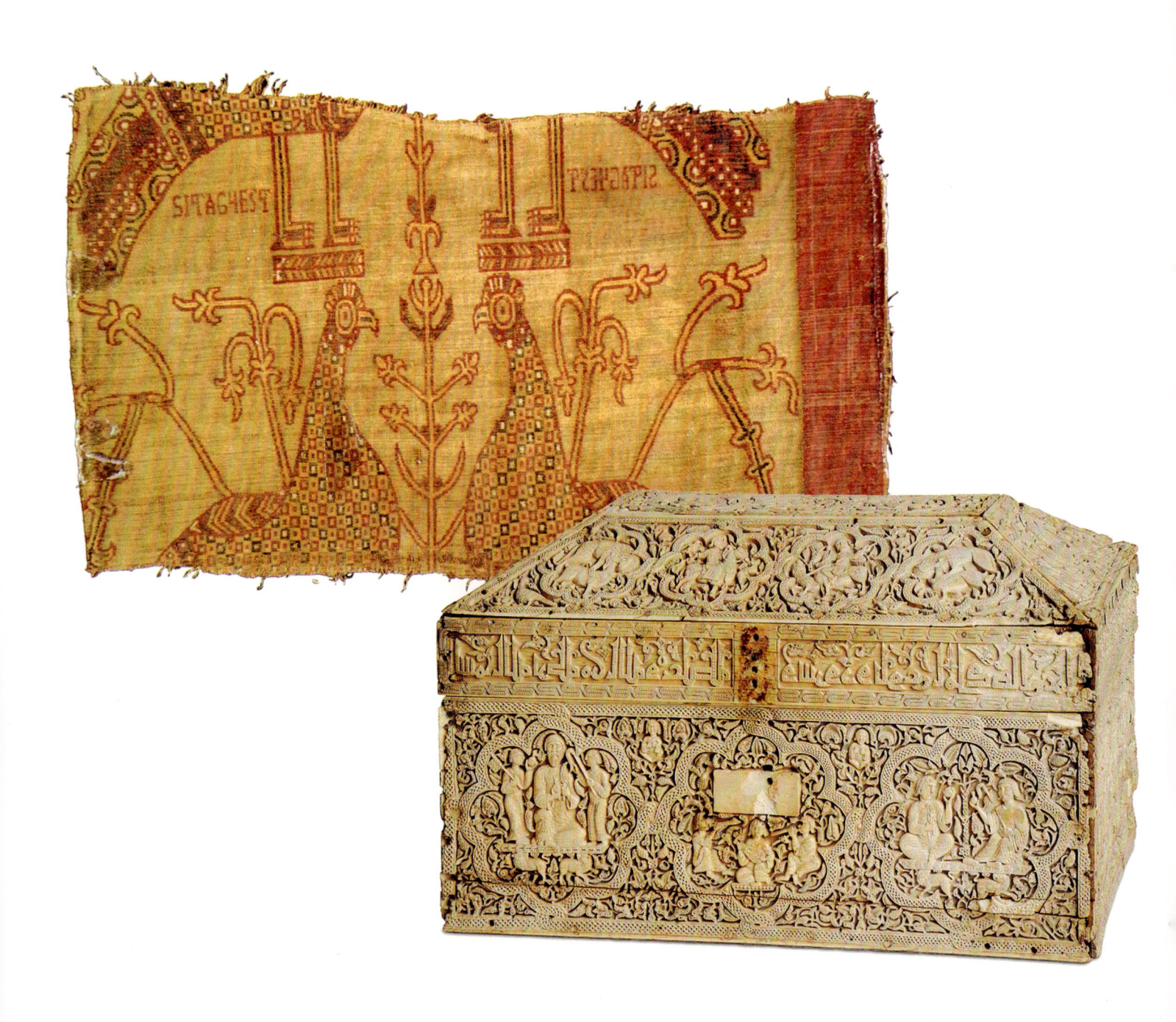

Vería además la primera iglesia de Leyre, cuyos cimientos aparecieron debajo del piso de la gran nave del actual templo. F. Íñiguez quiso ver en ellos una construcción carolingia, que inicialmente fue de nave y ábside únicos y departamentos laterales agregados. Después le fueron añadidos otros dos ábsides, naves laterales y un porche con tribuna a los pies, cuyo espacio quizá albergó el primer panteón regio. Sus obras pudieron comenzar en el siglo IX y estar ya concluidas en el siglo X.

Pero, como veremos más adelante, esa iglesia fue incendiada en las depredaciones de Almanzor (995 o 999) contra los baluartes de Pamplona.

Por todo lo dicho, se ha supuesto que Leyre y los demás monasterios que visitó san Eulogio dependían espiritual y culturalmente del Renacimiento Carolingio más que del saber isidoriano; es decir, de la renovación de la vida monástica emprendida por Ludovico Pío (814-840) a partir del concilio de Aquisgrán, que propuso como modelo de reglas el *Codex Regularum* de san Benito de Aniano. Él extendió la legislación de san Benito.

De la *Regla* de este último son las observancias monásticas que san Eulogio vio practicar en todos ellos y que describe con tanta admiración. Y toda una serie de códices que de aquellos monasterios se llevó a Córdoba, entre los que cabe citar los *Epigramas* del anglosajón Adelhelmo, difícilmente podían venir de escritorios visigodos. Llegaron, sin duda, al incipiente reino de Pamplona a través de la Francia carolingia. Lo canta también el titular de Leyre, el Santísimo Salvador, que era, según escribe G. M.ª Colombás, a quien los monjes de los monasterios carolingios, infaliblemente, dedicaban la iglesia, el altar mayor y el monasterio.

Pero como en tantos otros casos similares, parece probable que el cenobio de Leyre fuera también heredero de algún polo de vida anacorética semejante al riojano de San Millán de la Cogolla. Por tanto, su origen más remoto puede estar en los ermitaños que vivían en las cuevas de las quebradas de la sierra, donde existen algunas perfectamente habitables y aparecieron indicios de vida.

Escenas del martirio de las santas Nunilo y Alodia en la Porta Speciosa de la iglesia de Leyre. (Siglo XII).

En la página anterior, arriba, tejidos de principios del siglo XI de la arqueta de Leyre, que envolvieron las reliquias de las santas Nunilo y Alodia, hoy en el Museo de Navarra.

Abajo, arqueta arábigo-persa de Leyre, que sirvió de relicario para los restos de las santas Nunilo y Alodia, fechada en el año 1005, hoy en el Museo de Navarra.

Las santas Nunilo y Alodia y las primeras donaciones

Tales son, pues, las referencias históricas más antiguas. Pocos años después del paso de san Eulogio se abren los cartularios de Leyre y, gracias a ellos, las noticias sobre el monasterio son más numerosas y concretas. La primera conocida es la traslación de los cuerpos de las santas Nunilo y Alodia. Hecho importante que –al decir de L. M.ª de Lojendio– «es el inicio de una devoción que llegó a ser muy típica de Leyre» y que marcará muchos de los hitos importantes de su historia religiosa, cultural y social.

Nunilo y Alodia nacieron de un matrimonio mixto en la villa aragonesa de Adahuesca cuando en el siglo IX los árabes dominaban en Huesca. Educadas por su madre en la religión cristina, fueron denunciadas cuando se hizo pública la religión que profesaban. Después de un largo proceso, mandaron degollarlas en Huesca el 21 de octubre de hacia el año 846.

La historia documentada hace remontar el traslado de sus cuerpos a Leyre el 18 de abril de hacia el año 851. Mas los documentos que hablan del hecho son tachados de sospechosos. Es el primero la escritura de las donaciones del rey Íñigo Arista y del obispo de Pamplona Wilesindo. En ella, el rey entrega a Leyre y a las santas Nunilo y Alodia, ante el pueblo que asistió a la recepción de los cuerpos de dichas santas en el monasterio, las villas de Yesa y Benasa con sus términos. Y el obispo da la mitad de las tercias episcopales del valle de Onsella, Pintano y Artieda.

El otro documento es el llamado *Breviario de Leyre*. Contiene, aunque incompleta, la narración del martirio de las santas, el hallazgo de sus cuerpos en Huesca y su traslación posterior al monasterio. El relato se remonta a fines del siglo XI o principios del XII y parece amañado por algún monje.

Pero estos documentos tienen mucho de cierto en su contenido. Como dice L. M.ª de Lojendio, «por entonces se inicia la multisecular devoción hacia las Santas de Leyre», que marcará, de forma indeleble, la trayectoria del monasterio. Empiezan a citarse en casi todos sus diplomas del siglo IX. En el siglo X se las menciona con mucha más frecuencia, lo que hace suponer que su devoción se encontraba muy arraigada. Tanto que, en este siglo, su culto irradió desde Leyre hasta La Rioja. Ya se habla en el año 976 del monasterio femenino de las Santas Nunilo y Alodia, sito en las inmediaciones de Nájera.

El monasterio femenino de San Cristóbal de Leyre

Su fundación precedió al de las Santas Nunilo y Alodia. Más aún, probablemente partieron de él las monjas que integraron la nueva comunidad. Se asentaba a unos quinientos metros del monasterio de los monjes, en la pendiente del monte, en un repliegue de abundante fertilidad. Fue dotado económicamente por los propios monjes y, aunque estaban diferenciados entre sí, la abadesa estaba obligada a obedecer al abad de Leyre.

Se ignora la fecha exacta de su fundación. Hay indicios de él en los años 976 y 1085, aunque su primera mención documentada sea de 1104.

SIGLO X

El rey Fortún Garcés, monje de Leyre

A pesar de la oscuridad y del desierto documental existente para el siglo X en todos aquellos monasterios que visitó san Eulogio de Córdoba, conocemos bastantes noticias de Leyre en esta décima centuria que ahora nos va a ocupar. Podemos dar comienzo a su recuento con el retiro del rey Fortún Garcés al monasterio.

A principios del siglo, el pequeño reino de Pamplona experimentó un brusco cambio. Cuando se hallaba en trance de disolución, lo salvó un golpe de estado. Sancho Garcés I (905-925), fundador de la nueva dinastía, comenzó por someter a su dominio la región de Pamplona. Pasando de la defensiva a la ofensiva, se lanzó contra los musulmanes, arrebatándoles el castillo de Monjardín y las plazas de Deio. Avanzó hacia el Ebro y se apoderó de varios castillos a una y otra orilla. Por último, tomó por la fuerza todo el territorio del condado de Aragón con sus fortalezas. Al núcleo originario de su casa, sito en la zona de Sangüesa, Lumbier, Aibar y Leyre, agregó la región de Pamplona, las comarcas de Tafalla y Estella y las fortalezas y poblaciones de Cárcar, Peralta, Falces, Caparroso, Resa, Mendavia, Carcastillo, Mañeru y la Rioja Alta con Viguera, Nájera, Calahorra y Arnedo. Nace, pues, un pequeño reino que ha de pesar en los destinos de España.

El rey derrocado, Fortún Garcés, que antes de subir al trono estuvo veinte años en Córdoba y era abuelo de Abderramán III, se refugió en Leyre, donde estaban enterrados su padre, García Íñiguez, su abuelo, Íñigo Arista, y posiblemente algunos de los caudillos que ofrecieron resistencia contra el poder musulmán en el siglo VIII, refugiados en las asperezas de sus terrenos y a veces en sus fortalezas, cuyos nombres daremos más adelante. Allí encontró amable acogida, como monje acabó sus días y recibió honrosa sepultura.

La diplomática de Leyre cuenta que antes de suceder a su padre, el 21 de octubre del 880, fiesta del Martirio de las santas Nunilo y Alodia, vino con él a Leyre y, en acción de gracias por la liberación de su cautiverio en Córdoba, hizo una donación de bienes. Y que, antes del golpe de estado, solía visitar Leyre con frecuencia. Así acaece, por ejemplo, el 21 de marzo de 901, fiesta del Tránsito de San Benito. Vino para recibir la hermandad espiritual de los monjes y pedir el favor del cielo. En apoyo de sus peticiones, donó al Salvador y a las santas Nunilo y Alodia las villas de Oyarda y San Esteban de Sierramiana con sus respectivas heredades, el molino de Esa y el palacio de Valdetor.

San Virila escuchando el canto del pájaro. *Óleo sobre lienzo del siglo XX en el zaguán del monasterio.*

San Virila y los abades del siglo X

Cuando san Eulogio visitó Leyre en 848, gobernaba el abad Fortunio. Tras este, el abad Sancho Guendúlez verá el cambio de centuria al frente del monasterio (880?-918). Le sigue el abad Falcón (922-925) y viene luego san Virila (928). Tras san Virila tenemos a Rodrigo (944), a Galindo (980?-983) y al abad Jimeno (a partir de 991). Esta lista de los abades de Leyre, cuya limitación está condicionada por la escasa documentación, fue trazada por A. Ubieto. Reconoce que queda sujeta a revisión y cree que el abad más discutido de la nómina es san Virila.

Frecuentemente ha sido considerado como un personaje legendario, negándose su existencia real, pues su figura está relacionada con la leyenda medieval que presenta al monje dudoso de la eternidad y pide a Dios le muestre como transcurre. Según la tradición, san Virila pasó trescientos años oyendo cantar a un pájaro junto a una fuente y, cuando volvió a Leyre, ya no le conocía nadie. Por medio de documentos antiguos, averiguaron que más de trescientos años antes gobernó Leyre el abad Virila, monje santo, que se suponía había sido devorado por las fieras porque, tras salir cierta tarde al vecino monte, nada había vuelto a saberse de él.

Sin embargo, esta leyenda no es propia y exclusiva de Leyre, sino que se formuló también, con algunas variantes, en toda Europa durante la Edad Media. Dentro de este marco general, la piadosa tradición de Leyre destaca por su precocidad y por la existencia real de su protagonista.

En efecto, el abad de Leyre, san Virila, está documentado y localizado cronológicamente. El año 928 Jimeno Garcés y García Sánchez I confirmaban la demarcación de los términos de Benasa y Catamesas, que había sido señalada años antes por el rey Fortún Garcés. Actuaron como testigos los abades Virila de Leyre, Galindo de Lisabe, Galindo Galíndez de San Pedro y Jimeno de San Martín, que quizá regían los monasterios más cercanos lindantes con las villas mencionadas.

Si consideramos que Benasa y Catamesas estaban lindantes materialmente con Leyre, y que los abades Galindo de Lisabe, Galindo Galíndez y Jimeno lo eran en monasterios conocidos, debemos admitir que san Virila era abad de Leyre, tanto más cuanto que era precisa su conformidad para confirmar los términos de Benasa y Catamesas, por ser colindantes con su monasterio.

Por lo demás, el culto de san Virila está bien acreditado. Toda una serie de diplomas de los siglos XI y XII lo muestran asociado con las santas Nunilo y Alodia como objeto de la devoción de los reyes y de los fieles en sus donativos a Leyre.

En su iglesia se veneraron sus reliquias, que en el siglo XIX fueron a parar a la catedral de Pamplona y hace algunos años fueron devueltas al monasterio, donde reciben culto en su arqueta del siglo XVII, ubicada en el oratorio privado de los monjes.

A la izquierda, oratorio privado de San Virila.

A la derecha, imagen del abad san Virila, actualmente en el oratorio de la comunidad. (Siglo XVII).

¿Corte y obispado?

Ha venido repitiéndose que Leyre fue el lugar al que se acogieron la monarquía y el obispado durante las incursiones de los árabes contra el reino de Pamplona, frecuentes en la segunda mitad del siglo IX, en la primera mitad del X y al finalizar dicho siglo. También ha venido repitiéndose que, durante el siglo y medio que duró la situación, comenzó la costumbre de elegir a los obispos de Pamplona entre los abades de Leyre.

Es verdad que la situación estratégica del monasterio hacía que fuese un refugio seguro para los fugitivos de Pamplona. Era Leyre una de las tres zonas con grandes observatorios que vigilaban las tres líneas de penetración de las invasiones árabes. Estas seguían, por lo general, el curso de los ríos Ega, Arga y Aragón. En tierras de Estella el principal punto de observación y resistencia era Monjardín, que entonces se llamaba San Esteban de Deio. Por el centro, aunque está algo alejado del Arga, el lugar más destacado era Ujué. Y sobre el curso del Aragón se contaba con Leyre, que era, con su respaldo del Arangoiti, prácticamente inexpugnable. En lo más alto, al nivel de las cumbres, casi inaccesibles, sobre todo en la Edad Media, su posición le convertía en un extraordinario observatorio y lugar de repliegue. Si tenemos en cuenta que el Aragón se une en las inmediaciones de Sangüesa al clamoroso Irati, quien lo remonta por ahí puede llegar al centro mismo de Navarra.

La función militar de Leyre en la frontera de los árabes y aragoneses se puede apreciar en estas palabras de A. Cañada sobre la batalla de Ollast en la campaña del año 924: «Dedicados los día 19 y 20 de julio a la devastación del territorio, que tiene como centro Sangüesa, se percibe la presencia de jinetes enemigos en las alturas de Yesa o de Leyre. Los cristianos siguen desviando su atención desde las cimas o laderas de Leyre, por ver si los pueden atraer hacia los desfiladeros del Esca. El grueso y la retaguardia (musulmanes) han seguido atentamente los movimientos de las tropas de Sancho y han llegado a los estrechos lugares que el río Esca se ha labrado al norte de Sigüés. El combate se generaliza; los roncaleses hicieron prodigios de valor o tal vez atacaron directamente la tienda y el séquito del emir, puesto que hubo bajas entre sus componentes y uno de los jefes, Yakun ibn Abu Jalid, muere en el combate».

Aquí tenemos, según el relato de las crónicas árabes, la historia de una operación militar en las inmediaciones de Leyre. Una prueba de la función que pudo desempeñar el monasterio en la frontera. Nos lo muestran, además, algunos de los más antiguos muros de sus construcciones, que son recios, con grandes sillares, que no pueden desmontarse, y con abocinados ventanales, fáciles para la defensa y difíciles para el ataque.

Con ser todo esto cierto, la historia documentada cuenta que los demás monasterios constituían otras tantas fortalezas que vigilaban las entradas de los valles y eran blanco predilecto de las razias árabes. Pero muestra sobre todo que durante todo el siglo X Leyre estuvo gobernado por sus abades, que nada tenían que ver con los obispos de Pamplona, y viceversa. A estos les vemos residiendo en la capital del reino o en Deio. Y, como escribe

San Virila escuchando el canto del pájaro, *atribuido a fray Juan de Ricci. Óleo sobre lienzo del siglo XVII, hoy en la iglesia del monasterio.*

J. Goñi, «ninguno de ellos fue escogido entre los monjes de Leyre».

Con los reyes de Pamplona ocurre otro tanto. Leyre es para ellos el centro espiritual más importante de la región de donde procedía la dinastía de Sancho Garcés I, y les vemos acercarse algunas veces al monasterio por motivos personales o de piedad o para dar sepultura a algunos de los suyos. Pero se trata de visitas breves. Hemos hecho ya reseña de algunas que hicieron Íñigo Arista hacia el año 851, García Íñiguez en 880 y Fortún Garcés en 901.

Citemos otros ejemplos. El 21 de marzo de 918, fiesta del Tránsito de San Benito, Sancho Garcés I, la reina Toda y el obispo Basilio suben también a Leyre; los reyes donan al abad Sancho Guendúlez parte del botín tomado a los árabes en una campaña de La Rioja y las villas de San Vicente y Liédena; el obispo, a su vez, dona todos los diezmos de los frutos que recogía en el valle de Onsella, Pintano y Artieda. Luego, el 21 de octubre de 922, vuelven dichos reyes a Leyre y donan al Salvador y a las santas Nunilo y Alodia las villas de Sierramiana y Undués.

El 14 de febrero de 938, Leyre vuelve a recibir la visita de los reyes y del obispo de Pamplona. Son esta vez García Sánchez, su mujer Andregoto y el obispo Galindo. Llegan al cenobio para recibir la hermandad espiritual de los monjes. El obispo cede al abad Rodrigo y a la comunidad la parte de sus diezmos en Sos, Uncastillo y otros veinte lugares de las proximidades. Y el rey, amén de confirmar la donación, añade los lugares que pueda arrebatar a los árabes.

Luego, en 991, se registran escrituras que hablan de la estancia en Leyre de Sancho Garcés II Abarca y de doña Urraca. El 9 de junio de dicho año murió su hermano Ramiro Garcés, rey de Viguera, luchando contra los árabes en la batalla de Torrevicente, junto a Atienza. Su cadáver había sido trasladado a Leyre. Coincidiendo con el sepelio, los reyes donan al monasterio, por el alma del finado, sus heredades de las villas de Navardún y Apardués.

Un monasterio propio de la familia real

Aunque la monarquía pamplonesa se fue gestando casi a la par que Leyre recorría los primeros pasos de su andadura, no se puede atribuir su fundación a sus primeros reyes. Todo lo expuesto

Arqueta del siglo XVII que contiene las reliquias de san Virila, hoy en el oratorio privado de la comunidad.

anteriormente al respecto nos hace pensar que el monasterio nació antes que la propia monarquía pamplonesa, cuya definitiva personalidad no se formalizó hasta el año 905 con el alzamiento de Sancho Garcés I. Sin embargo, la exclusión de una fundación regia no implica la falta de relaciones entre Leyre y los caudillos o reyes que durante los siglos VIII y IX rigieron el núcleo pamplonés y sentaron las bases del reino.

Viene a decir L. J. Fortún que en la documentación de Leyre anterior al año 1000 existe un fondo común subyacente entre todos ellos. Sus otorgantes son los miembros de la familia real y los obispos de Pamplona que, según los mismos documentos, actuaban a instancias de los reyes. La titularidad uniforme de las donaciones sugiere el afianzamiento de una posible tutela regia sobre el monasterio, hasta el punto de considerarlo como un monasterio propio de la estirpe soberana, dispensadora de cuantiosas donaciones. Este patronato explica la recepción de algunos reyes en la familia monástica y el enterramiento de otros en su iglesia. Ya aludimos a las sepulturas de Íñigo Arista, García Íñiguez, Fortún Garcés y de Ramiro Garcés, rey de Viguera, hermano de Sancho Garcés II. Páginas adelante hablaremos de algunos caudillos que ofrecieron resistencia contra el poder musulmán en el siglo VIII y de otros reyes y príncipes enterrados en el monasterio.

Por tanto, aunque la documentación conservada no nos presente a Leyre como la residencia de la corte y de la sede episcopal del reino, sí que aparece en ella como un monasterio de patronato regio, el panteón de algunos de los reyes anteriores a 1079 y el principal de sus centros monásticos.

Cultura de Leyre

Cree J. Pérez de Urbel que en el siglo X ya se había perdido aquel reflejo del renacimiento carolingio que san Eulogio encontró en los claustros de los valles del Pirineo navarro-aragonés. Llegó a esta conclusión al constatar la oscuridad en que se vieron sumidos durante toda la centuria y la gran actividad de otros monasterios navarros, tales como los de San Millán de la Cogolla y San Martín de Albelda, cuyos escritorios produjeron por este tiempo las mejores joyas de nuestras bibliotecas.

Pero los trabajos de J. M.ª Lacarra y de J. Goñi modificaron aquella impresión. También los claustros navarro-aragoneses, y concretamente Leyre, tuvieron una intensa actividad intelectual. Más aún, sus escritorios pudieron llegar a ser el camino de enlace entre los escritorios ultrapirenaicos y de la Marca con los de La Rioja y la Castilla condal en el proceso de benedictinación.

J. Goñi, por su parte, ha recogido datos que hacen suponer en Leyre la existencia de un dinámico escritorio. En los claustros riojanos aparecieron copias del siglo X de la *Vida de Mahoma* que san Eulogio se llevó de Leyre y que, forzosamente, tienen que proceder de su escritorio. Otra obra del escritorio de Leyre es el *Libellus a Regula Benedicti substractus*, simple arreglo para monjas de la *Regla de san Benito* con influjo de los comentarios del monje carolingio Smaragdo. Aunque su autor sea Salvo, abad de Albelda, el copista de la misma fue Enneco Garseani, de origen navarro y monje de Leyre; terminó la trascripción el 25 de noviembre de 976 para el monasterio de las Santas Nunilo y Alodia, sito junto a Nájera, fundado por las monjas de San Cristóbal de Leyre. También pudo ser copiado en el escritorio de Leyre un fragmento de la comedia *Hecyra*, de Terencio; se trata de dos hojas en pergamino, escritas en letra visigótica del siglo X, que formaban parte de un códice. «Todo ello –añade J. Goñi– modifica radicalmente nuestra imagen acerca de Leyre. Si en su escritorio se transcribió una obra pagana, ¿cuántos libros eclesiásticos no produciría?».

Homenaje anual a los reyes de Navarra en el monasterio de Leyre.

Paso de Almanzor

El siglo X acaba con un hecho trágico para Leyre: el incendio de su iglesia y demás edificios conventuales por Almanzor o su hijo Abd-al-Malik.

El terrible caudillo árabe emprendió unas cincuenta campañas contra territorios cristianos en poco más de veinte años. Cuenta la *Crónica de Sampiro* al respecto: «Penetró en las fronteras de los cristianos y devastó muchos reinos suyos: el de León, el de Pamplona y el de los francos». Fue a partir de entonces cuando el rey de Pamplona se alió con los enemigos de Almanzor y, como llevaron siempre las de perder, al fin, llegaron a una especie de humillante sumisión. Hacia 986 invadió y dañó las tierras de Álava y Pamplona. Seis años después, Sancho Garcés II Abarca quiso romper las hostilidades, pero, ante el temor de una réplica fulminante de Almanzor, se anticipó a pedir la paz. Su hijo García Sánchez el Trémulo siguió una política contraria a la de su padre, ya que provocó las iras de Almanzor, y luego le aplacó, antes que descargase la tormenta; pero de todos modos, al final del siglo X, Castilla y el reino de Pamplona soportaron el peso de la guerra. En la primavera de 998 Almanzor emprendió otra expedición contra Pamplona, donde hizo una entrada triunfal. Un año más tarde organizó otra campaña de la que no tenemos detalles. Y una vez muerto Almanzor, su hijo Abd-al-Malik reanudó la ofensiva contra el reino de Pamplona, dentro de la tónica general de las invasiones sarracenas, aunque fracasó.

Estas expediciones sembraron la destrucción, el pánico y la desbandada. El reino quedó sembrado de ruinas y agotado. Su recuerdo permaneció vivo durante muchos años, como una mala pesadilla. Parece que entonces fueron incendiados el santuario de San Miguel de Aralar y los monasterios de San Millán y de Leyre. Sus documentaciones fueron destruidas y paralizadas sus actividades. Por eso se han conservado tan pocos documentos del siglo X. Una vez vuelta la calma, se reconstruirían los pergaminos, auxiliándose de restos y fragmentos en mal estado, y haciendo uso de la memoria de algunos monjes.

Acerca de los destrozos en iglesias y monasterios conviene advertir que las tropas árabes eran, por lo general, de caballería ligera y sus acciones rápidas. Quemaban cosechas, destruían iglesias y monasterios y luego se replegaban a sus bases. No eran tropas que ocupaban la tierra. Y como, por lo general, las iglesias y los monasterios tenían sus cubiertas de madera, el destrozo se limitaba al incendio. Caían las techumbres, pero permanecían las paredes chamuscadas.

Es importante saber esto, porque el estropicio en Leyre se limitaría al incendio de las techumbres del monasterio y de la iglesia carolingia que viera san Eulogio en 848. Pero quedaron sus paredes, que tras ser restauradas se acoplaron a la actual cabecera de la iglesia pues, como veremos más adelante, sus dimensiones casi coinciden.

Panteón actual de los reyes de Navarra. La verja es de principios del siglo XVI. El arcón y sus herrajes son neogóticos.

Privilegio de Sancho III el Mayor al monasterio de Leyre el 29 de septiembre de 1023. (Archivo Histórico Nacional).

DE 1024 A 1083

Sancho III el Mayor, gran mecenas de Leyre

El siglo XI marca en la historia del monasterio de Leyre un hito de hegemonía y preponderancia que resulta difícil resumir en unas pocas páginas. Es, además, el siglo en el que renacen Navarra y otros muchos pueblos europeos.

Durante todo el siglo X se sucedieron las campañas de los árabes de Córdoba y, cuando en 1002 muere Almanzor en Medinaceli, se sucede un periodo de paz. Sube por entonces al trono de Pamplona Sancho III el Mayor, cuyo reinado (1004-1035) es el de más grande esplendor en la vida de Navarra. Suele valorarse, por lo general, en su aspecto político, pues por el dominio, las alianzas y los vasallajes reinó prácticamente en todos los pueblos cristianos peninsulares. Pero la división de sus reinos cuando murió y las muertes trágicas de su hijo García el de Nájera y de su nieto Sancho el de Peñalén dieron un carácter efímero a ese momento de esplendor, porque el año 1076 se incorporó Navarra a Aragón y se eclipsó durante un siglo su personalidad política.

Sancho III el Mayor y sus hijos García, Fernando, Gonzalo y Ramiro. *Óleo sobre lienzo del siglo XX en el zaguán del monasterio.*

La obra de Sancho III perduró sobre todo en su sentido cultural y abierto. En su tiempo, Navarra llegó a ser un gran pueblo europeo, sensible a todos los problemas de la época en que renacía un movimiento internacional de solidaridad, que en todas las naciones fue muy fecundo para su formación y progreso.

El legado de Sancho III tuvo repercusión en Leyre. La hegemonía que alcanzó bajo su reinado se dilató en los de García el de Nájera y Sancho el de Peñalén, aunque decayó con el advenimiento de los reyes aragoneses. Parece cierto que Sancho III se educó en Leyre, pues llama en un documento al abad Sancho «mi señor y maestro». De ahí el gran afecto que le unió al monasterio, el cual se manifestó en los privilegios que le concedió y en la forma en que inculcó sentimientos análogos en sus sucesores y en su pueblo. Consciente de que Leyre formó parte del núcleo primitivo de Navarra y que fue de donde partió el impulso de su expansión y grandeza, no dudó en darle el pomposo título de «centro y corazón de mi reino».

Leyre y la restauración de la iglesia de Pamplona

Tratan del evento tres privilegios fechados en 1022, 1023 y 1027. Dos de ellos proceden del fondo documental de Leyre y buscan la exaltación del monasterio. El tercero se conserva exclusivamente en el archivo de la catedral de Pamplona y se ocupa del honor de la Iglesia pamplonesa.

El primer documento habla, entre otras cosas, de un concilio convocado en Leyre por Sancho III el Mayor y de la celebración de otro concilio en Pamplona. Expone la situación caótica de las Iglesias. Dispone que a costa de los bienes de Leyre se restaure la de Pamplona, destruida por las invasiones sarracenas. Encomienda al obispo-abad Sancho la organización de Leyre según el «Ordo Benedictino» y que, después de su muerte, el abad sea elegido entre los monjes.

El segundo presenta a Sancho III presidiendo el anunciado concilio, convocado para restaurar la Iglesia de Pamplona. Comienza pintando su triste situación y las del episcopado y del clero. El rey le concede el tercio de todos los diezmos y le devuelve los bienes que tenía anteriormente, la somete al señorío de Leyre y ordena a su «señor y maestro», el obispo-abad Sancho, la restaure. En adelante los obispos serán elegidos entre los monjes de Leyre.

En el tercero vuelve a lamentarse el rey de la situación de la Iglesia de Pamplona. Le restituye todos los bienes que le habían sido enajenados. Restaura en sus

Donación de García el de Nájera a Leyre del monasterio de Centrofontes y otros bienes por la curación de una enfermedad el año 1050. (Archivo General de Navarra).

posesiones y reglas a todos los monasterios destruidos por la negligencia de sus prepósitos. Concede una serie interminable de bienes y de derechos a la Iglesia de Pamplona. Y fija los límites de la diócesis.

Cree J. Goñi que los tres documentos son de autenticidad dudosa. Los dos primeros serían interpolados cuando Leyre intentó conseguir el privilegio de la exención, del cual hablaremos a su debido tiempo.

Por lo que respecta al tercero, es el que más se acerca al original que, sin duda, existió. Sus anacronismos y anomalías fueron expuestos repetidas veces por los historiadores navarros más prestigiosos y no podemos traerlos aquí a colación. Solamente añadiremos lo que parece deducirse de los tres documentos.

Aunque sobrevivió a las campañas árabes contra el reino, la diócesis de Pamplona necesitaría ser restaurada. Y se hizo con la intervención de su principal monasterio, pues existe un fondo común subyacente en los tres documentos controvertidos: Leyre prestaría ayuda con sus bienes y soporte al gobierno de la diócesis en la forma y manera que enseguida veremos.

Los obispos-abades y la comunidad

Siete abades gobernaron Leyre en el siglo XI. La historia documentada cuenta que cuatro de ellos fueron, a la vez que abades del monasterio, obispos de Pamplona. Otro abad, Blasco Gardéliz, llegó a obispo de Álava.

Sancho III intentó monarquizar la Iglesia por medio de la abolición del episcopado secular y la erección de los principales monasterios en sedes episcopales bajo el régimen de obispos-abades, programa que siguieron sus inmediatos sucesores hasta el resquebrajamiento del reino en 1076. Aunque la unión de la dignidad episcopal con el gobierno de un monasterio representó una novedad en la diócesis de Pamplona, la idea no era nueva en sí. Estaba de moda en la Iglesia. Sancho III también lo aplicó a los monasterios de Albelda y San Millán, ligados a la sede de Nájera; al monasterio de Cardeña, unido al obispado de Burgos; y al monasterio de Sasabe, vinculado a la diócesis de Aragón. Para la diócesis de Pamplona el monasterio escogido por Sancho III fue el de Leyre, que ya era por entonces el más influyente y poderoso. Durante estos años, pues, los abades de Leyre ostentan simultáneamente el título de obispos de Pamplona. Consejeros de los reyes, siguieron a la corte en sus desplazamientos, participaron en sus empresas religiosas y en los concilios regionales y mantuvieron contactos con sus colegas de Aragón, Nájera, Álava, Calahorra, Burgos y Ribagorza. He aquí sus nombres:

El primero de la lista es Jimeno, a quien la documentación llama «glorioso y santísimo». Venía gobernando Leyre desde 991. A la muerte del obispo de Pamplona, Sisebuto, acaecida hacia 997, juntó por vez primera las dignidades episcopal y abacial. Retuvo ambos cargos hasta 1005, que fue cuando se retiró de la escena monástica. Murió hacia 1024.

Le sucedió Sancho, que ya era abad de Leyre en 1019, por lo menos. Promovido al episcopado en 1024, no renunció al abadiato. Repartió sus actividades entre la alta dirección de Leyre, el gobierno del obispado y la política, pues asegura J. Goñi que se vio asociado a las grandes empresas religiosas de Sancho III el Mayor y acompañó al rey en sus viajes. Murió en 1052.

Luego viene Juan (1054-1068). Sus actividades pastorales o de cualquier otro tipo dejaron escasas huellas documentales, pero el obispo prevaleció sobre el abad. Leyre alcanzó con él su apogeo, que se manifestó en la consagración de la cabecera de la iglesia en 1057, monumento capital del nuevo estilo románico.

En 1065 un monje de Leyre, Fortunio, llegó a obispo de Álava, donde la nobleza alavesa comenzaba a favorecer con donaciones al monasterio. Para reforzar su autoridad y prestigio, se pensó asociar Leyre a la diócesis alavesa, de tal forma que aquella hiciera la misma función que había desempeñado para la sede pamplonesa desde principios del siglo. La muerte del obispo-abad Juan en 1068 brindó la ocasión para el cambio. El prior de Leyre, Blasco Gardéliz, fue promovido a la sede de Pamplona, pero el abadiato de Leyre se adjudicó al obispo de Álava, Fortunio. Se mantenía el sistema de obispo-abad, pero modificando uno de sus componentes. Sin embargo, la solución resultó ineficaz y en 1076 se volvió al sistema tradicional: el obispo de Pamplona, Blasco Gardéliz, asumió el abadiato de Leyre, y Fortunio quedó solo como obispo de Álava. Blasco murió en 1078.

Ante la imposibilidad del obispo-abad de atender personalmente a todas sus obligaciones monásticas, era el prior quien, en su nombre, dirigía la comunidad, intervenía en las compraventas del monasterio, comparecía en los juicios y, junto con él, recibía las donaciones.

Respecto a la vida de la comunidad poco puede decirse. Documentos de la época hablan del «grupo numeroso de monjes», dirigiéndoles un torrente de epítetos elogiosos: «hombres de extremada bondad, afabilidad, mansos, humildes, amables, piadosos». Naturalmente, es una hipérbole literaria, pero indica una admiración que respondía a una observancia regular poco común. Mas los detalles íntimos de la vida comunitaria se nos escapan.

Se introduce la reforma cluniacense

Otro suceso capital para Leyre fue la introducción de la *Regla de san Benito* en la observancia monástica, asumiendo algunos de los ideales reformadores de Cluny, aunque sin incorporar el monasterio al Ordo cluniacense.

San Benito escribiendo su Regla. *Óleo sobre lienzo. (Anónimo del siglo XVII).*

Asegura J. Goñi: «La vida religiosa del siglo XI sería inconcebible sin los monasterios. Junto con la catedral, eran los centros más importantes de la vida eclesiástica de Navarra e imprimían un tinte monástico a la diócesis de Pamplona. Época de los obispos-abades, los monjes poblaban los grandes monasterios, como Leyre e Irache, y también los monasterios familiares. Hasta existían iglesias donde los clérigos vivían en comunidad, de tal suerte que no se sabe si se trataba de una iglesia parroquial o de un monasterio. Todos dependían del obispo y no se les pasaba por la cabeza la idea de independizarse para colocarse bajo la dependencia directa de la Santa Sede. Muchos se hallaban en manos de seglares».

Vivían atrasados y aislados, si se les compara con los de Europa, pues mientras se regían por las reglas visigodas, en el resto de Europa se había generalizado ya la *Regla de san Benito*, interpretada según las diversas reformas benedictinas surgidas en los siglos X-XI, sobre todo la de Cluny, que en el siglo XI fue el paradigma del estilo de vida monástica que se pretendía introducir en los monasterios que se reformaban. Su espíritu, ideales y costumbres se infiltraban en todas partes.

Sancho III quiso acabar con aquella situación. Su política de reforma monástica comprendía dos puntos. El primero era introducir o reafirmar la *Regla de san Benito*, interpretada según el espíritu de Cluny, pero sin aceptar algunas de las observancias básicas del célebre monasterio borgoñano. Era una de ellas que los monasterios importantes no quedasen sujetos directamente a la Santa Sede, sino a los obispos diocesanos. Es por lo que, a pesar de aceptar el espíritu de su reforma, ninguno de los monasterios reales fueron sometidos a Cluny para que los convirtiera en prioratos dependientes suyos.

Para tales fines hizo venir de Cluny a varios monjes españoles, capitaneados por Paterno, y los instaló en San Juan de la Peña para que, desde allí, la reforma se extendiera lentamente a los demás monasterios de sus estados.

Sabemos también que, debido a la iniciativa de Sancho III, el 21 de abril de 1028 tuvo lugar en Leyre la promulgación de la introducción de la *Regla de san Benito* en San Juan de la Peña. Presenció la ceremonia el obispo-abad de Pamplona y de Leyre, Sancho. ¿Por qué no se verificó en el propio monasterio? El documento, cuya autenticidad discuten los críticos, guarda silencio sobre este punto. Asegura J. Pérez de Úrbel que Sancho, testigo confirmante, quedó tan impresionado de los relatos de Paterno acerca del monacato cluniacense que decidió dejar el mundo para recogerse en Cluny.

Leyre, sede donde se tomó la decisión, no tardó en aceptar la reforma. En 1030, según le parece a J. Goñi, ya estaba implantado el código de san Benito con las características arriba indicadas. Y en Irache hacia 1033. Pero tenemos que llegar al reinado de García el de Nájera para encontrar en 1040 la primera referencia inatacable.

A la izquierda, el obispo-abad de Pamplona y de Leyre, Sancho (1024-1052), con la denominación legerensis episcopus, *en las actas del Concilio de Jaca, hacia el año 1151.*
(Archivo de la Catedral de Jaca).

A la derecha, imagen de San Benito, obra de Juan III Imberto. Preside el retablo de la sala capitular. (Primera mitad del siglo XVII).

García y Estefanía, reyes de Pamplona, donan el monasteriolo de Zubiria con sus posesiones «al obispo Sancho, al prior Galindo y a todos los monjes que militan en Leyre bajo la *Regla de san Benito*».

El Ordo de Leyre y sus *Consuetudines*

El segundo punto reformador de Sancho III consistió en liberar a la iglesias y a los monasterios pequeños del dominio de los laicos, agregándoles a otros monasterios de mayor prestigio para crear congregaciones («ordos») monásticas. El *Ordo de Leyre* fue uno de ellos. «Esta política de concentración monástica –escribe J. A. García de Cortázar– condujo al encumbramiento de una veintena de monasterios que, hasta la desamortización del siglo XIX, permanecieron al frente del monacato benedictino en España». Uno de los cuales fue Leyre.

Sancho III contribuyó a la concentración de iglesias y monasterios en manos de Leyre y a la formación de su Ordo donando cuatro monasterios y una iglesia. García el de Nájera añadió otros ocho monasterios, amén de cuatro iglesias. Sancho el de Peñalén agregó seis monasterios y dos iglesias más y en los años cincuenta y sesenta del siglo XI donó otros nueve monasterios y dos iglesias. La nobleza no se unió al proceso hasta el reinado de García el de Nájera, donando tres monasterios y dos iglesias.

Como todas las congregaciones monásticas nacidas por entonces, en Leyre se elaborarían unas *Consuetudines* para su Ordo, las cuales precisarían el modo de actualizar en la vida práctica la *Regla de san Benito*, interpretada por Cluny, y las normas reformadoras de Sancho III. Sin duda, este texto estaría contenido en el *Libro de la Regla*, obra que desgraciadamente no ha llegado hasta nosotros y de la cual hablaremos más adelante.

Incremento del dominio monástico

Al decir de J. Goñi, la reforma de Sancho III fue «una revolución silenciosa, que no tropezó con clamorosas resistencias, aunque sepamos muy poco de cómo se llevó a cabo y de todas las repercusiones que trajo consigo». Gracias a ella, Leyre llegó a ser en el siglo XI un gran centro de atracción religiosa. Esto aceleró el movimiento de donaciones, que le convirtieron en el monasterio más rico de la diócesis.

El aumento de la riqueza conllevó un aumento de su archivo; mientas que para el siglo X solo contamos con ocho documentos, para el siglo XI tenemos cerca de cien. Cierto que los comienzos del siglo prolongan el silencio documental de la centuria anterior. Pero a partir de 1022 la actividad documental se anima y podemos seguir año tras año el ascenso del monasterio.

La pobreza del entorno de Leyre, poco apto para conseguir los recursos necesarios para generar fuentes de sustento y subvenir las demás necesidades de los monjes, requirió una pronta dotación de recursos. Ya en el siglo IX, los reyes de Pamplona donaron las villas de Yesa y Benasa. Más adelante añadieron otras. Según F. J. Fortún, que es a quien vamos a seguir en el asunto que ahora nos va a ocupar, fue entre 1024 y 1134 cuando se centra la formación del «dominio monástico de Leyre», que fue fruto de 171 donaciones, las cuales se dividen en tres tipos: donaciones grandes, que transfirieron a Leyre villas, monasterios e iglesias o tierras de ellos; donaciones medias o heredades de tierras de cultivo con su casa, molino, un monte, un cubilar para el ganado y pastos anejos; y donaciones pequeñas, esto es, bienes sueltos de campos, viñas, etcétera

Tal patrimonio se cimentó sobre las donaciones de los reyes navarros, pero se debió también al concurso de la nobleza del reino. Otras donaciones las hicieron clérigos y personas cercanas a la nobleza. Los monjes, por su parte, realizaron compraventas, permutas y créditos hipotecarios.

Entre los reyes destacó Sancho III con la entrega de ciertos monasterios, molinos, casas y viñas ganadas a los moros en Falces, Peralta y Nájera. García el de Nájera amplió el número de monasterios y donó, además, la villa de Ororbia y ciertas decanías y tercias. Sancho el de Peñalén entregó molinos, viñas, heredades y monasterios, como San Salvador de Ibañeta y la villa de Tondón.

Entre los nobles del reino cabe mentar tres linajes: los Almoravid y los Oteiza, oriundos de la cuenca de Pamplona, y la familia del conde Marcelo, hombre fuerte de Álava. Nobles y gente de bien, que testaron a favor de Leyre, fueron Sancho Fortuñones, García Sánchez de Domeño y otros muchos.

SECCION E-F

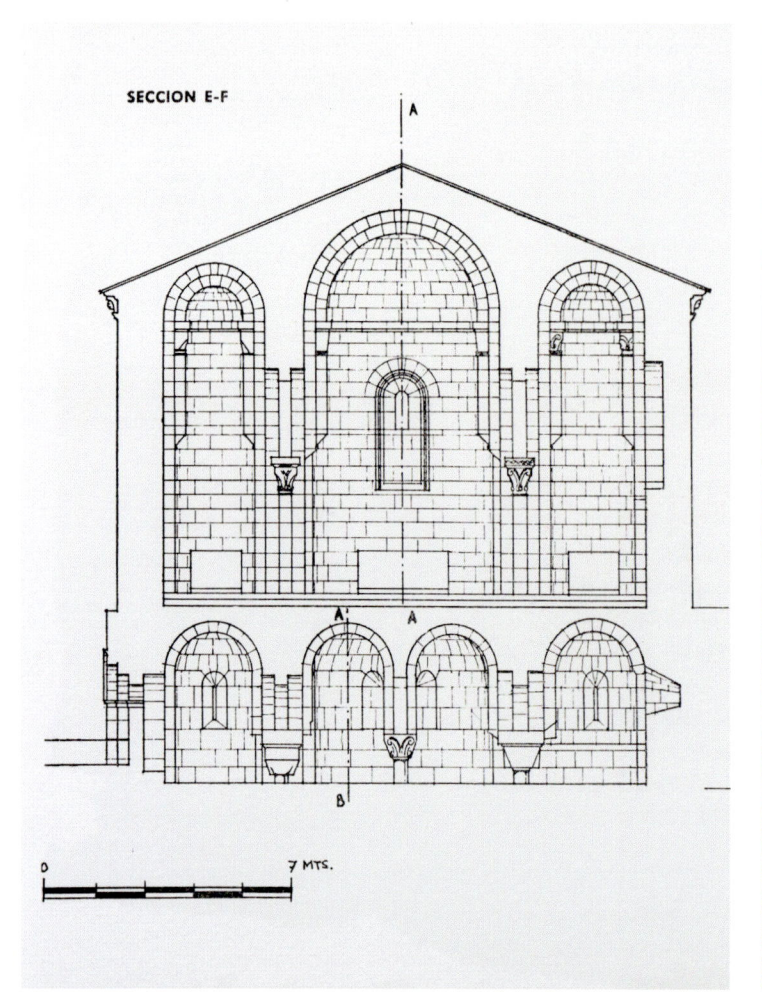

30 PANORAMA

Entre los clérigos y los monjes donantes encontramos al monje Isinario, al presbítero García, al abad de Aibar, Sancho, al clérigo Aznar y otros.

Durante la etapa de los obispos-abades (1024-1083) el dominio desbordó los confines comarcales y adquirió dimensiones regionales en zonas de Navarra, Aragón, La Rioja, Álava y Castilla, aunque de forma desigual en todas ellas. Las mayores aportaciones se registraron en las comarcas cercanas: la cuenca de Lumbier-Aoiz, los valles pirenaicos y en la Alta Rioja. Para la residencia en la corte de Nájera del obispo-abad se adquirieron bienes en Nájera y Castilla.

Entre los factores decisivos que explican el incremento cabe citar la política de concentración monástica de los reyes Sancho III, García el de Nájera y Sancho el de Peñalén, quienes agregaron los pequeños monasterios a los grandes, como Leyre, para convertirlos en ordos o congregaciones monásticas.

Está luego el hecho, por parte de los mentados reyes, de consolidar la Reconquista. Es por lo que donan a los grandes monasterios villas y tierras ganadas a los musulmanes para asegurar su colonización y evangelización.

Muchos donativos se deben a la fe de los reyes, los nobles y los fieles en la eficacia de las oraciones de los monjes y en el poder taumatúrgico de las reliquias de los santos venerados en su iglesia. Ejemplo tenemos en el rey García el de Nájera. Aquejado de una grave dolencia, pidió oraciones a los obispos, abades y clérigos del reino. Un día decidió personarse en Leyre. Oró en la iglesia, los monjes oraron por él y obtuvo la salud. Para agradecer el beneficio, donó al Salvador y a las santas Nunilo y Alodia el monasterio de Centumfontes, la decanía de San Martín de Urriés, la tercia de Eleso y de Esco y la pardiña de Aquis.

Tantas donaciones y rentas tuvieron un claro exponente en la construcción de la cripta y la cabecera de la iglesia, consagradas en 1057.

Hospitalidad en el Camino de Santiago

Algunas donaciones también las hicieron los donantes para que los monjes practicasen obras de caridad, principalmente la hospitalidad. Bajo la influencia de la *Regla de san Benito*, que promueve la hospitalidad, Leyre añadió a todo lo dicho la atención colectiva y organizada a los peregrinos jacobeos en puntos estratégicos de su itinerario en Navarra.

No hacen falta grandes argumentos para ponderar lo que el Camino francés o de Santiago supuso en la formación y evolución de Navarra. Y quien lo hizo posible fue Sancho III, que saneó el camino antiguo, resolviendo el paso por Estella, y trajo los primeros núcleos francos a lo largo de él.

Emplazado en las cercanías de la Ruta Compostelana, lo mejor que Leyre hizo al respecto, según J. M.ª Lacarra, fue reunir los monasterios que aseguraban las comunicaciones de Navarra con Francia: San Vicente de Cisa y San Salvador de Ibañeta, cerca de Roncesvalles, Santa María de Landazábal, junto a Mezkiritz, y San Agustín de Larrasoaña, cerca de Pamplona. Los valles del Roncal y Salazar contaban también con monasterios de Leyre.

En el siglo de intensa afluencia de peregrinos, remedió una de las necesidades más acuciantes.

Cultura de Leyre

A juzgar por la documentación conservada y los edificios que se mantienen en pie, en el siglo XI, Leyre fue un gran centro cultural. Cierto que no se conoce escritor alguno formado en su claustro, ni bueno ni malo. Tampoco obras como las de los escritorios de San Millán y Albelda, que en este siglo desplegaron su paciente labor de transcripción de libros. Solo conocemos de Leyre los diplomas de donaciones redactados, copiados o rehechos por los monjes, amén del *Libro de la Regla*, hoy desparecido, que –al decir de fray Antonio de Yepes– contenía el texto de la *Regla de san Benito*, un *Martirologio* y el *Catálogo de los reyes enterrados en el monasterio*, amén de otros textos, entre los que cabría suponer las mencionadas *Consuetudines* del Ordo o Congregación de Leyre.

Pero donde la cultura alcanzó su más claro exponente fue en los edificios conventuales. El impulso renovador de Sancho III, que quiso reconstruir las iglesias y monasterios arruinados o incendiados durante las invasiones árabes del siglo X, dejó en Leyre el monumento de estilo recio y diferenciado de la cripta y la cabecera de la iglesia.

Incendiados el monasterio y la iglesia carolingia por Almanzor, Sancho III

En la página anterior, arriba, a la izquierda, sección transversal de la cripta y de la cabecera de la iglesia. Plano levantado por la Comisión de Monumentos de Navarra en 1867.

A la derecha, vista general de los ábsides y la torre de la iglesia. (Primera mitad del siglo XI).

Abajo, una vista general de la cripta. (Primera mitad del siglo XI).

promovió su restauración. Eran pequeños y quiso, además, agrandarlos para lograr un cenobio capaz de albergar al creciente número de monjes, amén de una iglesia digna de la importancia que alcanzó el cenobio en las primeras décadas del siglo XI como el centro religioso más vigoroso e importante de Navarra. Sus donaciones, las de García el de Nájera y de Sancho el de Peñalén dan a entender que en el monasterio se llevaban a cabo grandes e importantes obras.

Primera consagración de la iglesia (1057)

Habla de ella un documento expedido por Sancho el de Peñalén el 27 de octubre de 1057. Las obras de la ampliación oriental de la iglesia consistieron en la edificación de los ábsides, la cripta y la que hoy llamamos «cabecera de la iglesia», levantadas a continuación del templo carolingio. Concebidas de una vez, responden a una unidad arquitectónica y guardan perfecta armonía.

Según F. J. Ocaña, la realidad de la consagración de 1057 nos hace encajar estas obras en el primer románico, que en España se extendió de 950 a 1075. Las formas de su arquitectura y escultura la separan del segundo románico, desarrollado de 1075 a 1150. Pero las obras conservadas del primer románico español poco tienen que ver con lo de Leyre, por lo que su cripta, cabecera y ábsides quedan en un pantano cronológico y artístico de difícil clasificación. Esto es precisamente lo que da valor a todo el conjunto: el hecho de no poder entroncarlo con las cronologías y las formas artísticas de los dos grandes momentos del arte románico, pero que nació y creció bajo sus alas. Por ello hay que considerarlo como una construcción entre los dos artes, con características propias en la decoración y no en la arquitectura, de lo que se desprende la unicidad del monumento, que sigue admirando a propios y extraños.

Por lo demás, hay en el documento de 1057 consideraciones importantes para la historia de Leyre, como son el interés del rey García el de Nájera y de su la familia por la obra: «Mi padre –dice Sancho el de Peñalén– siempre deseó que sus hijos vieran la consagración de la casa de San Salvador».

Entre los eclesiásticos y autoridades civiles presentes en la consagración, se cita al obispo-abad de Pamplona y Leyre, Juan; a Gomesano, obispo de Calahorra y Nájera; Vigila, de Álava; García, de Aragón y Velasco, abad de San Juan de la Peña. También estuvo presente el rey de Aragón, Ramiro I, y catorce nobles del reino, dueños de sus jurisdicciones correspondientes, entre los que cabe destacar los señores de Huarte, Lumbier, Sangüesa, Peralta, Funes y Tafalla.

Para que quedase constancia de la generosidad real, que ya su abuelo y su padre ejercieron con el monasterio con tal esplendidez que permitió agrandar la iglesia carolingia, Sancho el de Peñalén entregó a Leyre el monasterio de San Juan de Ruesa. Lo requería la consagración de la obra cumbre del primer románico de Navarra.

En las donaciones de este tipo no era habitual mentar las formas del edificio consagrado. Sin embargo, el documento de 1057 da a entender que afectó a un edificio sin terminar de construir. Cierto que la cripta estaba acabada, pero solamente se habían levantado en su integridad dos de los tramos de la cabecera y sus respectivos ábsides, aunque hay indicios en los muros de una mayor progresión. Pero no importó para el rito, dato que, por otra parte, era normal en muchas iglesias, cuando el edificio estaba disponible para abrirlo al culto.

Segunda consagración de la iglesia (1098)

Tuvo lugar el 24 de octubre de de 1098 como consecuencia del derribo de la iglesia carolingia y el alargamiento de la cabecera. Su construcción se levantó en una cronología diferente, la del segundo románico, con unas formaciones arquitectónicas y decorativas también diferentes. Tiene como característica especial la de tener una sola nave, solución que se debió tomar al no poder o no querer proceder al alargamiento del modelo anterior, aunque las huellas de los intentos de continuar la cabecera pueden comprobarse en los muros interiores. La obra, el momento, los asistentes, todo lo que rodea al acta de la ceremonia y una escritura de donaciones efectuada con motivo de la consagración presuponen que el edificio estaba terminado en su conjunto. La bóveda que la cubría debía ser de madera. No obstante, y como hace notar F. J. Ocaña, quizá la puerta que se abría al poniente estaba en precario para su utilización; puerta que, una vez concluida su ampliación y decoración definitivas, hará honor a su nombre de «Porta Speciosa» y a su cronología del segundo arte románico, posterior a la fecha de la consagración.

Esta consagración revistió mayor boato que la de 1057 por el brillo de las autoridades que participaron en la ceremonia. Figuran los obispos Pedro de Roda, que lo era de Pamplona; Pedro, de Huesca; Poncio, de Roda; Diego Peláez, de Santiago de Compostela, en aquel momento exiliado de su sede; y los abades Frotardo, de San Ponce de Tomeras; Poncio, de San Victorián; Raimundo, de San Pedro de Rodas; Arnaldo, de Gerona; Jimeno, de Montearagón y Galindo, de Monzón; todos presididos por el abad de Leyre, Raimundo, acompañados de los archidiáconos, canónigos y un gran número de clérigos. También estuvieron presentes Pedro Sánchez, segundo de los reyes aragoneses que reinaba en Navarra; su hermano Alfonso; Sancho, conde de Erro y de Tafalla; Galindo Sánchez, señor de Funes y de Sos; Lope López, de Uncastillo; Íñigo Fortuñón, de Siresa; García Álvarez, en Zaragoza; Lope Íñiguez, en Navascués y Eximino Garcés. A todos ellos hay que sumar «los nobles soldados y una muchedumbre de hombres y mujeres de toda condición».

El rey aprovechó la ocasión para donar a Leyre las villas de Serramiana y Undués y mil sueldos anuales de la lezda de Huesca. Y el obispo cedió parte de las cuartas episcopales en la Extremadura.

En definitiva, fue una gran ceremonia para una iglesia que, por suma de la anterior, era en aquel momento la más larga del reino, 47,30 metros. Y eso se hace sentir en el acta.

La cabecera de la iglesia y su torre y el ala oriental del monasterio primitivo. (Siglos IX-X y primera mitad del XI).

DE 1083 A 1134

Cambios institucionales en Leyre

La historia de la Iglesia y la de Navarra seguían su rumbo. En 1076 murió asesinado el rey Sancho el de Peñalén y le sucedió Sancho Ramírez. Entonces se inició un periodo que duró hasta 1134, en el que las dos coronas de Navarra y Aragón estuvieron unidas. El alzamiento de Sancho Ramírez, adalid de la Reforma Gregoriana, supuso para Navarra la introducción de esta reforma, lo cual representaba la introducción del rito romano en la liturgia, el reajuste de sus estructuras diocesanas y monásticas y la renovación de sus cuadros rectores.

En 1078 murió Blasco Gardéliz, obispo-abad de Pamplona y de Leyre. Como el sistema de obispos-abades era una práctica ya olvidada en otros ámbitos, Sancho Ramírez pensó instalar en la sede de Pamplona a un obispo capaz de aplicar la Reforma Gregoriana en todo el reino. Pero, al decir de L. J. Fortún, «como el problema era considerable, no le acometió hasta la llegada a Navarra de Frotardo, abad de San Ponce de Tomeras, como legado pontificio. Entretanto, adoptó medidas provisionales. Al no disponer del hombre adecuado, optó por encomendar la mitra a su hermano García, obispo de Jaca, que había aceptado la reforma y colaborado en ella». Y sucedió luego una situación anómala en la que, durante tres años, el obispado aparece gobernado por la infanta Sancha. Leyre, a su vez, fue regido por un abad llamado García, cuyo abadiato fue fugaz.

Fin del sistema de los obispos-abades. Bajo la jurisdicción del obispo diocesano

La verdadera reforma comenzó en 1083, el mismo año que Frotardo llegó como legado pontificio a Navarra. Dice L. J. Fortún que el primer paso que dio para renovar los cargos y las instituciones eclesiásticas más importantes fue la reordenación de la diócesis y del monasterio de Leyre. Para ello tomó varias medidas que supusieron una revisión de los fundamentos y la naturaleza de Leyre, a costa de la

Conjunto de la cabecera y de la gran nave de la iglesia, vistas desde los pies del templo, consagradas en 1057 y 1098, respectivamente.

modificación de algunas de las premisas que habían orientado su vida hasta entonces. Comenzó colocando al frente de las dos instituciones eclesiásticas principales del reino, definitivamente separadas, a monjes de su confianza. Nombró obispo de Pamplona a Pedro de Roda, monje en Santa Fe de Conques y en San Ponce de Tomeras, y como abad de Leyre al monje Raimundo, también francés, lo cual supuso el final del sistema de los obispos-abades. Los demás cargos importantes pasaron también a manos de franceses.

Tales decisiones se inspiraban en los principios de la reforma de Cluny, aunque sin aplicar estrictamente el principio de la exención episcopal. Pero la separación de las dignidades episcopal y abacial exigía el consiguiente reparto de bienes y derechos acumulados durante el período de unión, algunos de dudosa titularidad, y la asignación de cometidos diferentes dentro del panorama religioso. Leyre dejo de ser soporte de la sede episcopal y se convirtió exclusivamente en lo que era: cabeza de una congregación monástica, concebida como un foco animador de la vida eclesiástica en los monasterios e iglesias de su dependencia.

El segundo punto de la nueva reestructuración de Leyre fue el reconocimiento de la autoridad y jurisdicción del obispo diocesano por parte de su abad. No sería un monasterio exento al estilo de Cluny o de San Juan de la Peña, sino que quedó bajo la jurisdicción del obispo. Ahora bien, la separación de las dos instituciones eclesiásticas principales del reino se hizo sin la debida nitidez y equilibrio, lo cual planteó problemas entre ambas y condujo a un largo conflicto en el que Leyre pretendió, sin éxito, librarse de la jurisdicción episcopal.

¿Nuevos estatutos
para el Ordo de Leyre?

A lo mínimos vestigios anteriores de la vigencia de la *Regla de san Benito*, sucede ahora la certidumbre de su consolidación en Leyre como norma exclusiva de la vida monástica, según el modelo de Cluny, pero sin incorporarse al *Ordo cluniacensis* para ser uno de sus prioratos dependientes. Continuó, como vimos, bajo la jurisdicción del obispo de Pamplona.

Gran novedad fue que el abad, como dispone la *Regla de san Benito*, empezó a ser elegido por los monjes. Los reyes nombraron a los obispos-abades. El abad Raimundo fue impuesto por el legado papal Frotardo. Pero en el nombramiento de sus sucesores no existen indicios de intromisiones de los reyes o del obispo, lo cual permite pensar en su elección por parte de la comunidad.

Esta y otras novedades y cambios se recopilarían, tal vez, al igual que en el Cluny de Pedro el Venerable (1122-1156), en unos nuevos estatutos (*Statuts*) para Leyre, documento que nos permitiría conocer el espíritu y las normas concretas de la reforma que Raimundo llevó a cabo. En suma, estaríamos ante un nuevo Ordo de Leyre, una renovada imagen y una nueva ordenación monástica del monasterio y también de su comunidad. Al igual que las *Consuetudines*, los *Statuts* de Leyre se contendrían también en el *Libro de la Regla*, del cual hablamos páginas atrás.

La Virgen añadida al titular
del monasterio y de la iglesia

Desde sus orígenes, el titular de Leyre fue el Santísimo Salvador. En 1098, al consagrar la ampliación de la iglesia, el abad Raimundo quiso que la Virgen compartiera la titularidad. Desde entonces, casi todas las donaciones –más de sesenta– se dirigen al Salvador, a la Virgen y a las santas Nunilo y Alodia. Pero esta devoción mariana no conservó la relevancia que le atribuyó la documentación durante el abadiato de Raimundo. Durante los años de su sucesor, el abad García, la Virgen siguió figurando en los diplomas de las donaciones. A partir de 1132 se abandonó su mención. Tal devoción se plasmó en una imagen revestida de plata, similar a las de Irache y la Real de la catedral de Pamplona. Ante ella oraban los abades después de tomar posesión del cargo. Lo que sucedió con ella lo contaremos más adelante.

El Salvador en el tímpano de la Porta Speciosa. (Siglos XI-XII).

Otra vista general de los ábsides y de la torre de la iglesia de Leyre. (Primera mitad del siglo XI)

Los abades y la comunidad de monjes

Al concluir el siglo XI, juntamente con Irache, Leyre continuaba siendo el polo de mayor atracción religiosa de Navarra, que seguía presentando aquel tinte monástico que ya ofrecía al mediar la centuria, con unos trescientos monasterios, en su mayoría familiares, y eran índice del fervor popular.

Leyre pasaba, en efecto, por momentos de pujanza espiritual y material. Su abad Raimundo, monje de gran personalidad, en sus cuarenta años al frente del cenobio trabajó lo indecible por su engrandecimiento. Las actas de compra, cambio, concordia y donaciones suscritas por él ascienden a 169 sobre un total de 275 documentos que contiene el cartulario. El florecimiento se vio patente en la obra que se llevó a cabo en la iglesia, y que vimos consagrar en 1098. Murió en 1121.

Le sucedió el abad García, el cual gobernó hasta 1139. Entonces comenzó el abadiato de Pedro López, hasta 1153. Le sucedió Jimeno, documentado entre 1168 y 1182. En 1188 hallamos a García. Aparece tras él Giraldo, documentado de 1191 a 1192. Termina el siglo XII y se abre el XIII con Arnaldo (1193-1201) al frente del monasterio. Con estos abades, cuya lista fue trazada por L. J. Fortún, continuó la agregación de monasterios y de otras donaciones, pero con un ritmo decreciente. En el siglo XIII se suspenden.

Pero la gran actividad desplegada por el abad Raimundo y sus éxitos no excluyeron la cooperación de la comunidad, según prevé la *Regla*. Leyre contaba por entonces con casi cien monjes, aunque muchos de ellos vivían en los prioratos del dominio, regidos por un prior. Según G. M.ª Colombás, «en los monasterios de alguna entidad –como Leyre– dos terceras partes de los monjes vivían en los prioratos y otras casas todavía menores». Entre los prioratos del Ordo de Leyre donde residían mojes se citan los de Urdaspal, Roncal, Huarte, Navardún, Villaveta, Elcarte, Lizasoáin o Ribas.

Algunos de los monjes de Leyre pertenecían a la aristocracia navarra o alavesa. Otros habían pertenecido al clero secular rural o a los monasterios familiares que se vincularon a Leyre. En otros casos la vocación parece fruto de la voluntad de los padres que, a la vez, ofrecían al monasterio bienes como ayuda para el sustento del oblato.

No todos los monjes eran sacerdotes. En los documentos se especifica quiénes poseían el sacerdocio o quiénes eran diáconos. Con todo, el criterio jerarquizador era su antigüedad, es decir, la fecha de su profesión. El tiempo y la experiencia seleccionaban a los *seniores*, que eran los consejeros del abad. No existía distancia entre los monjes ingresados en la niñez y, por ende, mucho mejor formados, y los conversos, cuya vocación tardía impedía una formación similar a la de aquellos y a quienes se les asignarán más adelante los oficios más humildes.

Aunque en los monasterios importantes existían varios priores, después del abad, el segundo personaje de Leyre era el *gran prior*. De los demás cargos, los documentos solo consignan el nombre del titular o aluden simplemente al cargo: *cillerero, limosnero, camarero*; por ello es imposible reconstruir y seguir la evolución de los cuadros dirigentes del monasterio. Lo mismo puede decirse de los priores de los prioratos.

Culminación patrimonial entre 1083 y 1134

Sabemos ya que uno de los empeños del abad Raimundo fue acrecentar el dominio de Leyre hasta elevarlo al punto de máxima prosperidad de su historia. Lo canta la documentación conservada: del tiempo de los obispos-abades (1024-1083) se

Arriba, detalle de algunas de las escenas en la enjuta correspondiente del lado izquierdo del friso de la Porta Speciosa: un santo con báculo y libro (¿san Virila?), un entrelazado de cordones y un hombre barbado.

Abajo, carta de donación al monasterio de Leyre de la villa de Sansomáin, en el mes de mayo de 1141. (Archivo General de Navarra).

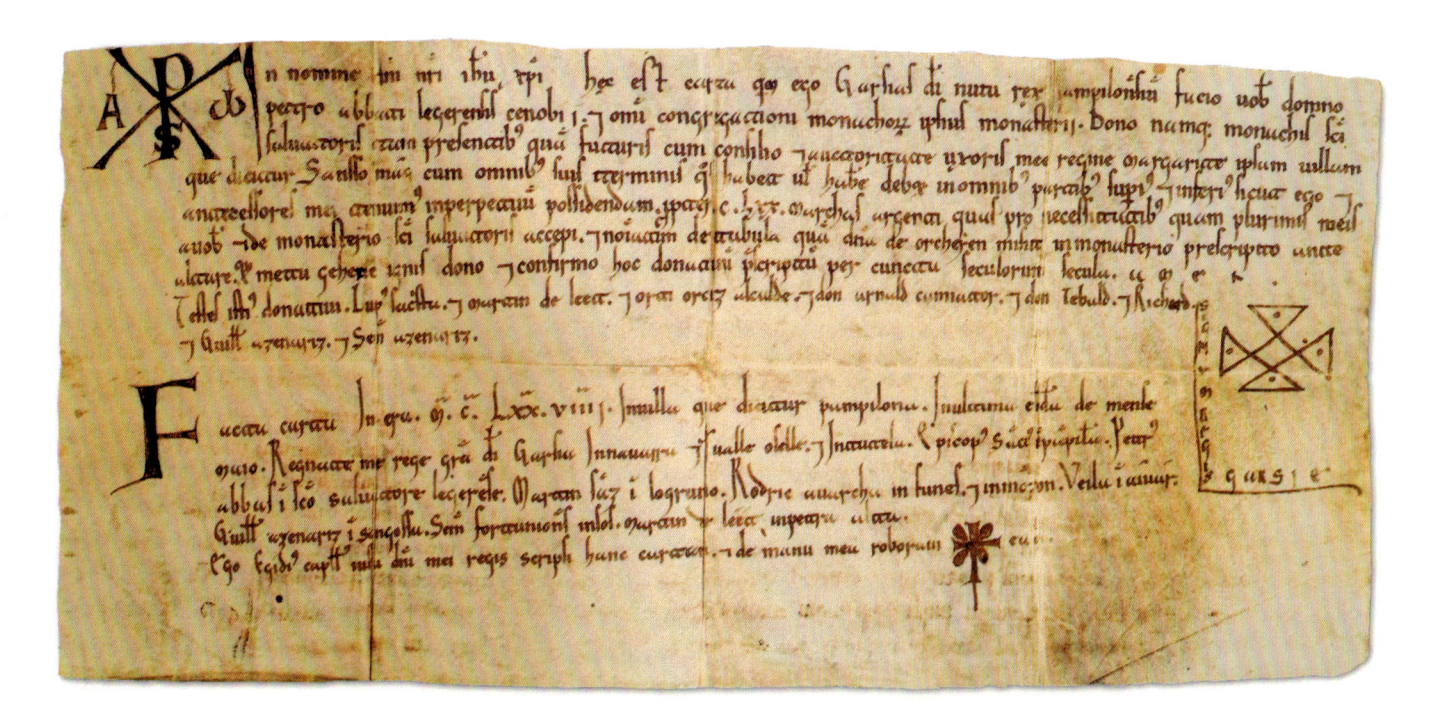

conservan 88 diplomas, mientras que de los años que historiamos existen 198, y 169 de ellos corresponden a los cuarenta años del abadiato de Raimundo.

Cierto que, a partir de 1085, disminuyeron las donaciones de los reyes. Con todo, Sancho Ramírez donó los monasterios y pertenencias de Igal, Urdaspal y Roncal. Pedro I, en 1097, hizo entrega de una mezquita en Huesca, otros bienes en 1098 y, en 1101, la iglesia y la villa de San Sebastián y la pardiña de Oroztegui.

Por el contrario, las donaciones de la nobleza se triplicaron en número con respecto a la etapa anterior. Sus donaciones provinieron de los grandes linajes, dueños de villas enteras o de iglesias, y también de infanzones, que solo podían donar una o varias heredades.

Gracias a ello, los ámbitos de la influencia de Leyre desbordaron su círculo geográfico y los límites de su dominio alcanzaron la Bureba, Álava, la Ribera tudelana y las cercanías de Zaragoza y Huesca. Leyre, pues, se hizo presente en nuevos lugares incorporados por el avance de la Reconquista (los Somontanos aragoneses y las Riberas del Ebro) y adquirió consistencia en ámbitos donde su implantación era anteriormente más débil.

Cuando su expansión llegó a su apogeo, su dominio desbordaba el marco de Navarra, aunque estaba excesiva y desigualmente diseminado por multitud de lugares. Su núcleo más compacto estaba en las comarcas que rodeaban el monasterio: las cuencas de Lumbier-Aoiz-Pamplona, los valles del Pirineo y la Valdonsella. Más allá, solo recobraba intensidad en la Alta Rioja y sus confines alaveses y castellanos.

El incremento de la hacienda fue acompañado por una reorganización paralela a su explotación, articulada en decanías, autosuficientes en sus rentas. Parte de las mismas aportaban mucho al sostenimiento del monasterio.

La complejidad del dominio, la abundancia y dispersión de las fincas, los problemas de defensa y conservación aconsejaron perfeccionar los instrumentos de control. Por iniciativa del abad Raimundo, se elaboró un cartulario para compilar los títulos de propiedad acumulados y un cuaderno de privilegios pontificios y reales. Se abrió el primero hacia 1111 y el segundo en fecha próxima a su muerte. Continuados por sus sucesores, y oportunamente ensamblados, conformaron el llamado *Becerro antiguo de Leyre*.

Señorío monástico de Leyre

Dos elementos fundamentales le definían, según escribe L. J. Fortún, que es a quien seguimos en todo lo referente al dominio de Leyre: «La propiedad sobre un variado patrimonio y el control de un grupo humano, unidos ambos por un sistema de organización y gestión para las rentas señoriales».

Los principales bienes patrimoniales eran sesenta y dos villas con su casa o palacio señorial e instalaciones anejas. Las fincas eran casi todas de secano. Las de regadío estaban muy divididas, junto a los arroyos y ríos. Las viñas y olivares eran pocos. Los terrenos incultos eran llamados *montes* y comprendían bosques, pastos y cursos de aguas con sus espacios anejos. Existían estos tipos de villas: *villas forestales* en las periferias de las cuencas tripartitas, con tierras de labor, pastos y bosques; *villas donde prevalecían los pastizales y la ganadería*, sobre todo en la cuenca de Lumbier; y *villas agrícolas* con fincas laborables, pastizales y bosques, sobre todo en la cuenca de Pamplona.

Los monasterios eran ochenta y seis, pero solo en una docena vivían monjes y, por ende, podían ser considerados como tales. Hace un momento dimos sus nombres. Se distinguían tres tipos: quince con un patrimonio de ámbito comarcal; doce de ámbito local en las cuencas y en el Pirineo, con su coto redondo en lugares de pequeña dimensión; los restantes eran iglesias propias: sin coto redondo, tenían su templo, su casa y un reducido patrimonio. Algunas llegaron a ser parroquias de su lugar, aunque con el paso lento del tiempo desaparecieron como tales y quedaron reducidas a simples bienes raíces.

En los valles del Pirineo y en las cuencas prepirenaicas Leyre llegó a tener alrededor de sesenta y seis iglesias con su patrimonio y rentas eclesiásticas habituales. Su rentabilidad explica la conversión de monasterios en iglesias parroquiales y la fundación de parroquias en las villas del dominio.

Contaba también con 281 *hereditas*, término usado para designar los bienes con los que vivían un infanzón o un pechero. Ejes de la explotación eran la vivienda e instalaciones anejas para las actividades agropecuarias. Las tierras de cultivo eran de labor y viñedos y sus parcelas, pequeñas. Otro elemento de la *hereditas* era el derecho de aprovechamiento de las tierras comunales del lugar.

Un folio del Becerro antiguo de Leyre *(siglo XII), procedente del escritorio del monasterio. (Archivo General de Navarra).*

Contaba, por lo demás, con *paludes*, es decir, montes, pastos y zonas no cultivables dedicadas a la ganadería. Existían dos tipos: pastos veraniegos del Pirineo (*cubilares*), desde los cuales se aprovechaban también los pastos comunales circundantes; y montes donde Leyre no disfrutaba de la propiedad, pero gozaba del derecho de aprovechamiento de las tierras comunales del lugar. También debemos anotar los mismos derechos sobre los cursos de agua para los molinos en ríos o cursos de aguas caudalosas.

Además del patrimonio inmobiliario, el señorío de Leyre exigía el control sobre el grupo humano que, sometido al señor (el abad), y bajo su dirección, hacia funcionar el sistema. El término *meschinus*, sustituido sobre 1124 por *collazo*, era el título del campesinado dependiente en el siglo XI. Los siervos domésticos que pudo tener Leyre no se especifican en la documentación, que se refiere únicamente a la masa campesina enraizada en sus heredades.

La condición jurídica de los campesinos era la servidumbre, que se definía por varios rasgos. Solo tenían el dominio útil sobre las heredades. Otro rasgo de la condición servil era su carácter hereditario, cuya concreción dependía de las circunstancias de cada lugar. Leyre fue el único monasterio navarro que, según el *Fuero general de Navarra*, obtuvo jurisdicción sobre todos sus villanos. Con el transcurso del tiempo y los cambios que experimentó la sociedad, evolucionó la situación del campesinado. A principios del siglo XII hubo intentos fraudulentos de ascenso social y rechazo de las obligaciones hereditarias debidas a Leyre. Con el desarrollo de la vida urbana y los avances de la Reconquista, disminuyeron los mezquinos, lo que obligó a los señores a reducir las prestaciones para evitar su marcha a otros lugares. Se ensayaron fórmulas para reducir la dependencia personal y sustituirlas por cargas de carácter real.

Para coordinar bienes, hombres y recursos, los monjes diseñaron un entramado organizativo. Las propiedades se agrupaban en varios tipos de dependencias. La *decanta* era un concepto bajo el cual se incluían monasterios, iglesias, villas o simples heredades. A veces se emplea el término *obedientalia* para designar las villas y dependencias sin carácter eclesiástico. Por encima de ambas estaban unos veinte prioratos que agrupaban conjuntos importantes de bienes radicados en un antiguo monasterio. En ellos profesaban monjes cuando contaban con una comunidad, aunque fuera reducida. Pero solamente una docena de ellos pueden considerarse como monasterios donde vivían monjes en comunidad.

Leyre era el centro ordenador del dominio y al que se transferían las rentas desde su lugar de origen. El abad era su administrador, ayudado por el prior y el mayordomo. Al principiar el siglo XII hubo tendencia a vincular ciertas rentas al limosnero o encomendar villas a monjes en concreto.

Los modos de explotación fueron diversos. La reserva señorial se explotaba de forma directa, mediante *labores* de los campesinos y contrataciones

Un detalle de las figuras del abigarrado mundo representado en las arquivoltas de la Porta Speciosa.

temporales. Pero la mayor parte del dominio estaba entregado a mezquinos. A cambio del dominio útil, entregaban prestaciones reales y personales. Las prestaciones personales (*labores*) se hacían colaborando en las faenas agrícolas a lo largo del año o abonando una cuota de jornadas un día a la semana. A mediados del siglo XI, se inició una segunda etapa, marcada por las reducciones y la generalización de un canon prototípico: una *galleta* de vino (47 litros), una *delgata* (¿88 kg de trigo?), un *robo* de avena (16 kg) o cebada (18 kg).

En la segunda mitad del siglo XI Leyre concedió de por vida lotes de bienes a clérigos o nobles que entregaban al monasterio una parte de las rentas en forma de *decimum* anual. En la segunda mitad del XII, la encomendación se convirtió en arriendo, es decir, una cesión vitalicia de bienes a cambio de un canon anual en dinero o especie. Afectó a bienes de envergadura, sin modificar el sistema de explotación vigente en ellos ni tampoco la situación de los campesinos.

No resultó fácil controlar un señorío tan disperso. Eran constantes las usurpaciones por parte de los reyes, nobles, obispos y campesinos. La estructura monástica no podía asegurar la explotación de todas sus posesiones, lo cual acarreaba la ruina o el abandono de algunas. En este clima, algunos mezquinos rompían los vínculos de dependencia señorial y se hacían pasar por infanzones.

Resulta imposible precisar la suma global de las rentas. Noticias concretas solo permiten comprobar la multiplicidad de gastos de Leyre: gastos de producción, sustento de los monjes, culto divino, obras caritativas, pleitos, etc. El conjunto monumental refleja la evolución económica. En la etapa de los obispos-abades se levantaron la cripta y la actual cabecera de la iglesia, consagradas en 1057. El abad Raimundo continuó las obras de la ampliación del templo, suspendidas en dicho año, y en 1098 pudo consagrar sus muros perimetrales, cubiertos con una techumbre de madera. Durante el primer tercio del siglo XII se remozó y agrandó la portada que se abre al poniente, la cual, debido a la gran riqueza escultórica que la decora, recibió el sobrenombre de Porta Speciosa. Diplomas coetáneos consignan gastos extraordinarios en relación quizás con los agobios económicos que provocó el pleito para conseguir la exención, del cual hablaremos más adelante, y que no pudieron satisfacerse con los recursos habituales. «El resultado –concluye L. J. Fortún– fue el endeudamiento, que gravó las rentas y acabó afectando al patrimonio».

Memorándum del abad Raimundo

Los cambios institucionales promovidos por el legado Frotardo fueron beneficiosos para Leyre, que siguió gozando del apoyo de la Corona y, aparentemente, mantuvo buenas relaciones con el obispo. El abad participaba en los sínodos diocesanos y el obispo Pedro de Roda (1083-1115) consagró la ampliación de la iglesia el 24 de octubre de 1098. Al iniciarse el siglo XII las relaciones parecían buenas todavía. Con todo, los problemas con el obispado ya habían apuntado a fines del siglo XI.

Pedro de Roda, apasionado por el ascenso y primacía de la diócesis, chocó pronto con el prestigio de Leyre. Un primer roce se tuvo al introducir el orden canonical según la *Regla de san Agustín* en Pamplona, nueva institución que asumió el papel desempeñado hasta entonces por los grandes monasterios de Irache y, sobre todo, de Leyre.

Luego, para reforzar la autoridad episcopal sobre los monasterios, obtuvo bulas de Urbano II en 1096 y de Pascual II en 1114 por las cuales ambos papas sometían

Ala del monasterio antiguo que mira a la sierra. Conserva una puerta románica muy sencilla y algunas aspilleras.
En el ángulo noreste se eleva un torreón del siglo IX. El torreón del ángulo noroeste es de construcción reciente.

todas las Iglesias de la diócesis a la jurisdicción del obispo, entre las que se citan de modo especial Leyre e Irache.

Más tarde, bajo pretexto de que reducían sus rentas o su autoridad episcopal, empezó a reivindicar sus derechos sobre algunas de las iglesias parroquiales que poseía Leyre y sobre las cuales el obispo ejercía jurisdicción y percibía la cuarta parte de los diezmos (las cuartas episcopales). Pero el hecho principal que motivaba el enfrentamiento lo originaba el reparto de determinadas rentas eclesiásticas verificado por el legado pontificio Frotardo en 1083, como eran, por citar un ejemplo nada más como botón de muestra, las cuartas de la Valdonsella y del valle de Funes y los diezmos del Castellar. Otros roces se produjeron por el secuestro de algunas rentas eclesiásticas por parte del obispo, a los que siguieron serios enfrentamientos del monasterio con miembros del clero secular y algunos servidores del obispo. El ambiente hostil acabó envenenando, incluso, las reuniones sinodales: «Cuando vengo al Sínodo –dice el abad Raimundo–, se levantan contra mí y los monjes, nos afrentan y apenas podemos evadirnos de sus manos».

El complicado tejido de intereses y competencias era, pues, terreno abonado para roces y enfrentamientos entre ambas potestades. «Durante las últimas décadas –dice L. J. Fortún– tanto el legado Frotardo como Pedro I, buen conocedor, partícipe de las directrices de su padre y capaz, por tanto, de mantener los criterios básicos de la reforma emprendida en 1083, ejercieron una función moderadora. Al desaparecer ambos, Pedro de Roda y Raimundo no tuvieron ya árbitros prestigiosos para dirimir sus contiendas o frenar sus ambiciones».

Raimundo, cansado ya de sufrir humillaciones, redactó un largo memorándum. Su protesta lleva este título: «Quejas que el abad de Leyre y sus monjes formulan contra el obispo de Pamplona y sus clérigos». Pasan de veinte. Concluye su alegato haciendo ver el cambio que se operó en las relaciones entre Leyre y el obispado años después de la llegada de Pedro de Roda a Navarra. Su historia podía dividirse en dos períodos: antes de venir a Navarra, los monjes gozaban de libertad. Después, todo cambió. Pronto reivindicó sus derechos sobre Leyre. Lo que no arrancaba de una vez, lo hacía por etapas. Cada concordia que firmaba era un paso hacia ulteriores metas. Al tropezar con resistencias inesperadas, recurrió a procedimientos expeditivos, no siempre correctos.

El hecho de que Leyre estuviese bajo su jurisdicción no era motivo que justificase algunas de sus intromisiones porque, como hace notar J. Goñi: «Los bienes y rentas episcopales no se hallaban mezcladas con las de Leyre desde los años en que los abades del monasterio fueron obispos de Pamplona y, tanto Leyre como la catedral, guardaban sus títulos de propiedad en sus archivos, reunidos más tarde en el *Becerro antiguo* y en el *Libro redondo*, respectivamente».

Cultura de Leyre en el siglo XII

Dice J. Goñi que «los vientos de renovación que soplaron sobre Navarra en el siglo XII afectaron profundamente a la cultura. Por primera vez funcionó una escuela catedralicia en Pamplona. Además, algunos clérigos y laicos comenzaron a frecuentar centros intelectuales acreditados de Europa y regresaron a Navarra con el título de maestros y las últimas producciones científicas».

Aunque no poseemos noticias precisas de ellas, es de suponer que en los monasterios importantes existieron escuelas internas para la formación de los monjes, pues en ellos nunca faltaron algunos capaces de redactar un diploma, copiar un libro y adornarlo con viñetas. En las colecciones diplomáticas han quedado consignados los nombres de numerosos *scribas* de los monasterios. Ellos introdujeron la letra carolingia, más estética que la visigótica.

Del escritorio de Leyre solo ha llegado el *Becerro antiguo*, cartulario que contiene 275 documentos de los años 842-1167, de importancia capital para la historia de Leyre y aun de Navarra. Cierto que desde el punto de vista artístico no contiene nada que llame la atención. La letra no presenta una completa uniformidad ni una elegancia extraordinaria. Los encabezamientos iniciales y las fechas van en rojo. Los adornos geométricos o de animales esparcidos por aquí y por allá y la única viñeta del manuscrito son de mérito modesto. Con todo, esa viñeta es una de las pocas anteriores a la Biblia de Sancho el Fuerte.

Otra manifestación cultural del Leyre del siglo XII la tenemos en las construcciones que se llevaron a cabo. El arte románico, iniciado en la primera

Un capitel de la Porta Speciosa con aves con devoraciones, es decir, animales enfrentados picoteándose las patas. (Siglo XI).

mitad del siglo X, llegó a su apogeo en la segunda mitad del siglo XII. Navarra se cubrió de monumentos en las ciudades, las villas importantes y hasta en las aldeas más ignoradas. Los centros más importantes se encuentran en los itinerarios de Compostela, o bien a uno y otro lado de esos caminos.

En Leyre, cuando se consagró la ampliación románica de la iglesia en 1098, la puerta que se abría al poniente debió quedar en precario para su utilización. Se habrían reemprendido sus obras durante el primer tercio del siglo XII. Y fue por entonces cuando debieron de ampliar dicha puerta y le añadieron abundantes esculturas para mejorar su hermosura hasta convertirla, al decir de F. J. Ocaña, en «una portada en toda regla, aunque no del alcance de las de Santa María de Sangüesa, San Miguel de Estella, San Isidoro de León o las Platerías de Santiago, pero con todos los elementos para pertenecer a ese grupo selecto».

Por la identidad de algunos de sus capiteles con otros de la catedral románica de Pamplona, hoy en el museo de Navarra, y de la cripta de Sos del Rey Católico, se hizo escultor de ella al maestro Esteban, que trabajó en dicha catedral a partir de 1101. Pero los datos que ofreceremos más adelante lo contradicen.

Vista general de la Porta Speciosa en la fachada principal de la iglesia. (Siglos XI-XII).

DECLIVE
(1134-1300)

Entre Navarra y Aragón a partir de 1134

Al morir Alfonso I el Batallador en 1134, los magnates de Aragón proclamaron rey a su hermano Ramiro II, apodado el Monje, mientras que los navarros alzaron como soberano a García Ramírez para deshacer la unión de ambos reinos, vigente desde 1076.

Uno de los más firmes soportes del nuevo rey de Navarra fue el obispo de Pamplona Sancho Larrosa (1122-1142), que hizo cuantiosas aportaciones monetarias para financiar contingentes militares. A cambio, García Ramírez hizo muchas donaciones a la catedral de Pamplona y la convirtió en su institución eclesiástica preferida, amén de capilla regia y panteón real de la nueva dinastía.

Leyre y su abad García (1121-1139) apoyaron a Ramiro II y a su pretensión de mantener unidos los reinos de Navarra y Aragón, en parte por el deseo de apoyar el sistema político creado en 1076, que tanto contribuyó al engrandecimiento del monasterio.

Sin embargo, en 1138 Leyre se inclinó al lado de García Ramírez. El cambio de postura se atribuye a la decisión de Ramiro II de confiar el ejercicio del poder a Ramón Berenguer IV, reteniendo para él el título de soberano y las rentas de los mejores monasterios del reino, que eran Leyre, San Juan de la Peña, San Victorián y Siresa.

Esta decisión podría integrar a Leyre en una especie de macro-capilla real al servicio de Ramiro II y de futuro incierto.

Pero el cambio de bando no garantizó a Leyre el favor de García Ramírez, ni siquiera tras la muerte del abad García y la elección de su sucesor, que fue Pedro López (1141-1153). Al igual que la catedral, Leyre tuvo que aportar recursos con carácter forzoso a la causa de García Ramírez: 170 marcos de plata. Para indemnizar a Leyre, el rey inició una cadena de

Los ábsides de la iglesia y el ala oriental del monasterio primitivo con sus aspilleras y sus bloques de piedra ennegrecidas, colocadas un tanto anárquicamente, hablan de Leyre como lugar estratégico de defensa. (Siglos IX-XI).

compensaciones fraudulentas a cambio de bienes de menor importancia, perdió parte de su dominio en la Ribera tudelana y fue desplazado de Pamplona, pues la iglesia de Santa Cecilia fue a parar a manos del obispo. Estos trueques tensaron más las relaciones entre Leyre y el prelado pamplonés.

Pleito por la exención episcopal

A la pérdida del favor real y el auge de la autoridad episcopal, sobre todo a partir de la construcción de la catedral de Pamplona, consagrada en 1127, que reforzó el prestigio y el poder del obispo, hay que añadir el establecimiento en Navarra de institutos religiosos que atraían el interés y las mercedes del rey y de los donantes. Fueron los más importantes los cistercienses en Fitero y La Oliva a partir de 1140, las órdenes militares (templarios y hospitalarios) y las fundaciones asistenciales, como el hospital de Roncesvalles, amén de otros santuarios dependientes de la catedral, como el de San Miguel de Aralar.

En este contexto se fraguó el proyecto de plena sujeción jerárquica a la autoridad del obispo de los monasterios importantes de la diócesis, que eran Leyre e Irache, cabezas de sendas congregaciones monásticas. En 1139, aprovechando la muerte del abad de Leyre, García, el obispo Sancho de Larrosa consiguió que su sucesor, Pedro López, prestase obediencia tanto a él como a sus sucesores. Además de esto, el obispo Lope de Artajona (1142-1159) buscó la protección de la Santa Sede y obtuvo de Celestino II la bula *Ex commiso nobis* (26 de febrero de 1144), primera codificación de los títulos de propiedad y derechos de la Iglesia de Pamplona. El papa confirmó los bienes que tuviera o lograra en el futuro y, entre los que cita nominalmente, figura Leyre. Tal privilegio de protección fue confirmado por Lucio II en 1144 y por Eugenio III en 1146.

Estas y otras causas que no podemos enumerar, pues exceden nuestras posibilidades, provocaron en Leyre el deseo de emanciparse de la jurisdicción episcopal. El único modo de lograrlo era conseguir el privilegio de la exención, es decir, la vinculación directa de Leyre a Roma, según el modelo de Cluny, aunque fuera de manera fraudulenta. Leyre contaba con el apoyo de Alfonso II de Aragón, del arzobispo de Tarragona y de San Juan de la Peña. Según J. Goñi, «era toda una conspiración aragonesa para derrocar la influencia navarra».

En efecto, Leyre falsificó dos supuestos privilegios de exención de Alejandro II (1069) y de Urbano II (1089). Y aprovechando la estancia del cardenal Jacinto como legado pontificio en el Concilio de Lérida en abril de 1155, se planteó un pleito ante él contra el obispo reclamando la exención y su dependencia inmediata de la Santa Sede, presentándole el supuesto privilegio concedido por Urbano II. El legado aplazó el fallo hasta un concilio que convocó en Narbona para el 8 de mayo. Pero como Leyre no envió procuradores, la sentencia del cardenal Jacinto fue que el monasterio pertenecía a la Iglesia de Pamplona y debía estar sometido de pleno derecho a su obispo.

Victoria temporal de Leyre (1168-1178)

Transcurrieron dos lustros, tiempo durante el cual se elaboró en Leyre el supuesto privilegio de exención, concedido por Alejandro II en 1069. Por entonces, ya regía la diócesis Pedro de París o de Artajona (1167-1193), uno de los obispos más notables de Pamplona.

Con aquella falsificación, Leyre planteó de nuevo el pleito, que en primera instancia recayó otra vez ante el cardenal Jacinto, el cual, por encargo de Alejandro III, llevaba a cabo una segunda legación en España (1172-1174). El cardenal sospechó la falsificación y volvió a dar la razón al obispo de Pamplona.

Pero Leyre apeló la sentencia del cardenal en Roma. En la curia pontificia se cotejó el dicho privilegio de Alejandro II con otros del mismo papa y se llegó a la conclusión de que el privilegio de Leyre era auténtico. A 28 de junio de 1174 Alejandro III mandó expedir el correspondiente privilegio de exención a su favor y siete mandatos complementarios, dirigidos a las partes interesadas.

Dicho privilegio contiene dos partes bien definidas:

En la primera, el papa acoge a Leyre bajo su protección, confirma todos sus bienes y hace una relación exhaustiva de los más importantes.

En la segunda parte, otorga los privilegios que configuran el estatuto de Leyre, define el contenido de la exención y restringe la intervención del obispo a campos bien acotados. Leyre continuaría disfrutando de los diezmos de sus propiedades alodiales, de sus derechos sobre sus iglesias y la jurisdicción sobre los clérigos que las servían.

La autoridad del obispo quedaba reducida a los ritos inexcusables: bendición de los santos óleos, consagración de altares e iglesias, bendición del abad y ordenación de los monjes y clérigos que servían sus iglesias; pero, si surgían problemas, se podía recurrir a otro obispo. Por lo demás, el abad sería elegido por los monjes y solamente podía ser depuesto por mandato del papa o sentencia de un tribunal pontificio. Como signo de dependencia directa de la Santa Sede, Leyre pagaría anualmente una onza de oro. Como complemento a la sentencia, el papa ordenó al obispo Pedro de París devolver a Leyre las rentas usurpadas en tiempos del obispo Lope de Artajona y llegar a un acuerdo para repartirlas.

Pero el acuerdo tardó años en lograrse. En 1178 el obispo cedió al abad la mitad de las cuartas de las iglesias de la Valdonsella, devolvió dos iglesias roncalesas, Garde y Navartazo, y se comprometió a apoyar los derechos de Leyre en las siete restantes. En concepto de derechos episcopales, el monasterio tuvo que satisfacer determinadas cantidades de bienes en San Sebastián y en otras iglesias.

Victoria relativa del obispo de Pamplona (1185-1198)

El obispo Pedro de Paris no intentó revisar el proceso mientras vivieron Alejandro III y Lucio III (1181-1185). Pero al advenimiento de Urbano III renovó de nuevo el conflicto. Antes, permaneció un tiempo en Roma para granjearse la amistad de ciertos eclesiásticos, a los que luego propuso como jueces pontificios.

Una vez iniciado el nuevo proceso, las dos partes fueron convocadas en Roma el 29 de septiembre de 1187. El abad de Leyre –lo era desde 1182 García– basó su defensa en las bulas de Alejandro II, Urbano II y Alejandro III.

Después de cotejar los supuestos privilegios de exención de Leyre con otros diplomas del archivo de Letrán, el 2 de agosto de 1188 Clemente III declaró falsos los privilegios de Alejandro II y de Urbano II y anuló el de Alejandro III. Aceptó en cambio como válidos los privilegios de Urbano II y Pascual II a la Iglesia de Pamplona, que incluían a Leyre como parte de la misma. El fallo definitivo fue que Leyre pertenecía a la Iglesia de Pamplona y debía estar sometido plenamente a su obispo. La apelación de Leyre fue inútil. El 19 de diciembre de 1191 una sentencia del cardenal Jacinto, buen conocedor del asunto, y convertido ya en el papa Celestino III, confirmó la anterior y cerró definitivamente el caso.

Pero estas sentencias dejaron pendientes dos cuestiones. Era la primera la repartición de las mutuas usurpaciones de rentas durante el proceso, problema que se solventó mediante un arbitraje en abril de 1197. Leyre perdió cuatro posesiones significativas, pero conservó muchas de sus iglesias parroquiales, con obligación de pagar los habituales derechos al obispo, al arcediano y al arcipreste, amén de la aceptación de los derechos de jurisdicción y gobierno que competían al obispo: régimen de los clérigos, interdictos, apelaciones, etcétera.

La segunda cuestión pendiente era la definición jurídica de la sujeción de Leyre al obispo y de su pertenencia a la diócesis. Esto se aclaró en una bula de protección a favor del monasterio, expedida por Inocencio III el 10 de junio de 1198. El papa colocó todos sus bienes bajo su tutela, aunque no como un monasterio exento. En adelante el obispo de Pamplona sería el único prelado con funciones pontificales en el monasterio y en sus iglesias en todo lo relativo a los santos óleos, consagración de iglesia y altares, ordenaciones sacerdotales y bendición de abades. Recuperaba también la plena jurisdicción sobre las iglesias dependientes de Leyre y sus clérigos, que antes tenía el abad en exclusiva.

El monasterio y sus bienes perdían la inmunidad y pasaban a la jurisdicción episcopal, hasta el punto de que el obispo también podía juzgar en apelación pleitos promovidos por los propios monjes contra su abad, debía ser consultado en cualquier enajenación de bienes y podía lanzar censuras de excomunión o entredicho sobre el monasterio, pero este quedaría exento de los entredichos generales.

Sin embargo, la ampliación de las facultades operativas del obispo no significaba plenos poderes de actuación derivados de un derecho de propiedad o de posesión sobre el monasterio. Inocencio III le advirtió en la citada bula que Leyre tenía entidad jurídica propia: la *Regla de san Benito* y sus *Consuetudines* como norma de vida; por ende, su funcionamiento interno no podía ser alterado al arbitrio del obispo. Reconocía la libre elección del abad por la comunidad, pero en virtud de su poder jurisdiccional el obispo podía deponerle.

«Después de un siglo de ambigüedades y conflictos –concluye L. J. Fortún, a quien hemos seguido durante este largo proceso–, Inocencio III fijó las pautas jurídicas que debían presidir las relaciones entre el obispo de Pamplona y Leyre. Solución que apenas estuvo en vigor un tercio de siglo, antes de dar paso al estatuto de exención para el monasterio, derivado de la implantación del Cister en 1236».

En la Provincia Benedictina Tarraconense-Cesaraugustana

En nuestro caminar por la historia de Leyre llegamos ya al siglo XIII. El siglo XI es el de su hegemonía. En el XII notamos ya un declive. Y en el XIII el monasterio no marchaba bien. Sigue en su historial el ritmo general del monacato benedictino.

En la historia monástica, el siglo XI es el de Cluny, de la Orden Cluniacense y de otras reformas afines de monjes de hábito negro. A partir de la segunda mitad del siglo XII, sucede una progresiva decadencia. Y en el XIII, tanto a los benedictinos de inspiración cluniacense como a los monasterios independientes de monjes negros les faltaba creatividad y fe en su carisma. Los tiempos corrieron más que ellos, sus estructuras envejecieron y no acertaron a rejuvenecerlas. «La crisis –escribe G. Penco– invadía todos los campos: el espiritual, intelectual, artístico y económico. Un proceso de envejecimiento impedía una reacción espontánea y eficaz de todos estos centros que, habitados por un escaso número de monjes, perdieron toda esperanza en el propio resurgir».

La Santa Sede quiso remediar la situación estableciendo vínculos entre los monasterios de una misma región por medio de reuniones periódicas de sus abades. Las promovió Inocencio III (1198-1218). Más tarde las ratificó el canon 12 de la bula *In singulis* del IV Concilio de Letrán (1215), donde ordenó la celebración de capítulos generales en todas las provincias eclesiásticas, los cuales deberían reunirse cada tres años para abordar la reforma, dar decretos de cuya obediencia nadie podía excusarse y designar visitadores, cuya misión fuera recorrer y reformar los monasterios de cada provincia.

Pero estas disposiciones encontraron poco cumplimiento. Pocos fueron los capítulos y las visitas que se celebraron. En cambio, los abades de la Provincia Tarraconense-Cesaraugustana los celebraron en 1216, 1217 y 1219. Desde entonces, capítulos y visitas se sucedieron durante los siglos XIII-XIV.

A esta circunscripción benedictina tuvo que agregarse Leyre.

A la izquierda, san Babil. Imagen del siglo XIII, que los monjes restauradores encontraron en la cripta. En dicho siglo se introdujo la reforma del Cister en Leyre.

En el centro, san Roberto de Molesmes, fundador del Cister. Imagen que fue venerada en el retablo mayor de la iglesia de Leyre. (Siglo XVII).

A la derecha, san Bernardo de Claraval. Imagen que fue venerada en el retablo mayor de Leyre. (Siglo XVII).

Bajorrelieve central del retablo de San Bernardo en el claustro bajo, obra de Juan de Berroeta. (Siglo XVII).

Crisis al finalizar el siglo XII y principiar el XIII

Durante el último tercio del siglo XII y el primero del XIII, Leyre no sobresalía por el estado floreciente de su observancia regular. Se aducen los siguientes hechos concretos que hacen entrever su declive:

Los diversos pleitos, las largas estancias del abad o de sus delegados en Roma, los honorarios a juristas, etc., durante el largo enfrentamiento con el obispo de Pamplona para conseguir la exención, fueron fuentes de gastos extraordinarios y pérdidas patrimoniales. Además, la discusión se amplió a bienes y derechos concretos, cuya disputa complicaba las consecuencias del pleito principal, como el derecho de Leyre a percibir la mitad de las cuartas episcopales o la totalidad de las mismas en las iglesias de algunos lugares. En otras ocasiones se pugnaba por la propiedad de ciertas iglesias y monasterios de su dominio, o por el pago de diezmos correspondientes a bienes monásticos. Una estimación tardía y sin duda interesada para justificar la implantación de la reforma cisterciense en 1237 advertía que en los últimos sesenta años se habían dilapidado bienes por valor de cuarenta mil monedas de oro.

El patrimonio también conoció una desaceleración. Su incremento había sido fruto de donaciones. Pero, por el tiempo que vamos, los reyes, nobles y burgueses, salvo raras excepciones, se olvidaron de Leyre. Prefirieron entregar sus donaciones a las instituciones que por entonces surgieron en Navarra: órdenes militares, cistercienses o mendicantes.

Incluso existió acoso al patrimonio monástico y en ocasiones se echó mano de su tesoro. En 1141, por citar un caso nada más, ya vimos al rey García Ramírez exigir a Leyre 170 marcos de plata. Además, ciertos nobles usurpaban bienes del monasterio, obligaban a permutas desfavorables o presionaban hasta conseguir parte de sus reclamaciones.

Por lo demás, resultaba muy difícil controlar un dominio tan extenso, complejo y diseminado. Fueron también excesivos los dispendios por los sucesivos pleitos que se precisó iniciar para defender el heterogéneo conglomerado de heredades y rentas.

La suma de todos estos factores produjo un balance negativo para el patrimonio.

«Las noticias provenientes de los compradores o la definitiva desaparición de ciertos bienes de la documentación –escribe L. J. Fortún– advierten que se perdieron alrededor de 16 villas, 14 monasterios, 6 iglesias y 29 heredades. Leyre vio mermado su prestigio, su autonomía y sus rentas. Al inicio del siglo XIII, la etapa de plenitud quedaba muy atrás y el declive era evidente».

Pero fue en la comunidad donde la decadencia de Leyre alcanzó las cuotas más preocupantes. Durante el último tercio del siglo XII y el primero del XIII el número de monjes disminuyó de forma alarmante. Paso de ochenta a diez monjes.

Por lo demás, los tortuosos métodos empleados para conseguir el privilegio de la exención no fueron episodios ajenos a la vida de la comunidad y repercutieron en la observancia regular, como ocurre cuando entran en contradicción los principios fundamentales con las conductas que empecinadamente los subordinan a unos objetivos de menor vuelo.

Hay que añadir que la subordinación del abad al obispo minó la unión y coherencia en la comunidad al introducir posibles injerencias exteriores y un portillo abierto para monjes descontentos. Estos, para solventar sus problemas, comenzaron a recurrir al obispo, el cual podía juzgar en apelación pleitos promovidos por los propios monjes contra su abad.

Paralelamente, las dificultades en la comunidad aumentaron en torno a 1120 a causa de la aplicación de las reformas del IV Concilio de Letrán.

El capítulo general de los benedictinos de la Provincia Tarraconense nombró como visitadores al sacristán de San Juan de la Peña y a un monje de Irache. En la visita que giraron a Leyre en 1120, García, abad desde 1205, quedó mal parado y se quejó de ello a Honorio III, quien encomendó el asunto a un tribunal presidido por el obispo de Pamplona.

Los desafueros cometidos por los jueces motivaron otra apelación a Roma. Entonces los jueces depusieron y excomulgaron al abad García y a algunos monjes. García volvió a apelar al papa. Honorio III aceptó las razones del abad y el 10 de julio de 1221 nombró un nuevo tribunal, integrado ahora por los abades de San Millán de la Cogolla y de Santo Domingo de la Calzada y el chantre de Calahorra. La sentencia definitiva, dada el 26 de mayo de 1222, restituyó al abad en su cargo y anuló las anteriores excomuniones.

Luchas entre monjes negros y monjes blancos

Domingo de Mendavia, abad de Leyre desde 1230 hasta 1239, quiso sacar de su letargo a la comunidad. Ninguna ayuda esperaba de la Provincia Tarraconense. Para él, solamente quedaba una salida: incorporar Leyre a la observancia de los monjes blancos del Cister, llamados así por el color de su hábito, en contraste a la turbamulta de los otros monjes que seguían la *Regla de san Benito* y vestían hábito negro.

Era una de las reformas del monacato benedictino. Comenzó en el siglo XI en Cister (Francia) y tuvo un desarrollo espectacular. En los siglos XII-XIII agrupó a setecientos treinta monasterios extendidos por toda Europa. Entró en España en 1130 y logró las preferencias de los reyes, obispos y nobles. Lo que más sorprende y hace de Leyre un caso único en la historia monástica fue la firmeza de un grupo de la comunidad que no aceptó esta reforma y originó enfrentamientos durante setenta años y cuyos principales meandros conocemos gracias a L. J. Fortún. Tal terquedad la animaron elementos y grupos sociales ajenos a Leyre. Mientras existió la posibilidad de duelos entre los monjes negros y los blancos, los grupos de presión (reyes, obispos, cabildo pamplonés y otras instancias del poder) se alinearon con unos u otros.

El proceso se inició en 1236, cuando Domingo de Mendavia presentó la situación a Gregorio IX. Leyre –vino a decirle–, dotado desde antiguo con grandes posesiones por los reyes, debido a la mala gestión de sus abades, ha llegado a tal decadencia que solo podrá resurgir si se toman medidas serias y urgentes. En los últimos sesenta años se han malgastado bienes valorados en cuarenta mil monedas de oro. Antaño contó con ochenta monjes y hoy apenas pueden vivir diez y no sobresalen por sus virtudes y vida santa.

Pero se precisaba contar con el apoyo de Teobaldo I, tanto por su condición de soberano navarro como por el patronazgo que ejercía sobre Leyre. También con el obispo de Pamplona, Pedro Remírez de Piedrola (1230-1238), a cuya jurisdicción estaba sometido. Hay algo confuso y turbio en el fondo de este asunto pues, para lograr el apoyo del rey, Domingo le ofreció mil maravedís de oro. El obispo, como perdería su jurisdicción sobre Leyre, y la Iglesia diocesana, como perdería diezmos

En la página siguiente, san Bernardo. Bajorrelieve del retablo de San Benito existente en la sala capitular, obra de Juan III Imberto. (Siglo XVII).

y otras rentas eclesiásticas, que irían a parar a los nuevos moradores de Leyre, serían compensados con algunas de sus posesiones.

En 1237 el obispo de Pamplona tramitó la solicitud al capítulo general del Cister. Y el 9 de abril de ese año, Gregorio IX promulgó una bula encomendando al obispo de Pamplona y a los dominicos Pedro Ramírez y Pedro Jiménez la anexión de Leyre al Cister. Pero los presidentes de la Provincia Tarraconense quisieron impedirlo. Reconocían la situación, pero creían que tenía arreglo dentro de la Orden Benedictina. Pidieron a Teobaldo I que no permitiera el traspaso y apoyara a los visitadores que enviarían. La súplica no surtió efecto.

Mientras tanto, Pedro Ramírez y Pedro Jiménez, de acuerdo con el mandato recibido, se personaron en Leyre y leyeron la bula pontificia a los monjes. Algunos se opusieron y exigieron se tuvieran en cuenta sus alegatos. Al no conseguirlo, apelaron al papa. Entonces los delegados apostólicos les excomulgaron y también extendieron el entredicho a cuantos les prestasen su apoyo. El primer conato de reforma quedó, pues, frustrado.

La apelación de la oposición hizo que en septiembre de 1238 Gregorio IX promulgara otra bula y nombrara como jueces apostólicos al obispo y al arcediano de Olorón y al sacristán de Huesca. El papa no se oponía a que se agotaran todos los recursos para hacer la reforma dentro de la Orden Benedictina. Ordenaba, sin embargo, que en el caso de que se verificara el traslado de Leyre al Cister, a los monjes que no aceptaran el cambio, formando comunidad, les instalaran en uno de los prioratos. Los jueces citaron a las partes interesadas en Jaca para el 7 de marzo de 1239, pero pusieron en una disyuntiva a los negros. Para ser absueltos de la excomunión, debían acatar su decisión. Depusieron al abad Domingo de Mendavia y nombraron abad de Leyre a Valesio, monje cisterciense de Iranzu. Por su parte, el capítulo general del Cister encargó a los abades de Berdoues (diócesis de Auch) y de La Oliva instalar doce monjes de Santa María de Huerta, monasterio al cual Leyre quedaría afiliado.

Cuando todo parecía concluido, los negros que no aceptaron la reforma iniciaron otro proceso en Roma, apoyados ahora por el cabildo catedralicio de Pamplona y el arzobispo de Tarragona, a quien recurrieron por estar vacante la sede de Pamplona. En su súplica (10 de mayo de 1240), el cabildo denunció las arbitrariedades de los jueces apostólicos y el perjuicio para la Iglesia de Pamplona con el cambio de institución. Solicitaba, pues, la anulación de las anteriores actuaciones y la adecuada reforma de Leyre dentro de la Orden Benedictina. Lo mismo pedía el arzobispo de Tarragona. Pero Roma se negó a abrir otro proceso.

Los resquicios legales de la bula de Gregorio IX del 7 de septiembre de 1238, que daban pie a la subsistencia de los negros en Leyre, el apoyo del nuevo obispo de Pamplona, Pedro Jiménez de Gazólaz (1242-1266), y del cabildo catedralicio indujo a los negros a recurrir a la fuerza y en 1245 ocuparon Leyre a mano armada. Era la primera de las cuatro veces en que iban a ocupar violentamente el monasterio.

Los blancos recurrieron de nuevo a Roma y el 27 de noviembre de 1245 Inocencio IV publicó una bula dirigida al obispo de Lérida, Raimundo de Siscar, ordenándole publicar un anatema contra los negros y las personas que les ayudaran o mantuvieran contacto con ellos. Recuperaron Leyre hacia 1249.

En 1255 falleció el abad Valesio y le sucedió Pedro (1257-1259).

Mientras tanto, el abad Lope de Ezprogui y otros negros acudieron a Jaime I, rey de Aragón, quien prometió mantenerlos en posesión de los bienes de Leyre en su reino. Prepararon un asalto desde una de las dependencias próximas a Leyre. Contaban con la ayuda de seglares que pertenecían a la aristocracia de la cuenca de Lumbier y del valle de Aibar, de donde varios monjes negros eran oriundos. El 30 de julio de 1259, al frente de Lope de Ezprogui, los negros ya estaban instalados otra vez en Leyre, después de expulsar violentamente a los blancos.

El abad cisterciense expulsado, Pedro, acudió enseguida a Roma. Alejandro IV encargó al obispo de Pamplona y al obispo y al prepósito de Huesca que repusieran a los blancos y excomulgaran a los negros. Aquellos publicaron la excomunión, pero demoraron la expulsión de los negros de Leyre hasta 1263.

Su nueva derrota y el fracaso de apoyos seglares indujeron a los negros en 1265 a buscar apoyo en otro puntal de carácter religioso. Acordaron unirse a la Orden de Cluny. El abad Sancho de Arangozqui se personó en Cluny a manifestar su confianza al abad Yvo de que Leyre se reformaría con su ayuda. Fortalecidos con el apoyo de Cluny, los negros volvieron a hostigar a los blancos, ahora desde el priorato de San Adrián de Valdoluengo, próximo a Sangüesa. Como la situación se volvió crítica para los blancos, Teobaldo II tuvo que poner doce hombres al mando de Martín Ruiz para que custodiaran Leyre durante 146 días.

Pero fue decayendo la comunidad formada en 1239 con los negros que aceptaron la reforma y con los blancos procedentes de Santa María de Huerta. Habían fallecido ya los abades Valesio, Pedro, Domingo y otro Pedro. Al morir el último, no existían los doce monjes profesos para poder elegir abad. Entonces, el capítulo general del Cister, celebrado en 1269, encargo a Ramón de Bearne, abad de La Oliva, se hiciera cargo de Leyre con el título de *abbat de Sant Salvador de Leyre de Oliva*.

Al poco, falleció Teobaldo II. Le sucedió Enrique I. Los negros ofrecieron 8000 maravedís de oro al nuevo rey, si echaba a los blancos de Leyre. Para poder anticipar parte de la cantidad –3000 maravedís–, vendieron una parte importante del dominio de Leyre. Los blancos volvieron a ser expulsados a mano armada del monasterio en abril de 1271.

En septiembre del mismo año, el capítulo general del Cister otra vez confió la recuperación de Leyre a Ramón de Bearne. Para dedicarse exclusivamente al cometido que se le encomendó, renunció al abadiato de La Oliva. Solicitó la protección de Roma, siempre favorable a los cistercienses. El papa decidió cerrar el asunto con tres bulas expedidas el 6 de mayo de 1273. En su ejecución involucró al rey de Navarra y a los arzobispos de Toledo y Tarragona para restablecer de nuevo a los blancos en Leyre. Si los negros se oponían, los excomulgarían e impondrían las penas de deposición y cárcel perpetuas.

El arzobispo de Toledo, Sancho, se entrevistó con Enrique I en diciembre de 1273 y consiguió su aquiescencia para reponer a los blancos a costa de ofrecerle las 5000 monedas de oro comprometidas por los negros y que ahora deberían pagar los blancos. Así estos pudieron recuperar el monasterio el 14 de marzo de 1274. Ramón de Bearne siguió como abad hasta 1286, por lo menos.

¿Qué comportamiento adoptaron los negros? Sabemos ya que se unieron en 1266 a la Orden de Cluny, conservando su identidad jurídica de monasterio con su abad propio. Ahora dieron otro paso: el monasterio de Nájera pasó a ser el titular de todos sus bienes y derechos. Leyre dejó de existir teóricamente como monasterio benedictino y su comunidad se diluyó en la de Nájera. Esto se llevó a cabo el 6 de noviembre de 1278, cuando el abad Pedro hizo la entrega de Leyre al prior de Nájera, Juan de Vargas.

Todo hacía temer que los nuevos titulares de los derechos de los negros de Leyre prepararan otro asalto. Por eso, los blancos pidieron al arzobispo de Tarragona, Bernardo de Olivella, impusiera las prerrogativas que le confirieron las bulas de 1273. El arzobispo encargó al abad de Armes, cercano al foco de rebelión de San Adrián, excomulgar a los negros y anular todos sus convenios. También ordenó al arcediano de Huesca que mandara apresar a los monjes rebeldes y les condujera a Tarragona para aplicarles las penas de deposición y cárcel perpetuas. A partir de entonces, la pugna entre blancos y negros se desvaneció durante algunos años, aunque no se extinguió el ánimo de revancha de los negros.

En 1286 los blancos de Leyre estaban afiliados al monasterio de Scala Dei (Francia). Ignoramos desde cuándo y las razones. Les presidía el abad Ramón de Bearne, al cual sucedió Ramón Guillén (1290-1292). Surge después Martín Pérez de Olite (1294-1295). De 1196 a 1301 fue abad Gilberto.

Antes del año 1300, sucedió el último enfrentamiento entre los negros y los blancos. Por orden de Alfonso de Rouvray, gobernador de Navarra, los negros, dirigidos ahora por el prior de Carrión, volvieron a posesionarse de Leyre. Pero los blancos se quejaron al rey Felipe IV de Francia, el cual reconoció su derecho y ordenó al gobernador la expulsión de los negros, el cual, en fecha anterior al 18 de enero de 1300, devolvió el monasterio a los blancos. Estos podían darse por satisfechos con la posesión, ya definitiva, de Leyre.

Un robo con ocupación del monasterio

Tuvo lugar a caballo de 1306 y 1307. Una noche, el bandido Juan Oclín y sus compinches llegaron a Leyre, se introdujeron en el monasterio, apresaron y encerraron a los monjes y a sus criados en una habitación, mientras otros de la banda sacaron una imagen de plata y la entregaron a Martín Pérez de Irurozqui para que la escondiera. Durante siete meses, esquilmaron las provisiones del monasterio. Al saber que los oficiales públicos iban a capturarlos, abandonaron Leyre llevándose un botín por valor de 500 libras y dejaron a los monjes maniatados en el monte.

Apenas liberados, los monjes buscaron la imagen de plata, que bien podía ser la de la Virgen que se instaló en la iglesia durante el abadiato de Raimundo, cuando su nombre se añadió al titular de Leyre, hasta entonces reservado solamente al Santísimo Salvador. Martín García de Aoiz exigió un rescate de cincuenta cahices de trigo por ella. Pero se le adelantó Martín Pérez de Irurozqui, justificando su conducta con la disculpa de que guardó la imagen para que los negros no la destruyeran y la recobrasen los blancos.

SIGLOS XIV Y XV

Las luchas entre los monjes de una y otra observancia por la posesión de Leyre en el siglo XIII llenan casi toda la historia de dicha centuria. Época negra, que condujo al monasterio a un grado extremo de decadencia. Las pérdidas fueron inmensas, pues se invirtieron cantidades fabulosas en viajes y pleitos, amén de perder las comunidades su fama. De entonces data la enajenación de muchas de las posesiones y la desaparición de documentos y joyas de valor incalculable. Tras afincarse los cistercienses definitivamente, Leyre vuelve a la normalidad y principia un nuevo hito en su historia. La comunidad gozará desde el primer momento del privilegio de la exención y ejercerá en Navarra una proyección espiritual, intelectual y política, aunque se mantendrá un tanto lejos del esplendor del Siglo de Oro.

Los titulares del monasterio

En los documentos oficiales se da como titular al Santísimo Salvador en el misterio de su Ascensión. Pero en los documentos íntimos y familiares –cartas de profesión de los monjes, actas de posesión de los abades, cartas de visitas regulares, etc.– se pone en segundo lugar a la Virgen y se le da este nombre: «Monasterio construido en honor del Santísimo Salvador y de la Bienaventurada Virgen María». Algunas escrituras le dan este otro nombre: «Monasterio de Santa María de San Salvador».

Los abades

Conocemos sus nombres y los años que gobernaron durante los dos siglos que ahora van a ocuparnos. He aquí su lista: Bernardo de Castelnou (1301-1313), Guillén de Montpesat (1313-1361), Pedro de la Ciudad (1361-1389), Juan de Lacarra (1389-1404), Ramón de la Ciudad (1404-1414), Juan de Idocin (1414-1425), Miguel de Salinas (1429-1433), Miguel de Gallipienzo (1433-1459), Martín de Salinas (1459-1460) y Salvador Calvo (1460-1501).

¿Quiénes eran y de dónde procedían estos abades? Cree L. J. Fortún que Bernardo de Castelnou y Guillén de Montpesat eran franceses, como lo evidencian sus nombres; hechura del monasterio de Scala Dei, consolidaron la observancia cisterciense en Leyre. Los demás, a excepción de Juan de Lacarra, vinculado a una estirpe originaria de Ultrapuertos, procedían de Sangüesa y del valle de Aibar y de familias pertenecientes a la burguesía comerciante y artesana. De los diez abades citados, solo Juan de Lacarra puede ser considerado como un intelectual, es decir, con estudios universitarios, cursados en la universidad de Toulouse, en el colegio cisterciense al que acudían los monjes del Midí francés y también de Navarra.

Continuaban siendo perpetuos. Para la elección de los nueve primeros, la comunidad pudo ejercer el derecho de su elección hasta que en 1460, por virtud de la autoridad pontificia, se concedió el abadiato a Salvador Calvo, capellán y fiel servidor de la reina Juana Enríquez, mujer del rey Juan II. Pero no fue tanto por la imposición del papa, cuanto por la voluntad del dicho rey, quien puso en juego su influencia para que le concediera el abadiato. Por lo demás, no se le puede calificar como abad comendatario: era monje cisterciense, profeso de Veruela.

Desde la primera mitad del siglo xiv se alude al palacio del abad. La existencia de este recinto subraya la discriminación, incluso ambiental, que se había generado. Además, el abad disponía de un servicio doméstico, desde gentes de armas (dos escuderos) hasta servidores.

Los monjes, la observancia regular y la cultura

No existen documentos que ofrezcan el elenco completo de los monjes de Leyre en los siglo xiv-xv. Con todo, L. J. Fortún, haciendo un recuento pormenorizado de los monjes citados en la documentación de 1300 a 1500, llega a la conclusión de que en Leyre vivió una comunidad compuesta por diecisiete monjes, aproximadamente. Habría que sumar los hermanos conversos, que subirían la cifra a veinte monjes.

Se conservan varias cartas de las visitas regulares del abad de Scala Dei, padre inmediato de Leyre, encargado de girarlas anualmente. Su contenido da la impresión de una comunidad que era fiel reflejo de la situación de la Orden Cisterciense, en la cual, desde fines del siglo xiii, se podía hablar ya de una crisis generalizada, marcada por el agotamiento de algunos de los fundamentos básicos de su espiritualidad y de su observancia regular.

Su grado de instrucción tampoco parece muy alto. He aquí un ejemplo nada más, como botón de muestra. En la visita regular de 1423, se ordena al abad que un religioso o un escolar, buscado de fuera, instruya a los monjes en el mejor cumplimiento del rezo del oficio divino.

Sin embargo, nos han llegado obras del escritorio del Leyre cisterciense, principalmente un *Leccionario* del siglo xiii-xiv, hoy en el Archivo General de Navarra. Dice S. de Silva que «como la mayoría del tipo de manuscritos de esta época, la ornamentación se reduce a la diferencia de color en las iniciales –rojo y violeta– y a los títulos, rojos generalmente. Quedan atrás las magníficas iniciales de entrelazados, animales y personajes que adornan los leccionarios románicos y la espléndida ilustración de miniaturas historiadas de algunos ejemplares. El *Leccionario de Leyre* es sobrio en extremo, pero ofrece en una de las dos columnas de escritura, de modo sorprendente, una inicial historiada de la Dormición de la Virgen para ilustrar

En la página anterior, conjunto externo del monasterio y de la iglesia. En primer plano el ala del monasterio medieval que mira al norte, flanqueado por dos torreones.

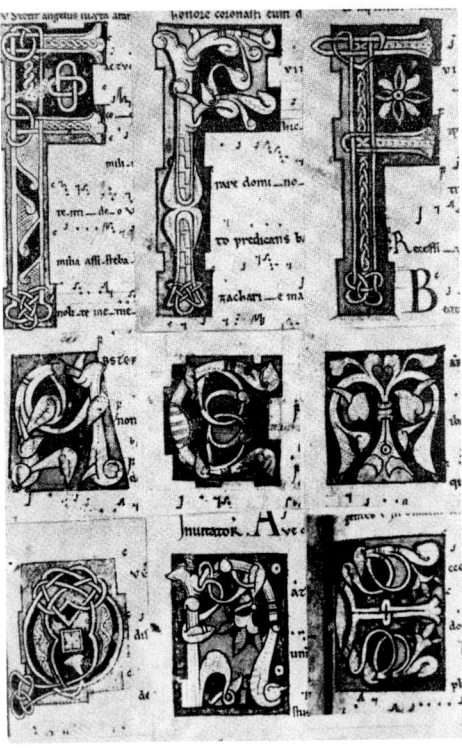

el texto que corresponde a la Asunción».

El abate Bergé habla de una *Biblia* en pergamino de menudos caracteres e incompleta, vendida a anticuarios franceses en el siglo XIX. Cabe citar también un *Breviario cisterciense* del siglo XIII-XIV, hoy en el monasterio de Solesmes (Francia), y un cantoral del siglo XVI, hoy en el museo Vieux-Toulon (Francia).

A la sombra de los reyes de Navarra

Antes de fundar en cualquier lugar, los cistercienses exigían la plena propiedad del mismo. Esto suponía en Leyre el olvido de cualquier reminiscencia de un derecho de propiedad que regía sobre el monasterio, por más que su personalidad jurídica y su entidad autónoma estuvieran ya definidas. Pero esto no impidió que perviviera la idea de que era un monasterio de patronato regio y el panteón de algunos de los reyes anteriores a 1079.

De esta tradición -viene a decir L. J. Fortún- continuaban derivando deferencias recíprocas: los reyes dispensaban a los monjes privilegios en el plan general y en detalles concretos, y los monjes, a su vez, se sentían ligados por lazos de especial fidelidad hacia los reyes.

El privilegio más representativo que consiguieron fue el de protección general sobre Leyre y todos sus bienes. El primer rey de este período que lo otorgó fue Luis I el Hutín en 1307, quien no hizo más que confirmar un privilegio de protección de Teobaldo II en 1270. Otro privilegio corresponde al primer año del reinado de Carlos III el Noble. Su virtualidad se reforzaba con reiteradas publicaciones de pregoneros en las villas del reino para recordar su vigencia.

Amén de estos privilegios de ámbito general, hubo otros para solventar asuntos importantes, como la concesión de bienes o derechos concretos o el reconocimiento de la validez de documentos acreditativos de posesiones.

Esta protección real no se ejerció para excluir al monasterio del sistema jurídico vigente o para menospreciar derechos de terceros en discordia. Tampoco suponía un olvido o preterición por parte de los tribunales (la Corte y el Consejo reales) de las garantías procesales que asistían a los litigantes enfrentados con Leyre, pertenecieran a la nobleza o a comunidades campesinas. Es más, el rey llegó a mediar entre Leyre y algunas de estas comunidades que le usurpaban despoblados para que concertaran intercambios beneficiosos para ambas partes.

Los reyes, en fin, dispensaron su protección en el campo de la presión fiscal, que no cesaba de crecer por la vía de ayudas votadas en las Cortes para subvenir necesidades de la Corona. El principal beneficio a este respecto fue la disminución de la misma, que desde la segunda mitad del siglo XIV gravaba las rentas de Leyre, cada vez más escuálidas.

En este sentido los reyes otorgaron cuatro privilegios al monasterio. En el primero, Juan II le eximió en 1461 del pago de cuarteles y ayudas reales mientras viviera el abad Salvador Calvo, merced que confirmó la princesa Leonor en 1477. Por lo menos hasta la renuncia de dicho abad en 1501, Leyre se vio liberado de todos los impuestos extraordinarios. La exención se vio ampliada por otros dos privilegios de dicha princesa.

Desde un punto de vista fiscal, el monasterio estaba considerado como ocho fuegos, lo cual equivalía a una tasa de ocho florines (o doce libras) por cuartel. En 1466 la princesa redujo a la mitad la base imponible y la tasa, es decir, a cuatro fuegos y cuatro florines respectivamente. En 1471 se perdonaron incluso estas cantidades y Leyre se vio exento a perpetuidad del pago de cuarteles.

Como constataremos más adelante, las rentas de Leyre experimentaron un gran desahogo, al desaparecer uno de los factores que las erosionaban desde mediados del siglo XIV.

Pero las relaciones entre la corona y Leyre no se limitaron a las acciones protectoras de los reyes para fortalecer los recursos económicos y la preeminencia del monasterio. Los monjes, a su vez, les ofrecieron fidelidad, oraciones y consejo. En ocasiones la fidelidad se tradujo en actos solemnes. En 1407, por ejemplo, el abad de Leyre prestó un detallado juramento de fidelidad a Carlos III.

Conocido es el interés con que los reyes, los nobles y el pueblo llano encargaban misas y oraciones a los monjes y frailes. Leyre no monopolizó las obras pías y fundaciones de los reyes, sino que se las repartían, como consta en los testamentos de Teobaldo II (1270) y Carlos III (1412). El primero dejó a Leyre 1000 sueldos y un censo anual de 50 sueldos para un aniversario. Carlos III dejó 200 florines para que todos los lunes se celebrara una misa por su alma.

En la página anterior, arriba, folio de un antiguo Cantoral *cisterciense de Leyre de fines del siglo XV, actualmente en el museo del Vieux-Toulón (Francia).*

Abajo, viñetas de un Breviario *de Leyre de los siglos XIII-XIV, actualmente en el monasterio de Solesmes (Francia).*

«La dormición de la Virgen». Miniatura en un Leccionario *de Leyre de los siglos XIII-XIV. (Archivo General de Navarra).*

El deber de consejo halló su marco más solemne en las reuniones de los Tres Estados o Cortes del reino. La presencia del abad de Leyre en estas asambleas, formando parte del brazo del clero, junto con el obispo, los abades y otros dignatarios eclesiásticos del reino, se constata desde 1329. Desde entonces, la asistencia fue continua en las sesiones ordinarias y en las convocadas con motivo de acontecimientos señalados: coronaciones reales o juramento de herederos.

Pero el deber de consejo no siempre se ejercía a través de las Cortes, sino que se podía prestar de forma individual y al compás de los acontecimientos, como lo acredita el envío de misivas al monasterio. Con todo, las relaciones entre la corte y Leyre, su intensidad y sus formas, variaron en función de las personas y las situaciones. Es el caso del abad Guillén de Montpesat, quien, después de haber sido fiel a la casa de Francia, participó con habilidad en la crisis sucesoria que condujo a la implantación de la casa de Evreux. El 27 de febrero de 1329 estuvo presente en la reunión de las Cortes en Larrasoaña en la que se perfiló el juramento que había de prestar Felipe III. Figuró en representación del clero en la comisión que redactó el Amejoramiento de 1330. Pronto sus contactos con la corte le permitieron obtener la confirmación de algunos privilegios y le convirtieron en agente de la política navarra en el pleito por el control de Fitero. Sus buenas relaciones con el obispo Arnaldo de Barbazán lo llevaron a intervenir en varios pleitos eclesiásticos.

Juan de Lacarra, por su parte, y a quien se le puede definir casi como un abad cortesano, mantuvo buenas relaciones con Carlos III el Noble, y no solo porque este subvencionó sus estudios en la universidad de Toulouse. En 1392 tuvo que hacer varios viajes para presentarse ante el rey; para paliar los gastos de estos desplazamientos, se le perdonaron las treinta y siete libras que correspondían a Leyre en la ayuda de aquel año. Después de su estancia en Toulouse, volvió a frecuentar la corte de Olite, donde, por ejemplo, asistió al banquete de Navidad de 1397.

Todo ello nos hace ver que, al poco de afincados los cistercienses en Leyre, su abad había recuperado un lugar preeminente en la vida pública del reino.

Sin embargo, cuando estalló la guerra civil en Navarra entre agramonteses y beamonteses, Leyre siguió al partido de Juan II y militó en el bando agramontés desde los primeros momentos del conflicto. Pero no fue una excepción entre los monasterios navarros. Salvo Irache, casi todos los demás militaron en dicho bando. Ello a pesar de que las relaciones con Carlos, Príncipe de Viana y lugarteniente del reino, fueron buenas y, en 1443, el príncipe con su séquito había estado de caza en los montes de Leyre.

La hacienda entre 1236 y 1562

Dice L. J. Fortún que «el complejo patrimonial de Leyre, reunido en los siglos XI y XII, fue arrasado y reducido a despojos en dos etapas».

La primera fue ocasionada por la afiliación al Cister durante los años de 1236 a 1300, que causó grandes pérdidas.

Los pleitos, la captación y el sostenimiento de apoyos exigieron recursos extraordinarios, tanto al bando de los monjes negros como al de los monjes blancos. Las ventas, cesiones de bienes, permutas desiguales, incautaciones, censos, préstamos hipotecarios, etc., que fue preciso llevar a cabo, descubren el volumen de la sangría patrimonial.

Imagen del Cristo de Leyre, venerado en la iglesia. (Siglos XV-XVI).

Entre 1300 y 1048 Leyre disfrutó de un sosiego que permitió pagar deudas pendientes y replantear las dimensiones del dominio, pero no hubo donaciones para compensar la sangría del siglo XIII. El abad Guillermo de Montpesat aseguró la estabilidad de las rentas unificando pechas, censos perpetuos y arrendamientos. Además, impuso un criterio de conservación selectiva del patrimonio.

La segunda crisis (1348-1460) se debió a la peste negra de 1348 y los desastres climatológicos que redujeron la población y la demanda de tierras con el consiguiente descenso de las rentas. El abandono de tierras por los labradores obligó a reducir las pechas. Leyre defendió su hacienda con pleitos, arbitrajes, apeos y procuró asegurar ciertas rentas con concesiones de censos perpetuos. Se desprendió de bienes seculares y a cambio obtuvo rentas eclesiásticas más seguras. Sin embargo, la duración de la crisis obligó a vender partes esenciales del patrimonio, especialmente en las villas de las cuencas prepirenaicas. En algunas dependencias se ensayaron criterios de explotación al estilo cisterciense, pero su éxito fue escaso. Solo la finca de Cortes se convirtió en una verdadera granja, explotada con criados y hermanos conversos, que fue una de las reservas agrícolas del monasterio hasta el siglo XIX.

La superación de la crisis exigió un siglo de esfuerzos, que van de 1460 a 1562. L. J. Fortún viene a decir que se articuló en tres frentes, a saber:

PRIMERO: el apoyo regio y la reducción fiscal. Durante la segunda mitad del siglo XIV Leyre, como vimos páginas atrás, se vio liberado de los impuestos extraordinarios, lo cual ocasionó un gran desahogo en sus rentas al desparecer uno de los factores que las erosionaban desde mediados de dicho siglo.

SEGUNDO: el saneamiento económico exigía una reducción de gastos y también un aumento de ingresos. Este se debió a la ganadería, sobre todo. Leyre se situó en el epicentro de un sistema de ganadería trashumante que recorría Navarra de norte a sur a lo largo de la frontera aragonesa, vertebrado en torno a dos cañadas que unen los pastos estivales de la alta montaña pirenaica (valles de Roncal y Salazar) con los invernales de las Bardenas: las cañadas de roncaleses y salacencos. La primera atravesaba el coto monástico. La segunda estaba jalonada por abundantes posesiones de Leyre. El eje roncalés estaba controlado por los agramonteses y tenía en Sangüesa a los principales comerciantes canalizadores del mercado lanero, entre los que descollaba la familia Añués, uno de cuyos miembros, Gabriel de Añués, fue abad de Leyre de 1536 a 1560. Es lógico que en semejante contexto Leyre prestara una especial atención a la ganadería. Su importancia en la economía monástica se puso de manifiesto en los esfuerzos de los monjes para conservar o aumentar sus derechos de pastos. Los conflictos se sucedieron a lo largo del periodo que historiamos y alcanzaron su mayor intensidad en los últimos años del siglo XV y los primeros del XVI. Se polarizaron en dos focos: el Pirineo y los alrededores del monasterio.

Y TERCERO: la intensificación de los censos perpetuos. El ascenso demográfico incrementó las demandas de tierras y viñas y permitió obtener rentas altas y seguras. Leyre incrementó la concesión de censos perpetuos, reduciendo las posesiones cultivadas directamente o arrendadas. El peligro que implicaba tal opción era la pérdida del control sobre los bienes así entregados, que podían modificarse, deteriorarse o desaparecer, siempre que siguiera pagándose el censo. Aunque Leyre seguía siendo el titular del dominio sobre todos los bienes dados a censo, en la práctica no podía disponer de ellos; en bastantes casos se redimió el censo y Leyre acabó perdiendo todos sus derechos. Hay constancia de 129 censos para el periodo de 1460-1562, que afectaron a casas, tierras, viñas, huertas, villas, monasterios e iglesias. Esta política de concesión de censos, intensa en la primera mitad del XVI, acarreó grandes pérdidas del patrimonio, pero aseguró una parte sustancial de las rentas. Constituía una novedad en el proceso de erosión patrimonial de tres siglos, en que las enajenaciones de bienes proporcionaban liquidez ocasional, destinada en muchos casos a pagar deudas.

Imposible hacer un cálculo global de las rentas. Lo mismo ocurre con su empleo. Pero la ausencia de inversiones en obras durante los dos primeros siglos del Leyre cisterciense son un claro exponente de la crisis. Del mismo modo, la recuperación económica de la segunda mitad del siglo XV y de la primera mitad del XVI permitió a los monjes emprender dos obras importantes: levantar la bóveda tardogótica de la iglesia y un monasterio nuevo. Los pormenores de estas dos o grandes construcciones en Leyre los contaremos páginas adelante.

Marchan las monjas del monasterio de San Cristóbal

San Cristóbal fue un monasterio floreciente hasta la llegada de los cistercienses a Leyre. Cierto es que poco antes el obispo de Pamplona, Pedro Remírez (1230-1238), quiso someterlo a su jurisdicción, hasta entonces sujeto al abad de Leyre. Al amparo del derecho común, exigió obediencia a la abadesa Oria. Aducía que todos los monasterios femeninos de su diócesis estaban sometidos a su autoridad. Pero ello provocó la división de la comunidad entre las partidarias del obispo y las del abad, que lo era a la sazón Domingo de Mendavia.

Este recurrió a Gregorio IX, quien el 16 de junio 1233 encomendó la causa a los abades de La Oliva e Iranzu, los cuales prefirieron ahorrarse un largo proceso canónico mediante un arbitraje que solucionase el pleito en pocos meses. La sentencia arbitral del 11 de agosto de 1223 dio la razón a Leyre: la abadesa de San Cristóbal debería continuar estando sometida a la obediencia del abad.

Así las cosas, a partir de 1237 comenzaron las luchas entre monjes blancos y monjes negros. Aunque no afectaron a San Cristóbal, las monjas nunca vieron con buenos ojos el cambio y continuaron adscritas a la obediencia benedictina. Para los cistercienses, una vez instalados definitivamente en Leyre, las monjas y los bienes con que las dotaron los benedictinos se convirtieron en un cuerpo extraño, incrustado en el coto redondo de Leyre, que obstaculizaba la ordenación global de sus 750 hectáreas. El problema se superó en 1450, cuando las monjas se trasladaron a Lisabe y fundaron allí el monasterio de Santa María Magdalena. El capítulo de la Provincia Tarraconense autorizó el traslado, pero exigió que no abandonaran totalmente San Cristóbal y pusieran allí una persona que velara por sus intereses.

Pero nada ni nadie pudo impedir que los terrenos de San Cristóbal se reintegraran en el coto monástico y le devolvieran su perdida unidad y coherencia. Posteriormente las monjas se afincaron en Lumbier. Hace ya casi treinta años que levantaron un monasterio de nueva planta en Alzuza, donde en la actualidad se encuentran florecientes.

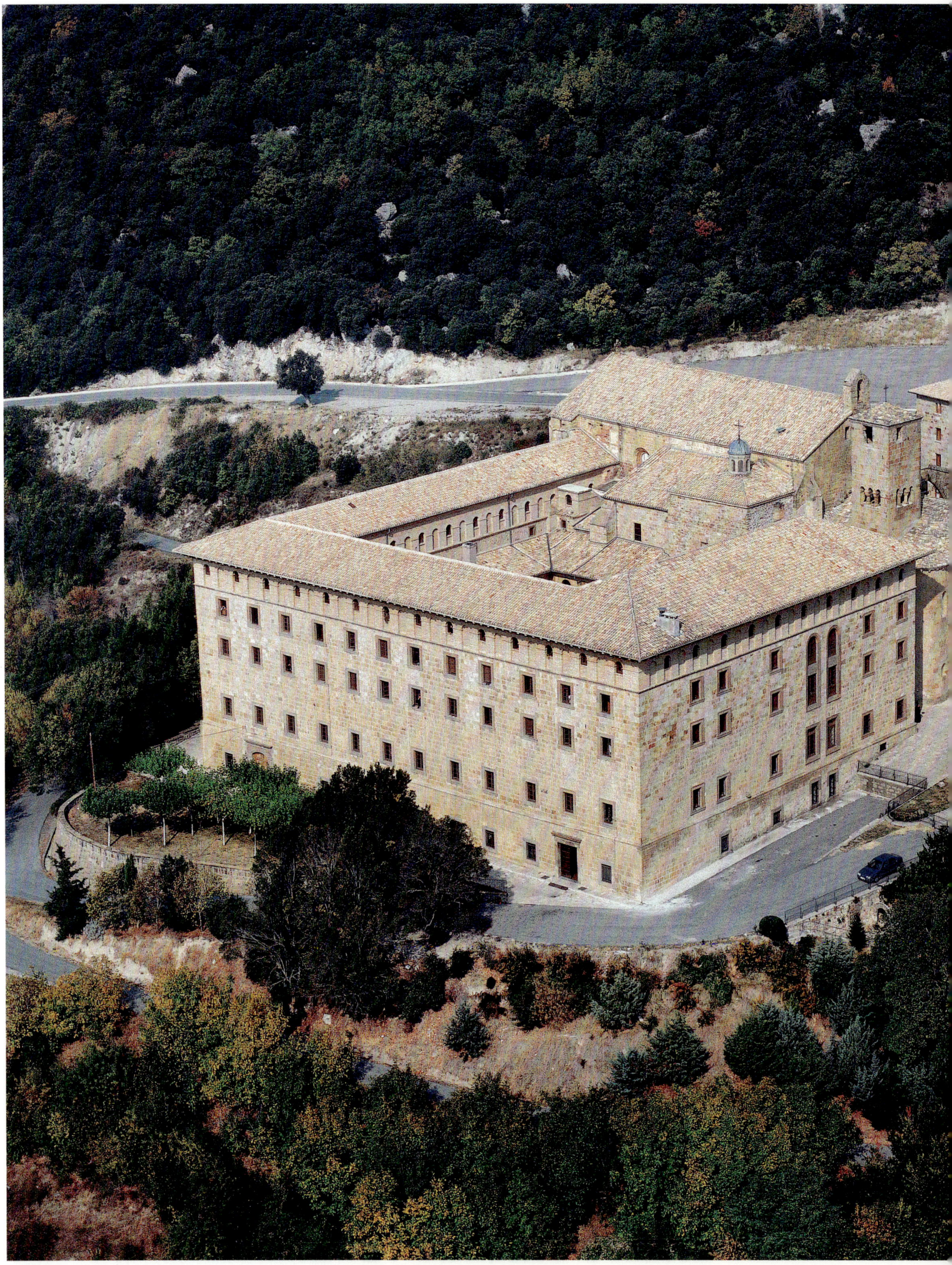

Conjunto externo de Leyre, tras la construcción del monasterio nuevo en los siglos XVI-XVII.

DE 1500 A 1636

Leyre y la anexión de Navarra a Castilla

El año 1512 se produjo la invasión de Navarra y el exilio de sus reyes. Tres años después, el reino fue incorporado a Castilla. El cambio supuso para los navarros una acomodación en los modos de vida y cuadros de gobierno.

También lo fue para Leyre, vinculado a la monarquía navarra casi desde sus orígenes y que había sido uno de los soportes de su existencia. Por lo demás, su abad había ocupado un puesto importante en el entramado institucional de la monarquía como miembro nato del brazo eclesiástico de las Cortes del reino.

Leyre tuvo que definirse cuando Fernando el Católico convocó las Cortes de Navarra para que le reconocieran como rey. Su vinculación con los reyes depuestos y al bando agramontés incitaban a rechazar el nuevo régimen, pero el abad Miguel de Leache reconoció al nuevo monarca como rey legítimo de Navarra, le juró fidelidad y mantuvo sus compromisos asistiendo a las principales reuniones de las Cortes celebradas hasta 1523.

Por lo demás, el alejamiento del poder real modificó las posibilidades de la actuación de los abades y redujo sus apoyos. Cierto es que subsistían en Navarra los cuadros de gobierno de otra monarquía y que los abades conservaron su posición entre las fuerzas representativas del reino, pero la relación con el monarca se verificaría en adelante a través de personas interpuestas. El abad de Leyre ya no era un consejero cercano al rey y uno de los miembros del restringido brazo eclesiástico, pues pasó a ser uno más de los cientos de abades de los reinos de España. La última muestra de protección directa fue la confirmación por Carlos V de todos los privilegios concedidos a Leyre por sus antepasados de Aragón el 23 de diciembre de 1528. A partir de entonces, el poder regio canalizará los contactos con Leyre a través de instancias intermedias.

En la Congregación Cisterciense de Aragón y Navarra

En los siglos XV-XVI el Cister apenas conservaba huellas de su rigor y disciplina primitivas. La situación llegó a tal decadencia que no hubo otro remedio que cortar por lo sano y formar congregaciones aparte, igual que lo hicieron los benedictinos negros. Solo que aquellas se formaron con monasterios autónomos, mientras que los cistercienses estaban integrados en una Orden centralizada. ¿Daría el capítulo general su aprobación para que los monasterios de una misma región se agruparan en una congregación?

Tampoco era brillante la situación de Leyre al comenzar el siglo XVI, pero en su comunidad y en las demás comunidades cistercienses de Navarra existían deseos de mejorar. Vino a dar cumplimiento a sus aspiraciones su incorporación a la Congregación Cisterciense de los Reinos de la Corona de Aragón.

La reforma de los cistercienses españoles se debe a Martín de Vargas, un monje de Santa María de Piedra. En 1437, Martín V le autorizó a fundar seis eremitorios. Una bula de 1537 estableció el régimen de la primera congregación cisterciense. Erigida en Monte Sión (Toledo), incorporó a su reforma todos los monasterios cistercienses de los reinos de Castilla, por lo que se la llamó «Congregación Cisterciense de Castilla» o «Congregación de la Regular Observancia de San Bernardo».

Escalera principal del monasterio nuevo, llamada de San Bernardo. (Siglo XVII).

Los monasterios hispanos que no la aceptaron continuaron dependiendo del capítulo general y del abad del Cister.

Los monasterios de Aragón y Navarra les imitaron y en la primera mitad del siglo XVI hubo en ellos conatos de reforma. Luego, en 1562, Felipe II solicitó de la autoridad del Cister la exención de los de Aragón para reunirlos en una congregación independiente. Pero el proyecto no pudo llevarse a cabo hasta 1616. Dicho año quedó constituida la «Congregación Cisterciense de la Corona de Aragón». Agrupaba los monasterios de Aragón, Cataluña, Valencia y Mallorca.

Quedaban por reformar los del Cister navarro. De acuerdo con el proceso de adecuación de la organización eclesiástica de Navarra a la de Castilla, se quiso incorporarlos a la Congregación Cisterciense de Castilla, la cual ofrecía garantías de una mayor integración a las estructuras eclesiásticas de Navarra en las de Castilla y, por ende, mitigaba los temores con que eran mirados en la corte de Madrid. Por lo demás, revitalizaría su vida monástica y sus monasterios quedarían desvinculados de las instancias centrales de la Orden Cisterciense, radicadas en Francia.

El 17 de agosto de 1567 Felipe II obtuvo un breve de san Pío V que los incorporaba a dicha congregación, pero los abades navarros no aceptaron la unión y consiguieron la derogación del breve. El intento de unirlos a la Congregación de Castilla podía darse por fracasado, más la corte de Madrid no cejó en su plan de inscribir los asuntos eclesiásticos navarros en la órbita castellana.

Entretanto, los monasterios navarros pedían al capítulo general la agrupación de los monasterios cistercienses de Navarra en una congregación propia. Pero su escaso número aconsejó a dicho capítulo rechazar la propuesta y acordar en 1613 su inclusión en la Congregación Cisterciense de Aragón. Al solicitarlo de Felipe III en 1615, este adujo diversas excusas que disimulaban sus preferencias por la opción castellana. Con todo, la idea había calado plenamente y pudo convertirse en realidad durante el reinado de Felipe IV (1621-1665). Una vez aclarado el derecho de presentación de los abades en manos del rey, ya no puso reparos a la incorporación. Previa autorización del abad general del Cister, la Congregación de Aragón admitió a los cinco monasterios navarros y una bula del 10 de mayo de 1634 del papa Urbano VIII la confirmó.

Tal unión fue vital para los monjes cistercienses de Navarra. Elevó su nivel espiritual, intelectual y material, hasta tal punto que será la dominante hasta los días de la exclaustración de 1836.

Los abades

Durante todo el siglo XVI y el primer tercio del XVII seis abades perpetuos gobernaron el monasterio, cuya lista y fechas precisas de sus abadiatos ha trazado J. Goñi.

Pero al principiar el siglo XVI, su elección se complicó con un mecanismo perturbador, el de la resignación, que permitía al abad dimisionario designar a su sucesor mediante la ficción de una renuncia para obtener de Roma la confirmación del traspaso. El sistema, además de gravoso –el dimisionario recibía un pensión vitalicia de Leyre–, daba pie a componendas y arreglos, en las cuales las ambiciones del abad dimisionario y de los aspirantes al cargo transgredían los intereses de la comunidad y del derecho canónico.

Miguel de Leache (1501-1536) fue el primero de la lista y llegó al abadiato tras la dimisión de Salvador Calvo, su antecesor. Natural de Sangüesa, obtuvo en París los grados de maestro en artes y bachiller en teología. Su nombramiento como abad el 28 de abril de 1501 se recoge en varias bulas pontificias. No pertenecía al Cister y para que no fuera tachado de abad comendatario se le obligó a profesar la vida cisterciense en el plazo de un año. Sus intervenciones en las Cortes de Navarra le hicieron célebre, sobre todo en las de 1533, donde defendió la preeminencia de Leyre sobre los demás monasterios del reino. Durante su abadiato se comenzó la obra de levantar la bóveda tardogótica que cubre la gran ampliación románica de la iglesia.

Le sucedió Gabriel de Añués, quien obtuvo la dignidad del abadiato mediante la resigna de Miguel de Leache, que era tío suyo, pero que fue avalada por una bula pontificia de 1536. Murió en 1560. En la elección de su sucesor se siguió otro sistema.

En 1523 Carlos V adquirió, para él y sus sucesores, el derecho de patronato y presentación para todas las iglesias metropolitanas, catedrales y monasterios consistoriales de las coronas de Castilla y Aragón. La incorporación de Navarra

Custodia de plata sobredorada del siglo XVII.

Sillería plateresca del coro de Leyre, obra del tallista Pedro de Montravel, hoy en la sala capitular. (Siglo XVI)

En la página siguiente, arriba, retablo de San Bernardo, obra de Juan de Berroeta, hoy en el claustro bajo. (Siglo XVII).

Abajo, La Anunciación. *Óleo sobre tabla. Anónimo del siglo XVI.*

A la derecha, cruz procesional plateresca. (Siglo XVI).

a Castilla hizo extensible la gracia papal a todas las dignidades navarras. Comenzó a aplicarse dicha fórmula en Leyre cuando el 24 de agosto de 1562 y, tras la defunción de Gabriel de Añués, Felipe II concedió el abadiato a Pedro de Usechi, que era prior del convento carmelita de Pamplona. Tal elección perseguía un cambio radical, capaz de sacudir la aletargada vida de la comunidad de Leyre. La real cédula de su nombramiento le exigía: para que no fuera tachado como abad comendatario, tenía que tomar el hábito cisterciense en el plazo de seis meses; introducir la división de las rentas del monasterio en tres partes (abad, comunidad, fábrica); que hubiera un mínimo de veinte monjes; y que en el monasterio reinase la observancia exigida por la *Regla de san Benito*. Se demostró pronto el acierto de la elección y de las normas reformadoras promulgadas por el rey. La tripartición de las rentas saneó la economía de Leyre y en 1567 permitió afrontar la construcción de un monasterio nuevo. También significó mayor seguridad en el sustento de la comunidad y evitó las reticencias de los abades a la hora de recibir novicios que pudieran mermar sus ingresos. El abad Pedro de Usechi accedió al más alto cargo representativo de Navarra en 1567: la presidencia de la Diputación del Reino. Murió en 1568.

Entonces Felipe II entregó el abadiato a Juan Cenoz, pero con las mismas obligaciones que tuvo su predecesor, es decir, que en un plazo de ocho meses tomase el hábito del Cister y aceptase la tripartición de las rentas. Era maestro en artes y en filosofía, doctor en teología por Alcalá, catedrático y rector de un colegio universitario. Las bulas pontificias se expidieron en 1572, pero la toma de posesión se demoró hasta el 8 de julio. Murió en 1580.

En 1583 Felipe II nombró abad de Leyre a otro personaje extraño al Cister, a Juan de Echaide, premostratense y abad de Bujedo, pero el papa Gregorio XIII no expidió la bula de su confirmación hasta marzo de 1584. Profesó como cisterciense el 8 de julio. Participó considerablemente en la vida pública de Navarra y presidió la Diputación del Reino en 1586, 1596-1600 y 1604-1608. Murió en 1614.

Le sucedió Antonio de Peralta y Mauleón. Se distinguía de sus tres predecesores en que era monje cisterciense, profeso de Fitero. Fue nombrado por Paulo V a propuesta de Felipe III en agosto de 1614. Tomó posesión del cargo en octubre. Fue el último abad perpetuo. Durante su abadiato, Leyre y los otros monasterios cistercienses navarros se unieron a la Congregación Cisterciense de Aragón. Como su antecesor, participó considerablemente en la vida pública de Navarra y presidió la Diputación del Reino durante dos mandatos, en 1621-1624 y 1628-1632, y el brazo eclesiástico de las Cortes en 1637. Murió en 1652.

Los monjes y la observancia regular

En la primera mitad del siglo XVI la comunidad era reducida: doce monjes, a los que se añadían los conversos. Se conserva un detallado informe del virrey de Navarra a Felipe II del año 1569 para que pudiese formarse una idea del estado en que se encontraban los cistercienses navarros cuando intentaba unirlos a la Congregación de Castilla. Viene a decirle: Hay en Navarra cinco casas de bernardos: Leyre, La Oliva, Fitero, Iranzu y Marcilla. Las cuatro primeras son abadías y la quinta priorato. Fitero y La Oliva tienen de renta 4000 ducados; Leyre e Iranzu, 3000; Marcilla, 2000. Estas rentas se dividen en partes iguales entre el abad, los monjes y la fábrica. Sus abades usan mitra, anillo y báculo, tienen asiento en las Cortes y son de presentación real. En Leyre hay diez sacerdotes y algún lego; en La Oliva y Fitero, doce sacerdotes y algún lego; en Iranzu, ocho sacerdotes y dos legos; y en Marcilla, seis, contando los legos. Guardan la regla de san Bernardo, llevan vida comunitaria, no salen del monasterio sin licencia del abad. Por lo que respecta a su cultura, añade el virrey: «No se sabe que en estos monasterios haya habido letrados, ni que se hayan ejercitado en letras ninguno de ellos más que los sacerdotes, que son latinos llanos, sin teología. Se debe a que los abades solo han admitido amigos y criados, personas que les tuviesen respeto y acatamiento».

Una vista de la bóveda tardogótica de la gran ampliación de la iglesia. (Primera mitad del siglo XVI).

Nuevas construcciones

La ausencia de inversiones en obras en los edificios conventuales durante los dos primeros siglos del Leyre cisterciense fue un claro exponente de la crisis económica. La recuperación financiera en la segunda mitad del siglo XV y la primera mitad del siglo XVI permitió levantar dos edificios importantes.

LA BÓVEDA TARDOGÓTICA DE LA IGLESIA

Quizá forzó a construirla la ruina o el mal estado de la techumbre de madera de la ampliación románica, que fue consagrada en 1098.

Se trata de una bóveda tardogótica muy bien construida que, en frase de F. Íñiguez, es «una de las más bellas de Navarra, por no decir la mejor». Uno de los grandes monumentos que dejó el Cister en Navarra de su estilo propio, juntamente con las iglesias de La Oliva, Fitero e Iranzu. La bóveda cubre con un solo arco los catorce metros de anchura de la ampliación románica. Lástima que no exista la menor huella documental relativa a su construcción. Autores tan competentes como J. M.ª Lacarra y J. Gudiol defendieron que se levantó en los siglos XIII-XIV. Pero J. Martínez de Aguirre ha fijado una datación bastante más tardía de la que se le venía asignando. Ha demostrado que las armas esculpidas en las claves de las bóvedas se relacionan con algunos reyes de Navarra y abades de Leyre del siglo XVI. Dividida en cuatro tramos, en la clave central del primero, comenzando por el más cercano a la cabecera románica, ostenta las armas reales de Navarra-Francia, alusión a la monarquía navarra como tradicional protectora de Leyre. En la clave del segundo tramo está el escudo de Miguel de Leache, abad de Leyre de 1501 a 1536. En la del tercero, las armas de los primeros reyes de Navarra, protectores del monasterio (Sancho Abarca y sus sucesores). El escudo del último tramo es el de los Añués, de Sangüesa: Gabriel Añués fue abad entre 1536 y 1560.

Durante el abadiato de Miguel de Leache, además, se construyó la bóveda de la actual capilla del Santísimo, que es de fina crucería, también tardogótica. Adosada al muro sur del templo y con acceso desde la puerta románica del siglo XI, dicha capilla es muy alta y en pasados tiempos estuvo partida en dos, pues en su mitad superior se encontraba el archivo, y en la parte baja la sala capitular del monasterio cisterciense, donde también se enterraba a los abades.

EL MONASTERIO NUEVO

Los edificios conventuales, del siglo IX en algunas de sus partes, y reconstruidos y ampliados en el siglo XI tras el paso de Almanzor, amenazaban ruina. Documentos de los siglos XV-XVI urgen «la necesidad que hay de oficinas para la común habitación de los monjes. La casa es vieja, lóbrega e insuficiente. Faltan hospedería, enfermería y noviciado. Tiene claustro, pero carece de sobreclaustro y de celdas para los monjes que ha de tener». En el siglo XVI el viejo edificio se encontraba en un estado tan lamentable que no merecía la pena repararlo.

El 14 de febrero de 1567, el abad Pedro de Usechi y la comunidad acordaron levantar otro monasterio, adosado al muro sur de la iglesia. Buscaron como maestro constructor a Juan de Ancheta, vecino de Peralta. Tendría tres cuerpos de edificios, con claustro, refectorio, cocina, capítulo, dormitorio, sacristía y escalera del claustro. Todo de manera similar a como estaba edificado el convento del Carmen de Zaragoza. Ancheta se comprometió a levantarlo en seis años y a cuenta de la obra recibiría 500 ducados anuales. Pero falleció en 1572 y la construcción apenas asomaba sobre la altura de los cimientos.

Muerto Ancheta, el abad y los monjes hicieron reconocer la obra. Para tal fin, vinieron maestros constructores acreditados, los cuales dieron por buena la obra realizada hasta entonces. Pero se vio claro que el edificio iba a resultar costoso y desproporcionado para los monjes que podrían vivir en Leyre.

En 1579, siendo abad Juan Cenoz, se decidió continuar las obras, cercenando el proyecto primitivo. Las confiaron a Juan Luis Musante, cuyo proyecto era el mejor entre los que se presentaron. Contaba con algunas piezas más que el diseño de Ancheta y debía terminarlo en catorce años. Se le entregarían 500 ducados anuales y, pasados cinco años, se le añadirían 1000 ducados anualmente. Terminada la obra, sería reconocida y estimada por peritos competentes.

El 21 de marzo de 1582 giró visita canónica Juan Guimerán, abad de Poblet. Ante la división de la comunidad por el coste de las obras, prohibió continuarlas y cumplir con el contrato. Musante, disconforme, pidió ejecutoria contra el prior y los monjes. Había gastado 5000 ducados y solo había percibido 1000. Pidió le abonaran la diferencia, pues cumplió el contrato y todo se ajustaba a la traza convenida. El pleito se llevaba en el Consejo Real de Navarra. Como estaba vacante la sede abacial, de allí pasó al Tribunal del nuncio, el cual delegó sus veces en el obispo de Pamplona, Pedro de la Fuente. El 3 de octubre de 1583 el obispo despachó una ejecutoria por valor de 1666 ducados a favor de Musante. Los monjes sacaron mil pretextos para inmortalizar el pleito y no soltar el dinero. Juan de Echaide, el nuevo abad, una vez instalado, quiso entenderse con Musante porque pedía le entregasen 1000 ducados y lo demás al cabo de un año, lo cual era imposible. Por su parte, los maestros canteros Juan de Urrelo y Miguel de Iriarte tasaron en 4240 ducados las obras realizadas por Musante y los materiales que tenía preparados. Ambos certificaron que estaban bien acabadas. A los monjes les parecieron demasiados ducados. Pero el 14 de febrero de 1586 se entendieron gracias a una sentencia arbitral sobre la base de nuevas trazas y convenios de pagos. El edificio debería estar concluido en el plazo de veintiséis años. Leyre pagaría a Musante 13.088 ducados por la obra que había de hacer, entregándole 500 ducados cada año. Terminado el edificio, sería tasado de nuevo.

La adoración de los Magos.
Óleo sobre tabla. Anónimo del siglo XVI.

El claustro y el pozo del monasterio nuevo, restaurados.

Pero Musante falleció en septiembre de 1587. El 5 de octubre de dicho año fue reconocida su obra por peritos nombrados por su viuda, Catalina de Altuna, y su hijo, Miguel, de una parte, y el abad, Juan de Echaide, y los monjes, por otra, y fue estimada en 2200 ducados.

En 1611, siendo abad Juan de Echaide, Domingo Artal, vecino de Berdún, se comprometió a continuar las obras, pero pronto las dejó. Enseguida, Juan de Echenagusia, maestro de fábricas, se obligó a construir las bóvedas debajo del capítulo y del calefactorio, la escalera del dormitorio y otras bóvedas. Adelantó mucho el edificio, pero no tanto como para que sirviera de vivienda a los monjes.

Nuevo panteón para los reyes de Navarra

Sabemos ya que en el siglo XV, durante la guerra civil de Navarra, Leyre se adscribió al bando agramontés. Tras de su incorporación a Castilla, Navarra desapareció como reino independiente y en 1513 el abad de Leyre juró fidelidad al nuevo rey. Pero ello no fue óbice para que los monjes guardaran memoria de los reyes expulsados, incluso que ocultaran los restos de los reyes enterrados en dos arcosolios de la iglesia y los cegaran con piedras y argamasa para evitar posibles profanaciones. Cuentan J. Moret y otras fuentes documentales e impresas que en 1613 las obras del monasterio nuevo se centraban en la sacristía. Se precisaba abrir una puerta para comunicarla con la iglesia, precisamente donde estaban los restos reales. Al acto se invitó al historiador benedictino Prudencio de Sandoval, entonces obispo de Pamplona, y a otras personalidades. Aparecieron dos sarcófagos de piedra. Se encontró, en uno, un solo cuerpo de gran estatura, y en el otro, restos de quince cuerpos. Mezclados con los huesos, aparecieron restos de mantos de tisú, un anillo, un cetro, una empuñadura de espada, collares y adornos de marfil. Estos restos se encerraron en cuatro arcas de madera, talladas y sobredoradas, sobre las cuales se grabaron, en unas «tablas», los nombres de los reyes que la tradición suponía estaban enterrados en Leyre. Más tarde se colocaron en alto, a modo de tribuna, en uno de los arcos de la nave sur de la cabecera de la iglesia.

Pero además de las inscripciones en las «tablas» de aquellos ataúdes, los nombres de los reyes enterrados en Leyre se habían ido consignando en el *Libro de la Regla*, citado varias veces en esta obra. Con todo, ambos documentos dan sus nombres con algunas variantes. Actualmente se restringe su nómina a Fortún Garcés y «a Ramiro Garcés, rey de Viguera», a los que tal vez puedan añadirse los nombres de Íñigo Arista, García Íñiguez, Sancho Garcés II Abarca y García Sánchez II. J. M.ª Lacarra se opone al enterramiento de Sancho IV el de Peñalén en Nájera y defiende que también fue sepultado en Leyre; Nájera estaba en manos de Alfonso VI de Castilla y de los hermanos del difunto que urdieron la conspiración de su asesinato, y Leyre era un lugar más accesible y protegido de las ambiciones de Alfonso VI. Según las recientes investigaciones de A. Cañada, a estos nombres podrían añadirse Íñigo Garcés, llamado también «Íñigo de los Íñigos», y Jimeno Íñiguez, apodado «el Fuerte». Se trata de dos caudillos que ofrecieron resistencia contra el poder musulmán en un reducido territorio en el siglo VIII, refugiados en las asperezas de sus terrenos; el segundo en las tierras al oriente de Pamplona (Lumbier, Sangüesa o Aibar) resistió los ataques en una fortaleza. Sus nombres, además de figurar en el *Libro de la Regla*, son citados también en las fuentes árabes. Estos caudillos fueron el abuelo y el padre de Íñigo Arista. Algunos siglos después, fue enterrado en Leyre el príncipe Andrés, primer hijo varón y heredero de Juan III y Catalina, pues la muerte le sorprendió en Sangüesa el 17 de abril de 1503, cuando contaba dos años. Pudo acompañarle otro hermano suyo, el también niño Martín Febo, muerto en 1506.

Arriba, fachada meridional del monasterio nuevo. (Siglos XVI-XVII).

En el centro, sección longitudinal de la iglesia y de la cripta. Plano levantado por la Comisión de Monumentos de Navarra en 1867.

Abajo, dibujo realizado en 1946 de las arquetas que contuvieron los restos de los reyes de Navarra, unos años antes de su destrucción. (Academia de Bellas Artes de San Fernando. Madrid).

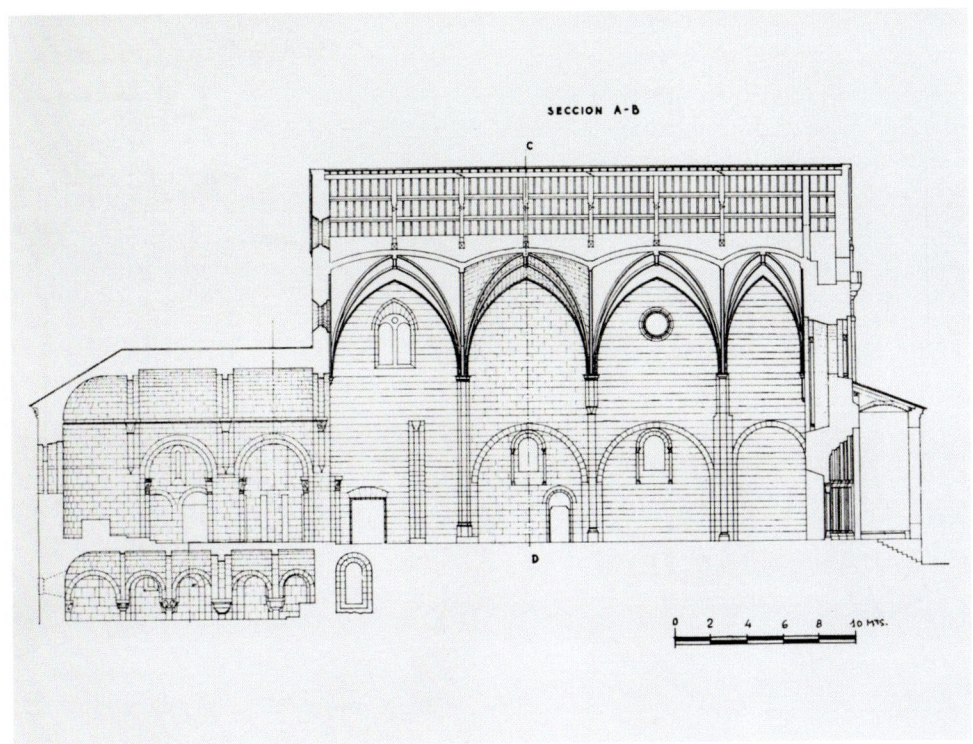

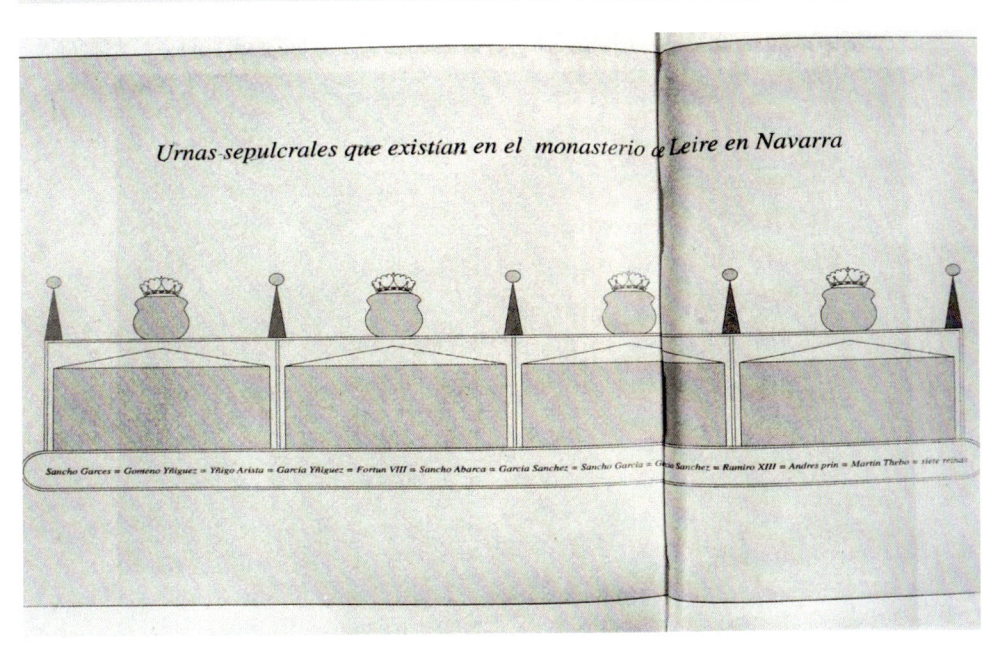

El Salvador. *Óleo sobre lienzo.*
(Anónimo del siglo XVIII).

EL IMPULSO DE LA NUEVA CONGREGACIÓN (1636-1800)

La observancia regular

Estrictamente contemplativa, la Congregación Cisterciense de los Reinos de Aragón y Navarra excluía la cura de almas y de ahí derivaban las normas referentes a viajes, asistencia a espectáculos y austeridad de vida. El régimen de vida era equilibrado en lo relativo al sueño (siete u ocho horas de descanso) y recreaciones. El horario cambió varias veces y vemos celebrar maitines entre la una y las cuatro de la mañana. La importancia concedida a la celebración de la liturgia fue primordial. Al trabajo manual se le asignaba dos horas por la tarde. Para el estudio había otras dos horas por la mañana.

Para conocer el estado de la observancia regular en Leyre, disponemos de las cartas de las visitas regulares de los siglos XVII y XVIII. Su lectura nos lleva a esta conclusión: la observancia era como la de los mejores monasterios de la Congregación. Varias veces encontramos en ellas alabanzas como esta: «Sigan los monjes con esta observancia, fielmente practicada en este antiquísimo santuario».

Los abades temporales

Como en todas las congregaciones benedictinas y cistercienses, nacidas en la modernidad, la de Aragón y Navarra suprimió la perpetuidad de los abades. Su elección y nombramiento se hacía del siguiente modo: el vicario general y el definitorio de la Congregación, cada cuatro años, presentaban una terna de nombres al rey, escogidos entre los profesos de los monasterios. El rey, previa consulta al Consejo Real de los diversos reinos, designaba a quien mejor le parecía. El candidato podía ser reelegido mediando los intersticios que las *Definiciones* marcaban, es decir, uno de sus cuatrienios no podía seguir inmediatamente a otro.

Entre 1652 y 1800 hubo treinta y cinco nombramientos, aunque ocho de los abades que ocuparon el cargo fueron reelegidos para dos y hasta tres cuatrienios. He aquí la lista que ofrece J. Goñi: Martín Cruzat (1652-1656), Agustín García Labari (1656-1660), Fermín de Iribarren (1660-1662), Malaquías Ogazón (1663-1664), Antonio de Urdiáin (1664-1668), Roberto Díez de Ulzurrun (1668-1672), Juan de Elío (1672-1676), Celedón García Pérez (1676-1680; 1685-1686), Félix Gastesi de Atallu (1680-1684; 1686-1688; 1701-1702), Benito de Igal (1688-1692), Esteban de Olloqui (1692-1696), Eugenio de Arlegui (1696-1701), Antonio de Arroyo y Bazán (1702-1704), Clemente Gil de Baradán (1704-1708; 1713-1716), Matías Salinas (1709-1712; 1716-1720), Francisco Pertus y Miñano (1720-1724), Alberico Álvarez de Eulate (1724-1728; 1736-1740), Isidoro Bayona (1728-1732), Diego de Elías y Ocón (1733-1736), Baltasar Martínez de Cárcar (1740-1744; 1748-1752), Malaquías Martínez (1744-1748), Ignacio García (1752-1756), Saturnino Iriarte (1756-1760), Joaquín Díez de Ulzurrun y Argáiz (1760-1764; 1768-1772), Francisco Javier de Arbeloa (1764-1768; 1776-1780), Antonio Pérez (1772-1776; 1781-1784), José Agreda (1784-1787), Benito de Rada e Iribas (1787-1788; 1796-1800), Mauro de Arviceta (1788-1792) y Gregorio Álvarez (1792-1796).

Aunque ya no era perpetuo, el abad de Leyre conservaba gran relieve. Como tenía derecho a los *pontificalia*, usaba cruz pectoral, anillo, mitra y báculo. Sin recibir la bendición abacial, impartida por el obispo diocesano, se consideraba bendecido virtualmente por la Santa Sede. Era el señor territorial y jurisdiccional del dominio de Leyre. Como representante del brazo eclesiástico en las Cortes Generales de Navarra, continuaba siendo convocado a las mismas, y tenía su asiento junto al obispo de Pamplona, los demás abades benedictinos y cistercienses del reino y los priores de Urdax y de Roncesvalles.

Aunque la gestión de Leyre seguía estando confiada al abad, otros monjes nombrados por él ejercían los cargos siguientes: prior, subprior, consejeros o «padres actuantes» (lo eran el prior y los tres más antiguos en profesión), secretario del capítulo, «comisarios» o «procuradores», en quienes delegaba el abad para recorrer las parroquias e iglesias de Leyre para renovar, elegir y dar posesión a los vicarios y beneficiados de las mismas o hacer las capitulaciones con los concejos de sus pueblos para atender al mantenimiento de los templos. A estos cargos hay que añadir el cillerero y sus colaboradores, que eran el granjero de la finca de Cortes y el colector general o «granero», cuyo oficio consistía en «recorrer las parroquias, traer las tazmías de los interesados en los diezmos, hacerse cargo de los granos, vinos y otros frutos y pesar o medir los que el cillerero traiga a Leyre». Mentemos también al depositario, cuyo cometido era guardar los peculios de los monjes, al despensero y al bodeguero. Tenemos, además, los oficios relacionados con la liturgia: cantor mayor, ceremoniero, organista y colector de misas. Más cargos eran los confesores para la comunidad y el exterior. Los mejor preparados intelectualmente ejercían de bibliotecario, archivero, maestros de novicios, neoprofesos y hermanos conversos. Otros oficios eran: ropero, enfermero, hospedero, portero, «tocador de la queda» o «de la matraca», que, además, cuidaba del reloj y servía como «candelero» o «lamparero», esto es, encendía las luces al anochecer y daba a los monjes el «aceite para tener luz en sus celdas». En fin, el monje cirujano, que afeitaba, tonsuraba y sangraba a los monjes, aunque «en sus enfermedades» les atendía un médico, a quien abonaban «un salario, por el cual quedaba obligado a venir a Leyre siempre que fuera llamado».

Escudo de la Congregación Cisterciense de los Reinos de Aragón y Navarra en un retablo de Leyre dedicado a san Bernardo (siglo XVII).

Los monjes

Veinticuatro monjes encontramos en 1612. En 1636, cuando Leyre se incorporó a la Congregación, vivían veinte. En 1670 eran veinticinco. Los visitadores repiten machaconamente que las rentas solamente permiten mantener veintiocho monjes y, por ello, prohíben admitir novicios. El siglo XVIII hizo su entrada con una comunidad envejecida; tanto que en 1703 los visitadores ordenan se admitan novicios hasta alcanzar la cifra de treinta o treinta y cinco monjes. Estos números encontramos de punta a punta de la centuria. Todos eran admitidos a la profesión en vistas al sacerdocio. Como la Congregación tenía su lugar entre los institutos que se ordenaban enteramente a la contemplación, se advierte en ella la progresiva clericalización de los monjes. Por eso, se admitían pocos novicios para hermanos de obediencia. En consecuencia, en el Leyre del XVIII encontramos veinte sacerdotes y tres o cuatro hermanos. Los novicios y neoprofesos completaban la comunidad.

En la Congregación existían cinco categorías de monasterios: de primera, cuya única excepción era Poblet, con cien monjes; de segunda eran los que contaban con cincuenta; a los monasterios que tenían treinta podemos situarles en el tercer escalafón, y a los de veinte, en el cuarto. Finalmente, estaban los prioratos. Leyre se encontraba, pues, entre los del tercer escalafón. Al decir de Francisco Javier de Arbeloa, «no iguala en magnificencia a Fitero y La Oliva».

Frutos de cultura y santidad

En elevar el nivel cultural de los monasterios intervinieron la Congregación y, con mucha anterioridad, el poder civil. Ya las Cortes de Tudela de 1583 pidieron a Felipe II mandase a los abades de cada monasterio que enviaran dos monjes a la universidad. El rey les señaló la de Alcalá. Los abades enviaron monjes a dicha universidad y también a las de Lérida y Salamanca. Tras la unión a la Congregación de Aragón, los estudiantes fueron enviados al colegio de San Bernardo, fundado por dicha Congregación en la universidad de Huesca.

Pero antes de cursar estudios superiores, los estudiantes seguían otros cursos en sus monasterios respectivos. Una vez terminado el noviciado, los neoprofesos debían vivir cuatro años bajo la dirección de un maestro que les ejercitara «in opéribus studii vel caritatis vel religionis». Luego recibían la ordenación sacerdotal. Después eran enviados a Huesca.

Gracias a esto, Leyre contó con monjes bien preparados intelectualmente. Cinco de sus abades llegaron a «vicario general»: Antonio de Peralta y Mauleón (1649-1652), Félix Gastesi de Atallu (1681-1685), Eugenio de Arlegui (1697-1701), Francisco Javier de Arbeloa (1777-1781) y Gregorio Álvarez (1793-1797). Varios monjes fueron visitadores. Cuatro llegaron a «definidor». Otros cuatro a «secretario general». Juan de Sada fue «consultor general». Más de una quincena obtuvieron los títulos de maestros en filosofía, teología, cánones, biblia o artes. Hubo también archiveros, historiadores, notarios públicos y apostólicos, jueces sinodales y artistas, como Bautista Perurena, autor de las pinturas del retablo de las santas Nunilo y Alodia y de otros retablos del siglo XVII.

Pero a pesar de la buena formación que se impartía, en la Congregación no abundaron los escritores, ni su ciencia se tradujo en obras que pasaran a la posteridad. Y eso que hubo monjes en todos los monasterios que fueron celebrados por eclesiásticos y seglares, cuando no fueron llamados «pozos del saber humano». G. M.ª Gibert ha recogido el pequeño elenco de escritores: treinta nombres. Entre ellos hay algunos de Leyre. Roberto Díez de Ulzurrun fue autor de varias obras de filosofía, teología, biblia, homilética y espiritualidad, que no llegaron a publicarse, entre las que destacan: *Hippomnema sacrum super Missus est*; *Tractatus de divina sapientia*; *Sermones super Orationem Dominicam*; *Explicación de las voces y nombres hebreos, griegos, púnicos y siriacos que se encuentran en la Sagrada Escritura*; *Aprographum coenobiarca iuxta cuyus actiones tan intraneas appender curabunt quotquot praefecturae clavo assident*; *Adenda deffinitionibus*. Mentemos también al autor de la llamada *Crónica latina de Leyre*, inédita, en un manuscrito de 1748. Destaca luego Francisco Javier de Arbeloa, quien en 1788 compuso una *Reseña histórica del monasterio de Leyre*, con bastante sentido crítico para su época, texto que luego fue publicado por el *Diccionario geográfico-histórico de la Academia de la Historia*. Benito de Igal llegó a rector del colegio de Huesca y catedrático de su universidad, y fue autor de una obra de teología dogmática y moral que no llegó a publicarse por la humildad de su autor.

J. Goñi, al manejar las ternas que el definitorio presentaba al rey para que eligiera a los abades, recoge significativos ejemplos de perfección monástica y de celo en el desempeño de sus cargos de algunos de los monjes: «Muy observantes» fueron Esteban de Olloqui, Ignacio Olano, Antonio Pérez, Plácido Arlegui, y Lucas Ximénez. «Monjes muy observantes» y además «muy celosos» eran Félix Gastesi de Atallú y José Osteriz. «Religioso muy ejemplar» fue Francisco Pértus. Malaquías Martínez fue considerado un «religioso muy notorio». Clemente Gil de Baradán, amén de ser «religioso muy observante», «gobernó muy bien» durante los dos cuatrienios que fue abad. Ignacio García y Joaquín Díez de Ulzurrun, además de ser «monjes muy observantes», desempeñaron «diversos oficios y dieron buena cuenta en ellos con su vida ejemplar». J. Goñi recoge, incluso, la trayectoria de algunos conversos con fama de santos, como Blas de Vera y Raimundo de Vart. Dice A. de Yepes de este último: «Vivió cien años y era tan amante del recogimiento, que no salió jamás del monasterio» y fue llamado «Religionis cisterciensis spaeculum et zelator».

Con abades y monjes así, la observancia regular y la vida espiritual caminaría en Leyre por senderos seguros.

Pero para juzgar el nivel espiritual y cultural de Leyre, contamos ante todo con la biblioteca. Se conserva un inventario

San Francisco Javier. *Óleo sobre lienzo. (Siglo XVII).*

Arriba, detalle de La Sagrada Familia. Óleo sobre lienzo de un retablo lateral de la iglesia de Leyre, dedicado a san José. (Siglo XVII).

En el centro, a la izquierda, fray Gregorio de Sesma, monje de Leyre y archivero del monasterio en la segunda mitad del siglo XVIII.

A la derecha, lápida sepulcral de fray Juan Bautista Perurena (1520-1660), monje artista de Leyre.

Abajo, La huida a Egipto. Óleo sobre lienzo, que presidió un retablo lateral de la iglesia de Leyre, dedicado a san José, y hoy en el refectorio de los monjes. (Siglo XVII).

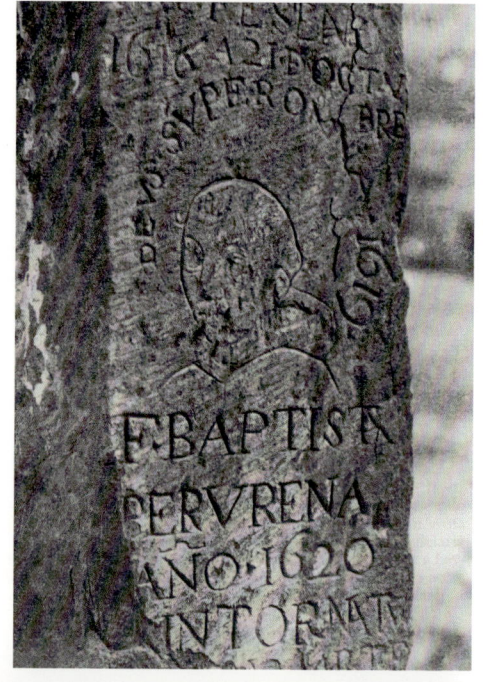

de la misma del año 1820. Contaba con 2.397 volúmenes. La sola ojeada de sus títulos nos muestra la preocupación de los monjes por la Biblia, los Padres de la Iglesia, la teología, la filosofía, los cánones, la espiritualidad, la hagiografía, la historia, la predicación e, incluso, la medicina, la botánica y las humanidades. Dice J. M.ª Mutiloa Poza que «es una biblioteca única en su género y constituye un dato elocuente en pro de la cultura que Leyre supo almacenar desde los días en que sorprendió a San Eulogio hasta los luctuosos de su supresión».

Administración del patrimonio

Asegura J. M.ª Mutiloa Poza que en el siglo XVII son frecuentes las súplicas al Consejo Superior del Cister pidiendo permiso para vender posesiones en Castilla, Aragón y Navarra. En 1601 el capítulo general autorizó a vender la hacienda de Ribas; en 1620 la de La Rioja y en 1623 la de Briñas. Se aducen esta razones: «1) Muchas haciendas se han perdido hace mucho, no hay posibilidad de recuperarlas y se corre peligro de que vayan disminuyendo y perderlas. 2) Las pérdidas han sido por estar lejos de Leyre y, como se administran con gente de los lugares, no aceptan sino con mucha ganancia, de lo cual se siguen muchas pérdidas. 3) Si alguno no quiere pagar, los gastos son muchos en la Chancillería de Valladolid para defenderlas. 4) Es de opinión vender haciendas y el dinero ponerlo a censo al 5 por 100 o comprar otras a poca distancia».

En 1623 el abad del Cister amplió las licencias para vender los bienes de Ribas, Briñas, Cembrana, San Vicente y de otros lugares de Aragón. Leyre, por su parte, reiteró sus peticiones al capítulo general para vender los bienes y censos de Navarra y Aragón distantes del monasterio.

No faltó el control del dominio mediante apeos, amojonamientos y luición de censos. En 1630 se hizo un inventario de todas las piezas que se poseían en Sangüesa. En 1647 se procedió al amojonamiento de los términos entre el valle del Roncal y el monasterio, no exentos de litigios. Estas gestiones se acrecentaron en el siglo XVIII multiplicando apeos, concordias, amojonamientos y pleitos para defender un patrimonio impugnado por todas las vertientes de la administración y de los contribuyentes, llámense políticos, economistas o ilustrados, censatarios y rentistas que trataban de eludir sus cánones y réditos apropiándose de hecho de los bienes correspondientes. Leyre se reafirmó en sus multiseculares derechos recopilando los privilegios, gracias y exenciones de toda índole como si temiera ya próximo el zarpazo desamortizador. Acentuó el control de su patrimonio tendiendo a desprenderse de las heredades ubicadas en lugares distantes y concentrarlas en las inmediaciones del monasterio mediante compras y permutas.

En 1710 se constituye el *Libro de apeos* para registrar todas las fincas del monasterio. En 1746 se confeccionó un documento donde se copiaron los privilegios concedidos por los reyes de Aragón y Navarra en diferentes épocas sobre el paso de ganados, pastos, aguas, frutos decimales, etc. En 1743 se apearon las tierras que el monasterio tenía en San Vicente de Olaz, las piezas y viñas de Doñamaría de Villaveta y se amojonaron en 1762 las que poseía en Ardanaz.

Esta labor de investigación e inventario desembocó en un sucinto memorial de las heredades que Leyre tenía en cuarenta localidades de Navarra, Aragón y Castilla, que quería vender con aprobación del capítulo general por su escasa rentabilidad y que reza así: *Pechas, censos, heredades y casas de poco provecho*.

Consecuente con estos criterios, Leyre vendió en 1766 la iglesia de San Salvador de Huesca y heredades en Peralta, y compró, en 1768, fincas en Liédena, Lumbier y Salinas de Monreal.

Tras estos ligeros cambios en el patrimonio, más la venta en 1815 de las propiedades en Navascués, Sangüesa, Sansoaín y Urroz, llegamos al fatídico momento para el monasterio de la desamortización en el siglo XIX.

Con esta hacienda, cuyas rentas «eran escasas y cortas», Leyre solo podía mantener treinta monjes, «tratándoles con la frugalidad que los trata». Además, atendía a bastantes obras apostólicas, culturales, sociales y caritativas. He aquí unos ejemplos, como botones de muestra. Los domingos, desde Navidad hasta San Juan, se socorría en la portería a unos mil quinientos pobres, lo cual suponía un gasto semanal de catorce cargas de trigo. En 1786 pidieron a los monjes erigir un colegio para los niños de los pueblos circunvecinos; como Leyre resultaba inaccesible en invierno, se optó por contribuir con un sueldo decente a dos maestros que vivieran en Yesa y en Tierras, dar comida a doce

En la página siguiente, arriba a la izquierda, La Purísima. *Óleo sobre lienzo de la escuela de J. A. de Fonseca Esculunte. (Siglo XVII).*

A la derecha, La Asunción de la Virgen. *Presidió el retablo mayor de la iglesia de Tiermas, parroquia dependiente de Leyre. (Siglo XVIII).*

Abajo a la izquierda, El Salvador. *Bajorrelieve de la escuela de Juan de Ancheta. (Siglo XVII).*

A la derecha, imagen de la Virgen con Jesús Niño y san Juanito *en el oratorio de la comunidad. Presidió uno de los retablos de la iglesia. (Siglo XVIII).*

niños y vestir a seis de ellos en ambos lugares. En septiembre de 1792, la comunidad accedió acoger a varios clérigos franceses emigrados, cuya relación envió el virrey de Navarra al abad Gregorio Álvarez. Este, siendo vicario general, apoyó el establecimiento de los trapenses en España. En fin, el abad de Leyre gozaba del derecho de presentación, elección y de dar la colación y canónica institución, amén de sustentarlos, a los vicarios, beneficiados, cantores y sacristanes de casi medio centenar de iglesias de pueblos en los que percibía diezmos y primicias, con la obligación de mantener sus templos en pie.

Cinco eventos curiosos

El 18 de abril, fiesta de la Traslación de los cuerpos de las santas Nunilo y Alodia desde Huesca a Leyre, los pueblos circunvecinos acostumbraban llegar al monasterio en romería.

El año 1638 fue de mucha sequía y subieron haciendo rogativas. Los monjes, acompañados de los romeros, llevaron en procesión la arqueta arábigo-persa con los restos de las santas hasta la fuente de las Vírgenes. Una vez allí, el prior, Antonio de la Reque, sacó uno de los huesos. Después de introducirlo tres veces en el agua, comenzó a destilar gotas de sangre. Poco después, una lluvia abundante sació la sed de los campos sedientos.

El 31 de marzo de 1645, Martín Cruzat, cillerero de Leyre, por orden del abad Antonio de Peralta y Mauleón, firmó un contrato con Juan de Gorria, maestro cantero, vecino de Tabar, para la terminación del monasterio nuevo. La obra tenía que estar concluida a los tres años. Gorria cumplió sus compromisos y el 14 de septiembre de 1648 dos peritos dieron por bien realizada la obra y la valoraron en 8799 ducados. Mientras tanto, el ensamblador Tomás de Gaztelu, vecino de Sangüesa, hizo el artesonado del alero a base de roble tallado, que daba un aspecto señorial al conjunto externo del edificio.

Los monjes pudieron trasladarse de un lugar lóbrego y angosto a otro renacentista, que reunía todas las condiciones de amplitud, buena orientación y comodidad. No obstante, se mantuvieron en el monasterio viejo el antiguo claustro y algunos servicios que, al tiempo que evitaron su ruina, consiguieron que ciertas oficinas tuvieran mayor amplitud en el nuevo.

El siglo XVIII hizo su entrada en Leyre con malos auspicios. El 29 de octubre de 1702 un incendio, que se inició en el horno, destruyó las principales oficinas del monasterio viejo y fue preciso reedificar casi todas ellas. Para ello hubo que tomar 12.000 ducados a censo. En 1739 los monjes aún estaban empeñados.

Al poco de aquel evento y al morir Carlos II, el Hechizado, sin sucesor, estalló la guerra de Sucesión. Los contrincantes eran Felipe de Borbón y el archiduque Carlos de Austria, los cuales aspiraban a ocupar el trono de España. Navarra apoyaba a Felipe, el cual comenzó a reinar con el nombre de Felipe V.

En el mes de julio de 1706, las tropas de los partidarios de Carlos de Austria causaron muchos estragos en Navarra. Algunos afectaron a los monjes de Leyre. Cuentan ellos en una solicitud que elevaron al rey en 1740: «En diferentes ocasiones robaron los ganados y causaron todo género de hostilidades. Los monjes tuvieron que pedir ayuda en los pueblos comarcanos para defenderse con gente y armas, en cuya manutención y paga de sueldos se consumieron muchos dineros».

En 1710 hubo otros muchos contratiempos. Tras las derrotas borbónicas en Almenara y Zaragoza, Carlos de Austria ejerció dominio casi total en Aragón y convirtió la frontera navarro-aragonesa en frente de combate. Sangüesa fue escenario de sucesos desagradables en los meses de noviembre y diciembre.

Las tropas también llegaron a Leyre. Saquearon el monasterio, robaron el ganado, maltrataron a los monjes, a uno de ellos le hirieron y al poco murió, se llevaron prisioneros a otros dos y hubo que pagar un rescate por ellos. Fue en venganza del celo que el abad y los monjes manifestaron por Felipe V y las ayudas que prestaron a sus tropas para su manutención, especialmente en los tránsitos de Pamplona a Jaca, para cuyas plazas se llevaron cincuenta cargas de trigo a Sangüesa y sesenta y dos cahíces de trigo a Pamplona y a Jaca.

El 29 de agosto de 1739 una lluvia impetuosa hizo salir de madre al río Aragón. Los daños fueron enormes. En Sangüesa inundó dos terceras partes del término municipal. En los cotos redondos de Leyre y de la granja de Cortes se inundaron bastantes parcelas plantadas de viñas, olivos y huertas y la corriente del río destruyó la presa y el molino de Benasa.

LEYRE. HISTORIA, ARTE Y VIDA MONÁSTICA 75

SIGLO XIX

La guerra de la Independencia y sus repercusiones

El siglo XIX hizo su entrada en Leyre con buenos auspicios. Las dos centurias anteriores fueron de reorganización y, por lo mismo, después de años de orden y buena observancia, la vida monástica había alcanzado un grado notable de perfección, no obstante los síntomas decadentes que caracterizaban a la Iglesia española al comenzar dicho siglo. La comunidad contaba con veintiocho o treinta monjes y durante los dos primeros cuatrienios estuvieron al frente del monasterio los abades Lucas Ximénez (1800-1804) y Antonio Díez de Tejada (1804-1808).

El ambiente liberal que caracterizaba las altas esferas de la política, el desconcierto y desorganización de un pueblo casi desgobernado, como lo era España, la honda escisión ideológica, el caos que se advertía por doquier y la invasión francesa trajeron como consecuencia la guerra de la Independencia, que comenzó el 2 de mayo de 1808. El 18 de julio del mismo año, el general Dupont con todas sus tropas se rindió en Bailén al general Castaños. Humillado Napoleón, vino a España y avanzó arrollador hasta desbordar la península entera. Cuando la invasión llegó a Navarra y Aragón, terminó la pacífica y recoleta vida de la comunidad de Leyre y comenzó el calvario que acabó interrumpiendo la brillante historia monástica del milenario monasterio. Se sabe que, durante los meses de agosto y septiembre de 1808, la guarnición de Sangüesa exigió víveres a Leyre, tanto para ella como para la de Pamplona. Las exigencias se reanudaron después de la derrota del ejército español en Tudela el 23 de noviembre de 1808. El 30 del mismo mes fue preciso entregar dineros y ganados como rescate del cillerero, que había sido secuestrado.

El 2 de febrero de 1809 el monasterio fue saqueado, a lo cual se añadieron fuertes exacciones en dicho mes y en el de marzo del mismo año, amén de las exigencias de la guerrilla, que recurrió a los frutos decimales, por ejemplo, en Navascués, parroquia de Leyre.

Leyre en ruinas, *hacia el año 1920. Óleo sobre lienzo de Jesús Basiano, hoy en el Parlamento de Navarra.*

Desamortizaciones y exclaustraciones

José Bonaparte y los regulares

Todos aquellos abusos sirvieron de pórtico a una desamortización y exclaustración. A finales de diciembre de 1808, Napoleón decretó la supresión de la tercera parte de los conventos y monasterios. Meses después, su hermano, José Bonaparte I, firmó el Real Decreto del 18 de agosto de 1809 por el que quedaban suprimidas todas las órdenes regulares, monacales, mendicantes y clericales e incautaba todos sus bienes. El fetiche de los tesoros y bienes del clero le llevó a emprender la desamortización del patrimonio de los regulares aduciendo el pretexto de que le habían sido hostiles.

Las disposiciones del decreto afectaron a los monjes de Leyre, y el 9 de septiembre de 1809 su comunidad tuvo que abandonar el monasterio. Por primera vez en un milenio se interrumpió la vida monástica en Leyre. Miguel Flamenco (1808-1815), en calidad de prior y presidente mayor, estaba al frente de la comunidad, que constaba de veinticinco monjes: diecisiete sacerdotes y ocho hermanos de obediencia.

Del 25 de septiembre al 18 de octubre, los comisionados gubernamentales del Crédito Público hicieron, con la ayuda de monjes competentes, un minucioso inventario de todos los bienes y derechos del monasterio. Pero cupo la suerte que, por disposición de Ángel Latreira, administrador de Rentas Reales y comisionado especial para la ocupación de los monasterios, todo quedara bajo la administración del excillerero Jerónimo Ibáñez de Baztán. Se dispuso, igualmente que, «ahora y hasta nueva orden», se recogieran en el archivo los vasos sagrados, ornamentos, reliquias y cuadros que hubiera en Leyre y que la biblioteca, la botica y demás efectos quedaran en sus respectivos lugares. Jerónimo Ibáñez de Baztán se hizo cargo de las llaves de todas las dependencias, incluso de la granja de Cortes.

Felizmente, esta situación no duró mucho tiempo porque, tras seis años de destierro en Valançey, Fernando VII fue repuesto en su trono en mayo de 1814. Una de sus primeras medidas fue abolir todas las reformas políticas y administrativas llevadas a cabo durante su exilio. Anulado el Real Decreto del 18 de agosto de 1809 de José Bonaparte, se restauraron otra vez las órdenes religiosas. En dicho año los monjes pudieron volver a Leyre. En 1815 encontramos al frente del monasterio al abad Lucas Ximénez y en 1819 le sucedió Manuel Zubiri.

Nuevo exilio

A pesar de la gesta patriótica y religiosa que fue la guerra de la Independencia, el anticlericalismo de las clases rectoras prosiguió su obra demoledora con más celo aún que los mismos franceses. En 1820 el ímpetu del liberalismo en ciernes se hizo con el poder y pronto la incautación y enajenación de los bienes de los regulares brilló a sus ojos como el remedio de muchos males.

No se hicieron esperar las leyes y los decretos, precedidos de altisonantes discursos de la Asamblea, en la que prevalecía, con destacadas excepciones, una cierta enemiga a los conventuales.

El año 1820 comenzó bien en Leyre. La vida monástica seguía su curso. Jerónimo Ibáñez de Baztán, activo cillerero, había logrado arreglar las dificultades con el Departamento de Hacienda y nadie inquietaba a los monjes.

El primer clarinazo de alarma llegó el 21 de abril de dicho año. El Gobierno había roto las relaciones con Roma y, ante las dificultades que entrañaba esta incomunicación con la Santa Sede, los ordinarios permitieron la secularización de los religiosos que lo desearan. Al parecer, en los monasterios no se hizo caso de esta facultad. Tampoco en Leyre.

Los días 1, 25 y 26 de octubre de 1820 aparecieron en la gaceta oficial del reino varios decretos emanados de las Cortes que ordenaban la exclaustración de los monjes y religiosos y la ocupación de sus monasterios y conventos. La de los bienes ahora era total y la extinción absoluta.

Los comisionados del Crédito Público del Departamento de Hacienda –lo eran a la sazón Miguel de Lora y Andrés Peralta– se presentaron nuevamente en Leyre. Asistidos por el abad Manuel Zubiri, procedieron a la confección de los inventarios. Esta vez elaboraron cinco: uno reseñaba los títulos de propiedad de los bienes y derechos expropiados; otro, los bienes muebles, efectos semovientes y créditos a favor y en contra; un tercero, los bienes inmuebles; el cuarto, los cuadros, libros y efectos de la biblioteca; y el quinto, los objetos de culto. Comenzados

Arriba, Leyre tras largos años de abandono y dispersión, hacia el año 1920.

Abajo, fachada oriental del monasterio, según una fotografía de hacia el año 1920.

el 17 de noviembre, los cuatro primeros estaban acabados el 11 de diciembre; el quinto se retrasó hasta el 27 de febrero de 1821. A diferencia de 1809, los objetos de culto no quedarían custodiados en Leyre; ahora deberían ser entregados al párroco de la iglesia de Santiago de Sangüesa, comisionado por el obispo de Pamplona, Joaquín Javier de Uriz y Lasaga. Poco después, empezaron a salir personas y cosas del monasterio. Entre ellas, la biblioteca. El 28 de febrero desfilaban los monjes. Y hacia el 10 de abril se procedió a la subasta de los arriendos de las tierras y viñas que explotaban directamente los monjes, como eran las de los cotos redondos de Leyre y de la granja de Cortes.

Pero la reacción política de 1823 volvió a los frailes y monjes a sus respectivos conventos y monasterios. También Leyre reunió a su dispersa comunidad. El abad –lo era todavía Manuel Zubiri– comenzó las gestiones para retirar de la Contaduría del Crédito Público los documentos incautados en los primeros días de enero de 1821. El 21 de diciembre de 1823 pudo trasladar dicha documentación al monasterio.

La Década Ominosa de Fernando VII y los tres primeros años de la Regencia, a pesar de la primera guerra carlista, que ensangrentó el solar navarro, marcaron trece años de vida monástica regular, no exenta de penalidades, pues los vientos que soplaban no eran los más propicios para el pacífico desarrollo de la vida monástica, aunque Leyre mantuviera todavía diciocho monjes. Hasta 1834 se sucedieron tres abades en la dirección del monasterio: otra vez Manuel Zubiri (1823-1826), Lucas Ximeno (1826-1830) y Ramón Ximénez de Leorín (1830-1834). A partir de 1834 rigió los destinos del monasterio un prior y presidente mayor, Cosme Iroz.

ÉXODO SIN RETORNO

Mendizábal y Espartero, afiliados al progresismo liberal, veían los bienes del clero con más fantasía que realidad, como el modo de financiar la guerra carlista y consolidar el partido liberal, creando una legión de propietarios agradecidos al Estado, que les ofreció en bandeja la posibilidad de hacerse con las fincas del clero a precios poco competitivos, masivamente ofrecidos en las subastas en todos los partidos judiciales del país.

Sería el tercer atropello de los sagrados derechos de propiedad, que poco contaban para aquel incipiente liberalismo que alardeaba de respeto a la propiedad privada y que, sin ningún estudio socioeconómico previo, ni reclamaciones nacidas del medio rural y de los numerosos enfiteutas, emprendió la enajenación de las propiedades de «manos muertas», soportando la pesada carga de mantener a los exclaustrados a costa de un tremendo déficit hacendístico, lo que provocó el malestar económico de la clase rural censataria y rentista, que pasó a depender de propietarios más exigentes. Aspectos a tener en cuenta para quienes, a la distancia de casi doscientos años, justifican la desamortización por motivos económicos y sociales.

La máquina burocrática-hacendística-desamortizadora se puso de nuevo en marcha, esta vez en virtud de los decretos de Toreno (Ley de 25 de julio de 1835) y de Mendizábal (Real Decreto de 8 de marzo de 1836 e Instrucción del 24 de dicho mes). Suprimían todos los conventos y monasterios de ambos sexos e incautaban todos sus bienes. Espartero, en su primer mandato, extenderá la desamortización a los bienes del clero secular y, en el segundo (Ley de 1 de mayo de 1855), a todos los bienes amortizados del clero regular y secular, propios y comunes de los pueblos, beneficencia e instrucción pública.

Leyre cayó dentro de las atribuciones del virrey, quien comunicó el 5 de abril de 1836 a la Diputación que para la ejecución de Real Decreto relativo a la supresión de conventos delegaba sus facultades en el comandante general de la merindad de Tudela. Fruto de tal disposición fue la supresión de Leyre y de los conventos de Sangüesa, Tudela y Cascante. Entre el 14 de febrero y el 8 de mayo se procedió a la incautación de todos los bienes de Leyre, tras la confección del inventario de los mismos y la lista de los monjes. Se hizo todo ante Buenaventura Ruiz, comisionado del ramo de amortización en el partido de Sangüesa, y de Silvestre Martínez, presidente de la comunidad y encargado de la entrega del monasterio, en ausencia de prior Cosme Iroz y del cillerero José Elorz, también ausente.

El inventario mantiene cierto paralelismo con el de 1809 y viene a ser un compendio escueto de los inventarios anteriores. Tiene la utilidad de ser el último documento oficial de la disolución de

Arriba, iglesia y fachada occidental del monasterio, según una fotografía de hacia el año 1920.

Abajo, el claustro del monasterio, hacia el año 1920.

Leyre antes de los expedientes de venta. Comienza con una exposición de los fines y contenidos que abarca el citado inventario, las reales órdenes, las personas que intervienen en su confección, para descender a la descripción de los bienes inmuebles del monasterio, granja, pueblos de Navarra y Aragón, parroquias, diezmos, privilegios, aniversarios, censos, pechas, bienes muebles, frutos existentes, archivo de papeles, objetos de iglesia y vasos sagrados, para concluir con el testimonio de la entrega de Leyre y de sus efectos y existencias al comisionado que suscribe por estar disuelta la comunidad.

La comunidad permaneció en Leyre hasta principios del año 1836. De hecho, fue disuelta oficialmente el 16 de febrero de ese año. Contaba con once sacerdotes, dos coristas y cinco legos, al frente de los cuales continuaba el prior y presidente mayor Cosme Iroz.

VENTA DEL PATRIMONIO Y RUINA DEL MONASTERIO

La desbandada de los monjes y de las cosas de Leyre fue general. Los monjes tuvieron que abrirse camino en la vida desesperadamente. Es verdad que el Crédito Público les prometió una pensión anual en concepto de indemnización de daños. Pero no era una solución y muchos de ellos pasaron serias preocupaciones por sus problemas de tipo pecuniario.

Según J. M.ª Mutiloa Poza, la enajenación en pública subasta de los bienes de los conventos suprimidos en Navarra comenzó en 1838. Algunos de los bienes de Leyre se subastaron en 1839. Luego, en 1840, se enajenó la casi totalidad del patrimonio rústico, incluidos el coto redondo del monasterio y la granja de Cortes. En 1843, 1844 y 1864 continuaron las subastas hasta liquidar todo el patrimonio.

¿Qué pasó con los objetos de culto? Fueron puestos a disposición del obispo de Pamplona. Unos –el retablo mayor y varios altares, el órgano, la sillería del coro y las urnas con los restos de los reyes– permanecían *in situ*, cuando menos, en 1845. Páginas adelante diremos donde fue a parar todo lo demás.

A los pocos años, solo quedaban pendientes de solución la iglesia y la mole del monasterio, que permanecieron du-

Plano general del monasterio levantado por la Comisión de Monumentos de Navarra en 1867.

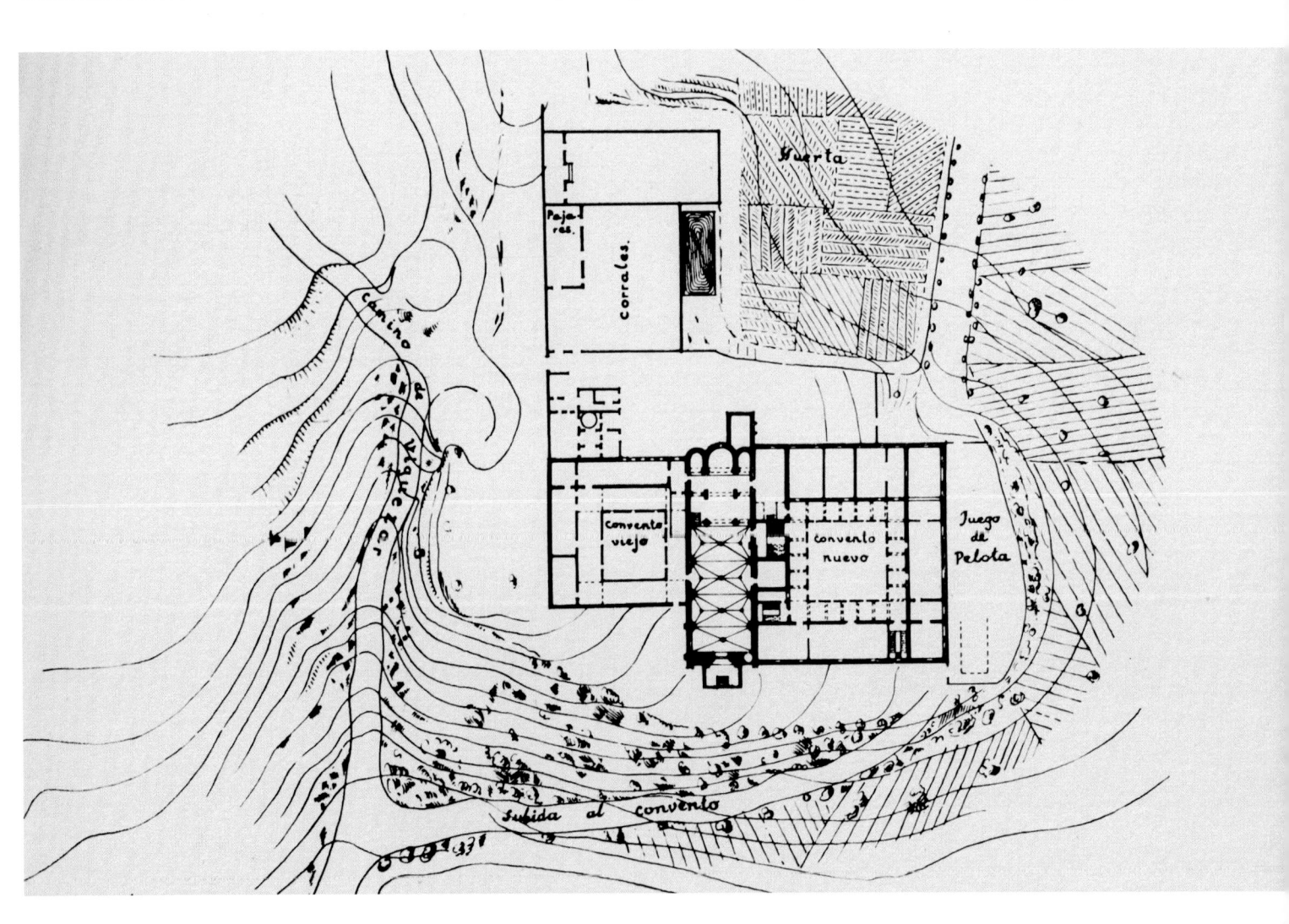

rante veinticinco años en el más absoluto abandono y olvido. En las relaciones que se cursaron a la Administración en 1845, 1849 y 1855 acerca del destino que se había dado a los monasterios navarros, no se menciona Leyre, que continuaba deshabitado. Hubo, no obstante, una honrosa excepción: la Comisión de Monumentos Históricos y Artísticos de Navarra.

Como en las demás provincias de España, se constituyó a raíz de la Real Orden de 13 de junio de 1844. Ordenaba crear una Comisión Central, presidida por el ministro de la gobernación, y unas comisiones provinciales que se organizaran como organismos delegados del poder de la Comisión Central, con normas comunes para todo el territorio nacional. Se compondrían de cinco personas celosas por la conservación de «nuestras antigüedades». Su financiación estaría a cargo de fondos provinciales, hasta que sus gastos se incluyeran en el Presupuesto General del Estado. Pero a partir de 1865, en virtud de otra Real Orden, la Comisión Central pasó a depender de la Real Academia de San Fernando, a la que remitían sus informes las comisiones provinciales, como antes lo hicieron a la Comisión Central.

Ya en su primera actuación, la Comisión de Navarra se interesó por Leyre. Cuando en 1845 la Comisión Central pidió informes acerca del estado de los monasterios principales de Navarra, contestó diciendo que eran Leyre, La Oliva e Irache. Sobre Leyre informó: «Contiene cuatro urnas de madera de varios reyes, cuyos cuerpos están allí depositados. El retablo mayor es de bastante mérito y la sillería del coro de trabajo exquisito. Pertenece al Estado... La necesidad más urgente es componer los tejados para que las aguas no acaben de destruirlo». Y se envió a Madrid el diseño de las urnas que contenían los restos de los reyes.

La Comisión proponía que Leyre se arrendase al propietario de las tierras colindantes para que lo utilizara en los fines de una explotación y fuese quien se ocupase de su mantenimiento. La Comisión Central, a la vista del diseño de las urnas y del proyecto de alquiler, dedujo que aquellas no tenían el mérito que se les había querido dar, pero no por eso había de abandonarse el edificio, «el más antiguo y principal monumento del reino». Recomendó un alquiler a corto plazo, con la prohibición de realizar reforma alguna. Esto fue lo que provocó que P. Madoz afirmase en su *Diccionario geográfico-estadístico-histórico de España*, en la voz 'Leyre', que el monasterio carecía de mérito artístico.

Pero la Comisión de Navarra no hizo nada práctico por ninguno de los monasterios navarros. En 1860 volvió a comunicar a la Academia de San Fernando que el hundimiento de sus edificios progresaba, pero no trazó ningún plan interventor que atajase la progresiva ruina.

Es curioso comprobar cómo se arruinó Leyre en tan pocos años. En 1836 se encontraba en buen estado. En 1845 había urgencia del arreglo de los tejados para evitar la ruina. Y en 1864 se habla ya de «ruinas venerables». Fue devastador el efecto de las inclemencias del tiempo en edificios abandonados de la amplitud y antigüedad de Leyre, sometido además al saqueo de los habitantes de su entorno y de la rapiña de los buscadores de tesoros, de los desaprensivos, curiosos e interesados que fueron con carros a por materiales para emplearlos en los muros de sus casas, y fueron apoderándose de puertas, vigas, tejas y piedras. Los techos de las crujías empezaron a hundirse. Los rebaños descansaban de sus caminatas en la iglesia y los pastores encendían fogatas en ella. Guardaba aún en su interior restos de tres altares, porque los demás habían ido a parar a las parroquias de Yesa, Liédena, Sangüesa, Bigüézal, Tiermas, Arteta, Adahuesca y Burgui. Quedaban también los restos mortales de los reyes de Navarra, pero, extraídos de las arcas donde se encontraban, habían sido esparcidos por el suelo de la iglesia.

Fachada meridional del monasterio, hacia el año 1920.

RESTAURACIÓN

Primeras medidas para salvar el conjunto monumental

Estamos ya en 1863. En una crónica titulada *Leyre restaurado*, escrita por don Hermenegildo Oyaga y Rebolé, se cuenta que, en el mes de mayo de dicho año, el alcalde y el párroco de Yesa recibieron la orden de don Gregorio Pesquera, a la sazón gobernador civil de Navarra, de recoger los restos de los reyes de Navarra, que habían sido extraídos de las urnas donde se hallaban, los depositaran en un arcón, los condujeran a la iglesia de Yesa y cerraran las puertas de la iglesia y del monasterio para impedir la entrada del ganado. El día 17 de los dichos mes y año, los mentados alcalde y párroco y varios operarios hicieron efectivo el encargo del gobernador, y el arcón con los restos de los reyes lo ubicaron debajo del coro de la iglesia de Yesa. Cerraron las puertas de la iglesia de Leyre, la una con la misma llave que existía, y la otra con piedras y mortero.

Este evento marca el fin de un epílogo ingrato de veintisiete años de dispersión y abandono. A partir de ahora, cambia el escenario de Leyre y, en cierto modo, principia otra etapa. Es cierto que el desmoronamiento seguía avanzando y la dispersión seguía su camino.

Sin embargo, en la crónica de estos años se inicia una trayectoria de signo positivo: comienza a aflorar una corriente de simpatía. Quemadas las últimas esperanzas de un retorno de los monjes, se empieza a intentar, al menos, salvar los principales edificios que se mantenían en pie. Unos principios tímidos, una marcha de pasos vacilantes hacia la restauración definitiva.

Un año después del traslado de los restos de los reyes, se personaron en Leyre el gobernador civil, una representación de la Diputación, otra de la Comisión de Monumentos, don Manuel Mercader, entonces secretario de cámara, en representación del obispo, amén de otros señores. Dice en su crónica don Hermenegildo Oyaga: «Vinieron a inspeccionar estas ruinas venerables. Levantaron acta y dispusieron, como medida preventiva, tapiar las entradas del monasterio y de la iglesia. Ordenaron al guarda del monte cuidase de su seguridad y le compensaron este servicio con la ocupación gratuita de la casa del horno».

El 28 de marzo de 1867, la Comisión envió a las ruinas a don Máximo Hijón, a la sazón ingeniero de la Diputación, acompañado de don Juan Iturralde y Suit, para que dibujaran lo más notable de la cripta, de la iglesia y de su portada principal para poder remitir copias de todo ello a la Academia de San Fernando.

Como la iglesia de Yesa no era lugar adecuado para los restos de los reyes, se iniciaron gestiones para trasladarlos a la catedral de Pamplona. En 1865 se proyectó llevar a cabo el acto con la asistencia de Isabel II, al término de su veraneo en San Sebastián, pero no fue posible. Dos años después, se organizó todo para celebrar el traslado también al finalizar el veraneo de la reina, pero el acto volvió a suspenderse. Ya no se volvió a hablar más de ello.

El 1 de junio de 1867, la Administración de Propiedades y Derechos del Estado sacó a pública subasta el inmueble de Leyre en el *Boletín Oficial de la Provincia de Navarra*. Como se trataba de un bien improductivo, se valoró solamente por el precio que resultaría del derribo de sus materiales de construcción: 8.000 reales. La subasta y el remate se verificaron el 5 de julio del mismo año y fue adjudicado a Pedro García de Goyena, vecino de Pamplona, por 8.400 reales.

El suceso no tuvo ningún eco resonante en Navarra, salvo en el ánimo de algunos próceres. Por un lado, encontramos a Rafael Gaztelu, quien redactó una memoria, que envió a la Academia de la Historia. Los componentes de la Comisión de Monumentos, por su parte, se propusieron bloquear la subasta y empezaron a mover los resortes de que disponían. Acudieron al director y al secretario de la Academia de San Fernando, quienes actuaron con rapidez. Lo primero que pudo conseguirse fue la anulación de la venta, la declaración de Leyre como monumento nacional y la entrega de la administración y custodia de todo el conjunto monumental a la Comisión de Monumentos de Navarra. Leyre fue el primer monumento de Navarra que alcanzó la categoría de «nacional» por Real Orden del 16 de octubre de 1867. Se había dado el primer paso hacia la restauración. Haciéndose cargo del monasterio comenzaba, pues, la eficaz labor de la Comisión en Leyre. Durante muchos años será la responsable de su mantenimiento y conservación.

Don Hermenegildo Oyaga y Rebolé. Primera restauración

Fue pocos años después cuando don Hermenegildo entró en la escena de Leyre. Nació en Liédena el 13 de abril de 1843 y comenzó a trabajar por el monasterio en 1873, al poco de su ordenación sacerdotal. Su hermano, Juan Oyaga, era ya por entonces dueño de la mitad del coto redondo. Cuenta en su obra *Leyre restaurado*: «En una de mis visitas, al contemplar las sagradas ruinas, me sentí impulsado a trabajar para que de nuevo se dedicaran al culto de Dios. Esta inspiración de inmensas proporciones se me hizo realizable, pues Dios lo quería».

Inició sus gestiones enviando una carta a la Comisión de Monumentos. Enseguida recibió contestación del director, don Juan Iturralde y Suit. Le decía entre otras muchas cosas: «La Comisión desea hacer algo para evitar la desaparición de tan venerables ruinas, pero sus recursos solo alcanzan para impedir que se derrumben por completo, esto suponiendo que el presupuesto sea módico».

Apenas recibir esta carta, don Hermenegildo se personó en Pamplona para informar a Iturralde y Suit del proyecto que acariciaba: abrir la iglesia y la cripta al culto, después de hacer en ellas una modesta reparación, que podría llevarse a cabo sirviéndose del material útil que existía en las ruinas. Por lo demás, bastarían 4000 reales para pagar los jornales de los obreros.

A Iturralde y Suit le encantó el proyecto. El 24 de agosto de 1874 presentó el plan al pleno de la Comisión, que fue aprobado por unanimidad. Enseguida le llegó a don Hermenegildo la autorización por escrito para realizar las obras y el nombramiento como encargado de cuidar de Leyre y su monasterio.

Una coincidencia providencial vino a apoyar su causa en pro de Leyre. Quedó vacante la parroquia de Yesa y el primero de noviembre 1874 recibió el nombramiento de atender el curato de Yesa y de su anejo de Leyre.

Comenzó los trabajos en septiembre de 1874. Con un equipo de obreros retiró los escombros acumulados en la cabecera

El monasterio durante las obras de restauración. (Años 1945-1954).

Tres imágenes del monasterio de Leyre durante las obras de restauración. (Años 1945-1954).

y en la gran ampliación románicas. Enseguida de su nombramiento como cura de Yesa, sus feligreses le ayudaron a escombrar la cripta y a recoger materiales útiles en las ruinas del monasterio.

Luego de esto, puso manos a la obra de albañilería: tejados sobre las techumbres de la iglesia, la Porta Speciosa, la torre y la sacristía. Tabicó entradas inútiles y puso puertas y cerraduras de seguridad. Al mismo tiempo, adornó la iglesia y la cripta y dotó de ornamentos a la sacristía.

Solamente tres retablos permanecían *in situ*: los de los ábsides laterales, dedicados, uno a san Juan Bautista, y el otro a san Esteban, y el tercero, al fondo de la gran ampliación, dedicado a la Virgen. Cabe añadir a todo ello un ara y dos columnas que pertenecieron al primitivo altar del ábside central de la iglesia, de la primera mitad del siglo XI; las halló tiradas en el claustro del monasterio viejo. Este altar fue ubicado de nuevo en la nave central de la iglesia el año 1992.

El retablo mayor, el órgano y otras cosas fueron trasladados a la iglesia de Burgui el 17 de junio de 1847. Don Hermenegildo hizo gestiones para que dicho retablo volviese a Leyre, pero no lo consiguió. Entretanto, hubo un incendio en la iglesia de Burgui y se perdió la mayor parte del retablo. A raíz de este incidente, los de Burgui le cedieron algunas de las piezas que salieron ilesas del incendio, entre ellas el sagrario y las imágenes de San Bernardo, Santa Umbelina, San Roberto y la «Virgen de los Remedios». También le dieron los retablos de San Bernardo y de San José y el cuadro de *San Virila*. Por otro conducto, consiguió el retablo de las santas Nunilo y Alodia, trasladado a la iglesia de Bigüézal cuando la dispersión de todo; algunos cuadros e imágenes, que fueron a parar a Yesa y Liédena; unas imágenes de San Benito y de los santos Alberico y Esteban Harding del monasterio de Iranzu; en fin, otras imágenes y cosas de la iglesia de San Nicolás de Sangüesa, entre las que cabe citar un san Francisco Javier y una santa Teresa.

Con estos materiales confeccionó un retablo mayor nuevo, que constaba de las tres secciones clásicas: predela, parte central y ático. Lucía en la parte central un cuadro de grandes dimensiones del retablo de San José, que representa la huída a Egipto. El altar era aquel del siglo XI, que halló tirado en el claustro viejo.

En la ampliación románica instaló los retablos de las Santas Nunilo y Alodia y de San Bernardo. Más cosas decoraban la iglesia: los retablos de San Juan Bautista, de San Esteban y de la Virgen, que no fueron movidos de su sitio cuando la dispersión de todo, las imágenes que consiguió en Yesa, Liédena, Sangüesa, el monasterio de Iranzu, la iglesia de San Nicolás de Sangüesa y los despojos del retablo mayor, devorado en parte por el fuego en la iglesia de Burgui.

Adornó la cripta con un retablo, la imagen de San Babil y un Santo Cristo. En la torre colocó la «campana mayor» de los monjes antiguos, devuelta por los vecinos de Arteta, amén de otra campana que ignoramos donde pudo conseguirla.

Cuando la iglesia y la cripta se encontraban en condiciones, pidió autorización para abrirlas al culto. Don Félix Braco, vicario general (sede vacante), le decía el 10 de abril de 1875: «Facultamos al Sñr Cura de Yesa, don Hermenegildo Oyaga, para que declare abiertas al público las iglesias de San Salvador de Leyre para celebrar en ellas el Sacrificio de la Misa, debiendo antes bendecirlas *ad cautelam*, con arreglo a las fórmulas del *Ritual Romano*».

También dio cumplida cuenta de su labor a la Comisión de Monumentos. Esta, en sesión extraordinaria, acordó «felicitar a don Hermenegildo Oyaga por el cumplido desempeño de tan importante obra, esperando que continúe con el mismo celo hasta que pueda verla totalmente terminada».

Como disponía ya de las debidas facultades, fijó la fecha de la reconciliación y apertura al culto de la iglesia y de la cripta para el 29 de abril de 1875 y organizó una fiesta por todo lo alto.

Pese a la situación de Navarra –la segunda guerra carlista estaba en su punto álgido–, se congregaron en Leyre veintisiete sacerdotes y unos dos mil fieles, pues «la noticia de consagrarse nuevamente a Dios los templos que conservaban la historia de su verdadera grandeza, electrizaron los ánimos, siquiera de los que vivían más próximos. No pudieron asistir los miembros de la Comisión de Monumentos; residían en Pamplona y por causa de la guerra, se encontraban incomunicados». El pueblo de Yesa acudió en pleno. «En procesión, llevaron a hombros varias imágenes de Leyre que se encontraban en la parroquia –entre ellas la del Cristo en la cruz, que se venera hoy en el muro norte de la iglesia– y el arcón con los restos de los reyes, depositados también en dicha iglesia».

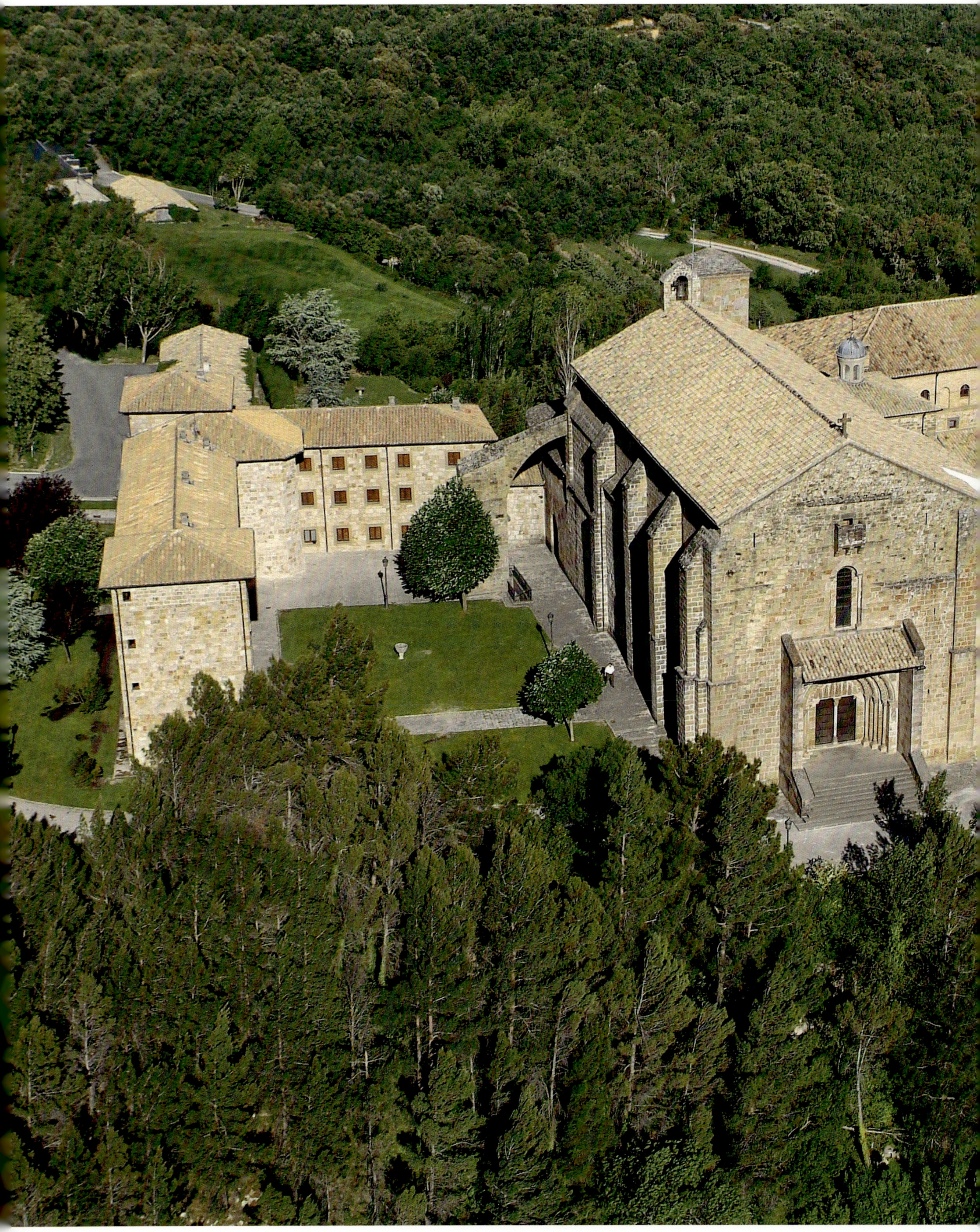

Una vez concluido el acto de reconciliación y la misa solemne, don Hermenegildo leyó el documento en el que constaba la licencia de apertura de la iglesia y de la cripta al culto y se comunicaba a los fieles los cultos especiales que se celebrarían en ella en el decurso del año: la fiesta del Santísimo Salvador el día de la Ascensión, por ser el titular de la iglesia y del monasterio; la de San Bernardo, padre de la orden a la que perteneció Leyre; y la fiesta de San Babil.

Real Decreto de 18 de julio de 1888. Segunda restauración

Mientras don Hermenegildo llevaba a cabo obras parciales, la Comisión de Monumentos, a través de la Academia de San Fernando, no cesaba de insistir en los organismos centrales para conseguir una partida presupuestaria suficiente para hacer frente a una restauración total de Leyre.

El Gobierno central, motivado por las gestiones de dicha Academia, nombró en 1882 como arquitecto de Leyre al erudito profesor de la Escuela de Arquitectura de Madrid, Ramiro Amador de los Ríos, para que reconociese el monasterio y formulase, de acuerdo con la Comisión de Monumentos, el proyecto de obras para la reconstrucción del conjunto monumental.

Se personó en Leyre y poco tiempo después, por conducto del diputado Javier de los Arcos, recibió don Hermenegildo el proyecto de restauración. Era un trabajo minucioso y de gran interés histórico, porque ayuda a formarse una idea del estado en que se encontraba Leyre antes de las grandes obras que se llevaron a cabo posteriormente. En 1888 dicho proyecto llegó a la Dirección General de Construcciones Civiles, del Ministerio de Fomento. El presupuesto de las obras ascendía a 120.915,68 pesetas. Fue aprobado por un Real Decreto de 18 de julio de 1888. El 15 de octubre de dicho año, de la misma Dirección General emanaba otro Real Decreto por el cual la reina regente,

Leyre totalmente restaurado.

LEYRE. HISTORIA, ARTE Y VIDA MONÁSTICA

María Cristina, nombraba la Junta de Obras que inspeccionaría las de la restauración de Leyre.

Pero aquel proyecto no se llevó a cabo inmediatamente, pues no se le asignó la partida presupuestaria correspondiente. En una comunicación a la Academia de San Fernando el año 1891, la Comisión de Monumentos decía que la Dirección General de Construcciones Civiles no había invertido absolutamente nada en Leyre, aún después del año en que Ramiro Amador de los Ríos presentó el proyecto al que antes nos referimos. Con todo, su minucioso trabajo sirvió de base para los proyectos que se realizaron posteriormente, como enseguida veremos.

Por entonces, y muy en el ambiente romántico de la época, algunas voces emocionadas y nostálgicas se hicieron oír en torno a las ruinas venerables de Leyre. Cabe citar a Valerio Valiente, quien en 1880, en un folleto titulado *Una gloria extinguida*, hizo todo un canto elegiaco a sus sagradas ruinas, cargadas de siglos y de espíritu. Lo propio hicieron otros miembros de la Comisión de Monumentos como Juan Iturralde y Suit, quien evocó su glorioso pasado y leyendas. En fin, Pedro Madrazo dedicó un extenso capítulo en su conocida obra sobre Navarra y Logroño de 1886.

Por fin, el 27 de septiembre de 1891 se supo cuando comenzarían las obras. Antes de iniciarlas, don Hermenegildo recibió sendas comunicaciones del obispado de la diócesis y de la Comisión de Monumentos para que trasladase de nuevo los restos de los reyes a Yesa y permanecieran depositados en su iglesia mientras duraran los trabajos. El 4 de diciembre de 1891 llevó a cabo el traslado.

Las obras se llevaron a cabo en dos fases y se centraron solamente en el interior y en los exteriores de la iglesia y de la cripta. La primera fase principió en 1892, bajo la dirección del arquitecto de Construcciones Civiles de Navarra, Máximo Goizueta, pero con un ritmo excesivamente lento, pues los trabajos duraron hasta el año 1897. La segunda fase comenzó hacia fines de 1910, según un proyecto realizado por Joaquín Roncal, nuevo arquitecto de Construcciones Civiles de Navarra.

Ignoramos hasta el presente cuál pudo ser su costo total. Poco después, en 1813, falleció don Hermenegildo Oyaga. Y para sucederle como capellán de Leyre fue nombrado su sobrino, el sacerdote don José Oyaga y Zozaya.

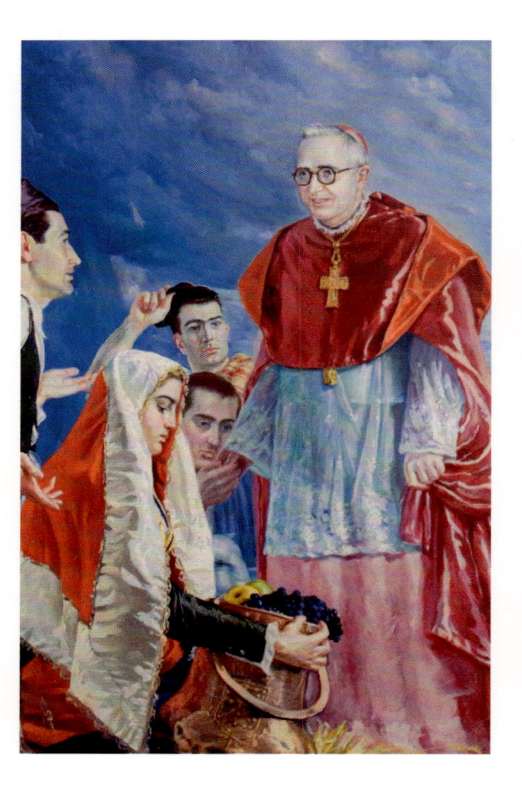

Don Marcelino Olaechea, obispo de Pamplona (1935-1946), alma de la restauración de Leyre. (Óleo sobre lienzo de H. Oñativia).

Traslado definitivo de los restos de los reyes

Tuvo lugar el 8 de julio de 1915, una vez concluidas las obras de la segunda restauración. Organizado y costeado el acto por la Diputación Foral de Navarra, tuvo honda repercusión en Navarra.

La crónica del *Diario de Navarra* lo describe del siguiente modo: «A las seis de la mañana, salió de Pamplona el tren especial en que iban las autoridades e invitados, que se apearon en la estación de Liédena; luego se dirigieron en automóviles hasta Leyre. En la explanada que antecede al monasterio les aguardaban bastante gente de Yesa, Liédena, Sangüesa, Javier y Lumbier, que se habían congregado allí, atraídas por la solemnidad de la fiesta que había de celebrarse. Tras un buen descanso, dio comienzo la función religiosa en sufragio de los reyes navarros finados. Ofició de pontifical el Sñr Obispo de la Diócesis, ayudado por el deán y los canónigos. Presidieron el duelo la Exma Diputación, el Sñr Badión, Director general de primera enseñanza, el Gobernador civil y el Gobernador militar, a cuyo lado tomaron asiento los invitados y demás autoridades. El público era numeroso y llenaba casi por completo el templo.

»La capilla de la catedral de Pamplona interpretó la misa de Eslava, la secuencia de Perosi y el responso de Ferrer. El obispo pronunció una oración religiosopatriótica en la que dijo que, así como la Iglesia subsiste a pesar del transcurso y vicisitudes de los tiempos, también subsiste el recuerdo de aquellos ínclitos guerreros monarcas que prepararon e iniciaron la reconquista de la Patria.

»Sobre un estrado levantado en la explanada, luego de la celebración de la misa, el elocuente orador Sñr Vázquez de Mella pronunció un maravilloso discurso, en el que dijo, entre otras muchas cosas: "Se dice que este monasterio es el Escorial del reino; pero es más que el Escorial, porque no solo fue monasterio, sino el asiento de la realeza navarra. Era sede episcopal y alcázar regio, sala de Cortes y Concilios, faro luminoso de la cultura patria".

»Enseguida, habló el Sñr Badión. Y acto seguido, fueron trasladados los restos de los reyes de Navarra al nuevo sarcófago ubicado en el centro de la cabecera románica, diseñado por Florentino Anseolaga, y se levantó acta de la traslación en la cual firmaron todas las personalidades que asistieron al acto».

Restauración definitiva del monasterio y de la vida monástica

Las restauraciones de la iglesia y de la cripta y el traslado de los restos de los reyes despertaron el interés por Leyre en Navarra. Hasta 1922, sin embargo, nunca se habló de que una institución religiosa ocupara de nuevo el monasterio.

Con motivo del tercer centenario de la canonización de san Francisco Javier, Leyre fue visitado por Alfonso XIII y por el misionero apostólico Miguel de los Santos Caralt. Aprovechando el denso ambiente misionero que se respiraba en Navarra por aquellos días, visitando Leyre, Miguel de los Santos Caralt concibió la idea de convertirlo en seminario de misioneros para China. Las autoridades civiles y religiosas de Navarra apoyaron la iniciativa, pero al fin, por los contratiempos que hubo, abandonó el proyecto. Sirvió, sin embargo, para que el nombre de Leyre ocupara las páginas de la actualidad durante todo el mes de septiembre de 1922.

Además del malogrado intento de Miguel de los Santos Caralt, surgieron otros varios. Cabe citar el del marqués de Vega Inclán, director de la Comisión Regia de Turismo, que quiso instalar un parador de alpinistas en el monasterio. El obispo de Pamplona, Marcelino Olaechea, a su vez, acarició la idea de convertir Leyre en seminario de verano. Y el año 1935, el prior del monasterio benedictino del Pueyo (Barbastro), beato Mauro Palazuelos, quiso hacerse cargo de las ruinas, enviar monjes para restaurarlas e instaurar la vida benedictina en Leyre.

Durante la Guerra Civil (1936-1939), los monjes de Montserrat se vieron obligados a escapar de Cataluña. El obispo de

Los priores que gobernaron el monasterio antes de la elección de su primer abad:

En primer lugar, Dom Mariano Bravo, prior de 1954 a 1961.

En segundo lugar, Dom Luis M.ª de Lojendio, prior en 1968.

En tercer lugar, Dom Pablo Hurtado, prior de 1967 a 1977.

(Óleos sobre lienzo de fray Guillermo Ramos).

Pamplona, Marcelino Olaechea, les acogió en su diócesis y puso a su disposición para su establecimiento el encantador lugar de Belascoáin y los edificios anejos al balneario. Los monjes multiplicaron sus contactos con el clero navarro y el seminario de Pamplona.

Al finalizar la guerra, antes de regresar a Montserrat, y en recuerdo a tan generosa hospitalidad, formularon un proyecto de fundación benedictina en Navarra. El archivo de Leyre conserva la xerocopia de la correspondencia mantenida al respecto con el obispo Marcelino Olaechea, la Diputación Foral y el abad Aurelio Escarré. Incluso ha llegado hasta nosotros el plano de *Leyre restaurado,* realizado por el monje de Montserrat Celestino Gusi. Las cosas parecían haber entrado en fase de un acuerdo definitivo.

Pero pronto surgieron dificultades y todo quedó archivado. ¿Qué había pasado? Se daba como causa la campaña que grupos influyentes de Pamplona iniciaron en contra, pues veían con recelo que fueran los monjes de Montserrat quienes se hicieran cargo de Leyre, prejuzgando sus ideas políticas.

En 1943 la Diputación Foral se orientó hacia otro monasterio benedictino: Santa Teresa de Lazcano, en Guipúzcoa. El prior de aquella comunidad, Alberto Beriguestáin, acogió bien la propuesta. En este caso ya no se trataría de una fundación de Lazcano, sino del traslado a Leyre de toda la comunidad.

Cuando Montserrat y Lazcano desistieron, entró en escena el monasterio de Silos. En 1942, aprovechando una estancia en Navarra del abad de Silos, Luciano Serrano, le trajeron a Leyre. El abad contempló la aridez del terreno en que se halla emplazado el monasterio y se limitó a hacer esta observación: «¿Y de qué van a vivir aquí los monjes?». No veía viable la fundación.

Solo a principios de 1945 comenzaron a orientarse positivamente las gestiones de fundación con la comunidad de Silos. El obispo de Pamplona Marcelino Olaechea fue delegado por la Santa Sede para presidir la elección del nuevo abad de Silos, Isaac M.ª Toribios. La Diputación de Navarra encargó al prelado sondear entre los monjes cómo sería vista la idea de la restauración de Leyre. El comunicado confidencial del obispo fue bien acogido en Silos. Poco a poco fueron concretándose detalles y, sobre un anteproyecto, la comunidad aprobó capitularmente la fundación.

El 7 de octubre de 1946 se reunieron en Silos el abad Isaac M.ª Toribios Ramos y su consejo con los diputados forales Francisco Uranga Galdiano, Santiago Ferrer Galdiano y Julio Pozuela Jaén, representando a la Diputación Foral de Navarra.

Presidía entonces la corporación foral el conde de Rodezno, quien en todo tiempo dio calor y empuje al proyecto. De la reunión de Silos salió aprobado

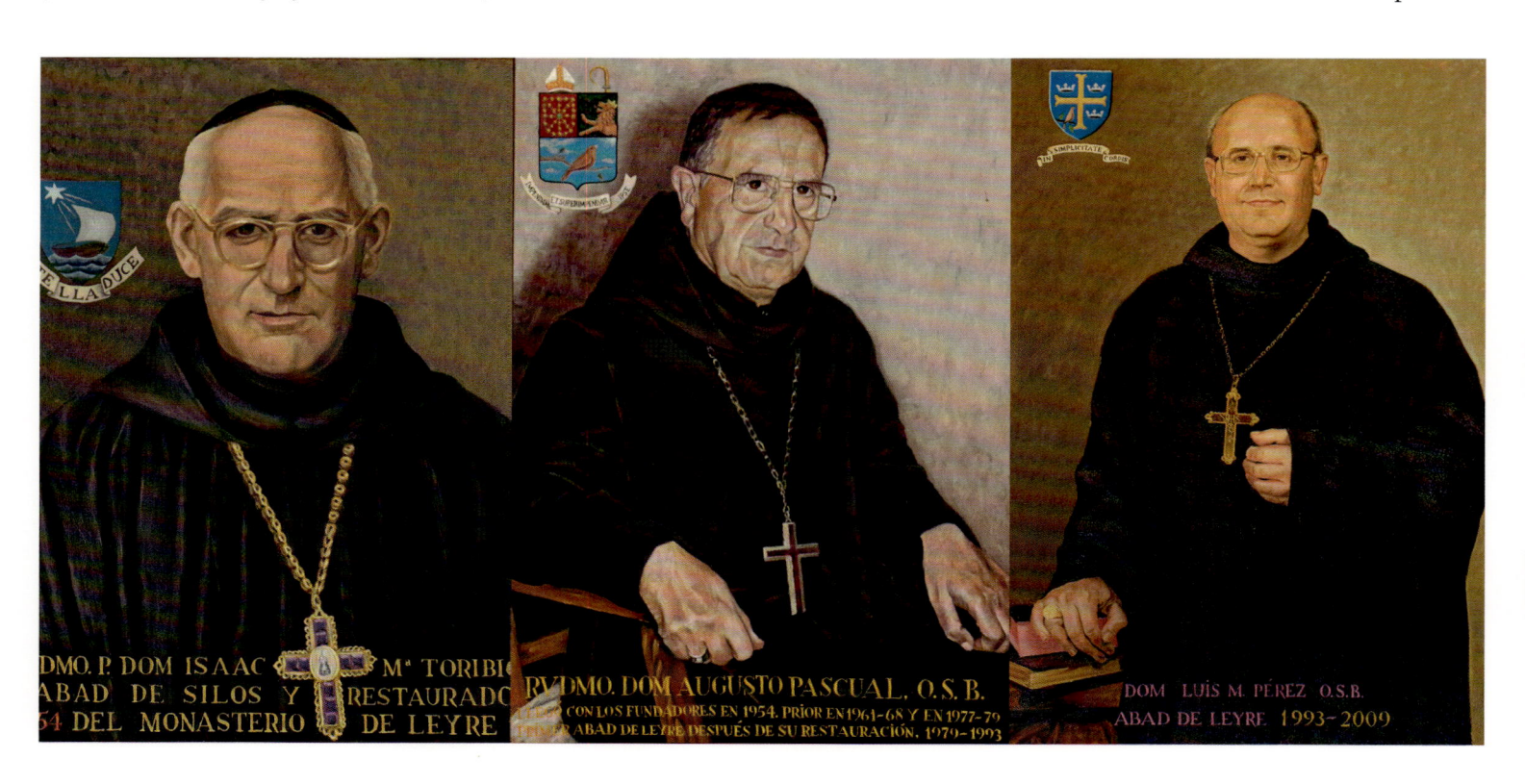

A la izquierda, Dom Isaac M.ª Toribios, abad de Silos y fundador-restaurador de la vida monástica en Leyre.

Le siguen los dos primeros abades después de la restauración:

En el centro, Dom Augusto Pascual, prior de 1968 a 1977, y primer abad después de la restauración, de 1979 a 1993.

A la derecha, Dom Luis Pérez, abad de 1993 a 2009.

(Óleos sobre lienzo de fray Guillermo Ramos).

el convenio presentado por los señores diputados relativo a edificios, sustento de la comunidad, dotación cultural y diversos capítulos.

Ya en 1935 Francisco Íñiguez dio comienzo a unas excavaciones arqueológicas en los cimientos de la cripta y en la gran nave de la iglesia; fue cuando se descubrió la traza del templo carolingio. En 1937 se adquirió la propiedad de lo que fue el coto redondo de Leyre y, aunque el edificio del monasterio continuaba siendo propiedad del Estado, la Diputación, por acuerdo del 2 de noviembre de 1945, aprobó el proyecto de obras, presentado por la Institución Príncipe de Viana y elaborado por el arquitecto José Yárnoz.

La obra fue adjudicada a la empresa Rufino Martinicorena, que en ese momento trabajaba en la construcción de la presa del pantano de Yesa. Se empezó a descombrar el monasterio el 14 de abril de 1948. Nueve años después, el 10 de noviembre de 1954, monjes benedictinos de la Congregación de San Pedro de Solesmes, procedentes de Silos, entraban de nuevo en Leyre para dar vitalidad a las viejas piedras.

Venciendo poco a poco las dificultades inherentes que a toda obra grande salen al paso, aquellos obreros de primera hora y los que a ellos se fueron agregando han llevado a cabo una obra gigantesca y han conseguido devolver a Leyre su antiguo esplendor. Entre ellos merece la pena recordar a los ocho nombres que han ido sucediéndose en el gobierno del monasterio. En primer lugar, los priores Mariano Bravo (1954-1961), Augusto Pascual (1961-1968), Luis M.ª de Lojendio (mayo-diciembre de 1968) y Pablo Hurtado (1968-1977). En 1977 fue repuesto Augusto Pascual como prior, quien en 1979 fue elegido por los monjes como primer abad de Leyre después de su restauración. A este le sucedió en 1993 Luis M.ª Pérez. El año 2009 los monjes eligieron como tercer abad después de la restauración a Juan Manuel Apesteguía. También merecen mención especial los abades de Silos, Isaac M.ª Toribios (desde el comienzo de la restauración hasta 1961) y Pedro Alonso (desde 1961 hasta el momento de la erección canónica del monasterio en abadía autónoma), bajo cuya prudente y sabia dirección estuvo Leyre hasta 1979. Unos y otros se desvivieron para que llegase a ser la gozosa realidad que hoy día puede contemplarse.

Ya el 6 de noviembre de 1961 la Santa Sede pudo restituir a Leyre el título de abadía y el 1 de julio del año siguiente la Diputación Foral de Navarra hizo entrega oficial del monasterio con todas sus pertenencias a la comunidad benedictina. Pronto las vocaciones empezaron a llamar a las puertas del monasterio, y el 15 de diciembre de 1963 la Santa Sede dio autorización para tener noviciado propio. En 1971 fue concedida la semiautonomía; es decir, un autogobierno, aunque siempre bajo la obediencia del abad de Silos. Por fin, en 1979, se dio por concluida la obra restauradora y el 24 de julio tuvo lugar la elección de su primer abad en la persona de Augusto Pascual.

Los edificios están restaurados. Parte del antiguo tesoro del monasterio ha sido recuperado. Se han ido sentando las bases económicas para el pacífico desarrollo de la vida regular con la roturación de una extensa finca, la creación de una granja, talleres y una hospedería. Capítulo aparte merece la biblioteca. Con interés y sacrificio han sido reunidos alrededor de cien mil volúmenes. Pero, sobre todo, la comunidad: hoy pueblan Leyre más de una veintena de monjes, la mayor parte de los cuales abrazaron el monacato en estos últimos años y recibieron su formación en y para Leyre. No faltan vocaciones y reina un gran optimismo. Por su vitalidad y el gran porvenir que tiene por delante, es considerado como uno de los mejores monasterios de corte tradicional que hoy existen en España.

Dom Juan Manuel Apesteguía, actual abad de Leyre, elegido el año 2009.

Arte

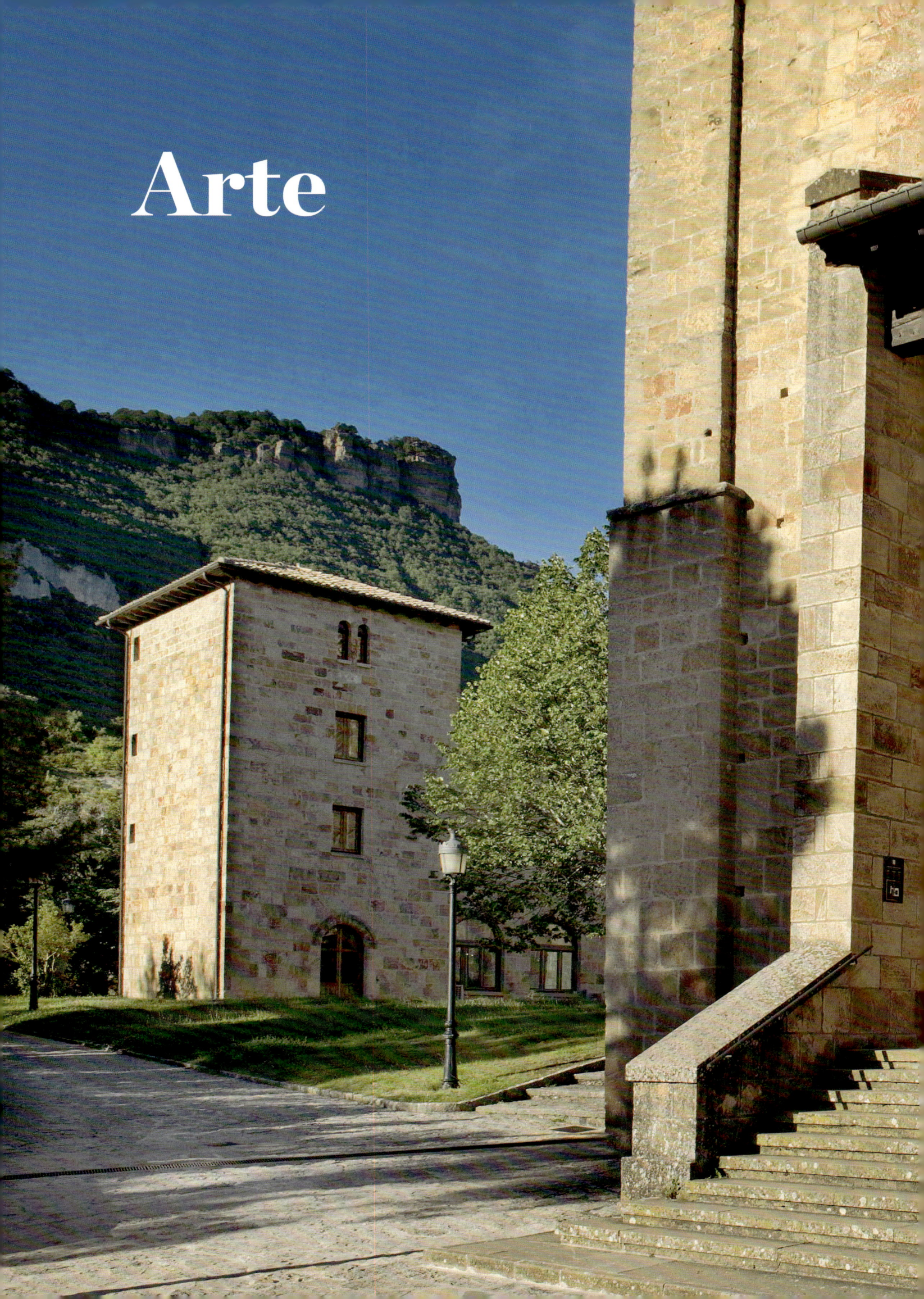

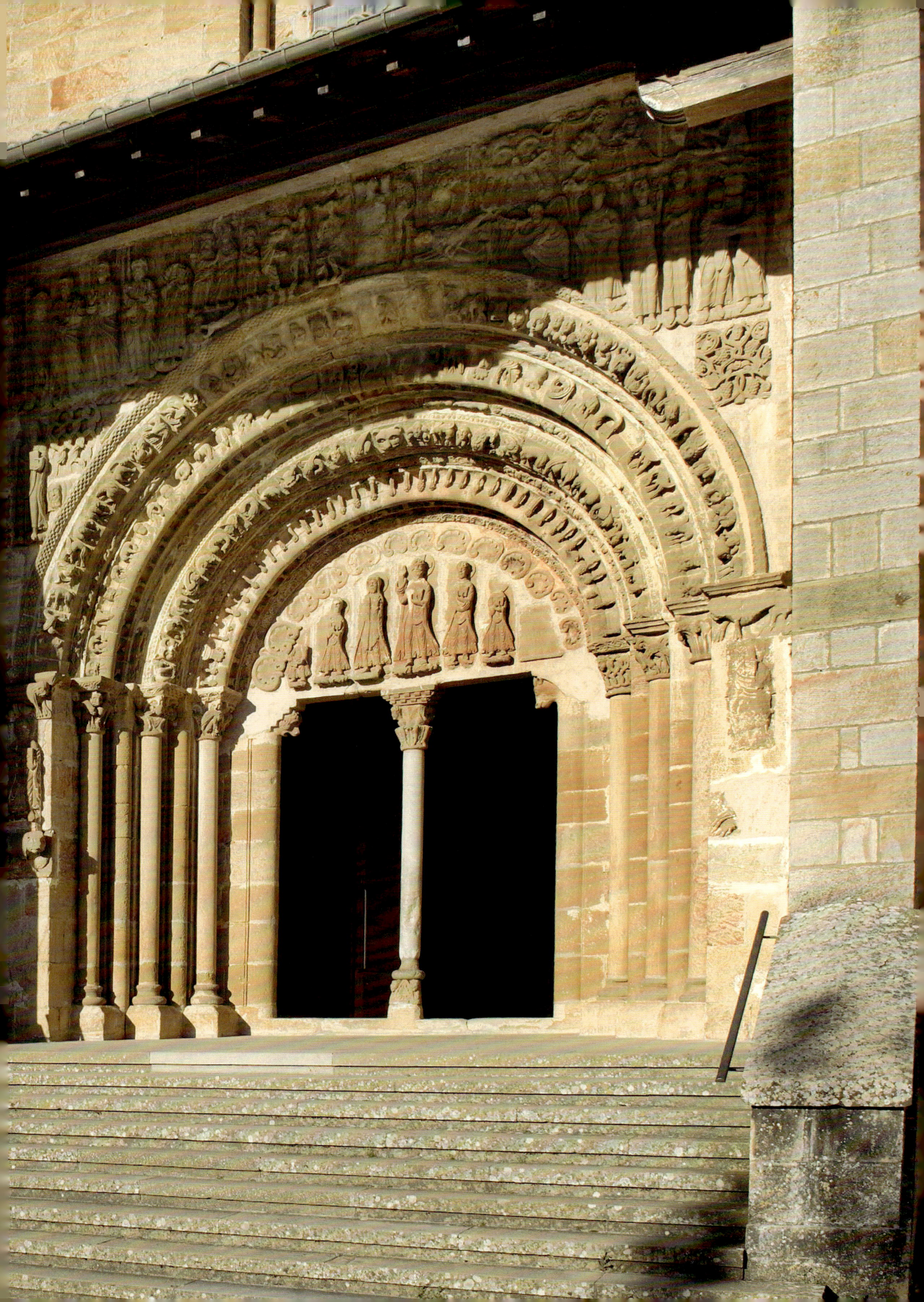

Conjunto de la cabecera de la iglesia y del monasterio nuevo (siglos XI-XVII).

Si, desde el punto de vista histórico, Leyre es el monasterio más antiguo e importante de Navarra, también desde el punto de vista artístico-arqueológico ofrece todavía uno de sus conjuntos monumentales más interesantes.

En sus construcciones, que forman un conjunto heterogéneo de épocas y de estilos constructivos superpuestos, pero ensamblados en perfecta armonía, se dan todas las modalidades del arte navarro entre los siglos IX y XVII.

Tenemos algo de prerrománico, más o menos carolingio. Nuestro primer románico es el comienzo del auténtico románico, no solo en Navarra sino también en España. En cuanto al segundo románico, contamos con los muros de la gran nave de la iglesia y la puerta del poniente o Porta Speciosa, primoroso modelo del arte de las peregrinaciones. La bóveda tardogótica es una de las más amplias y bellas construcciones cistercienses navarras del siglo XVI.

En fin, el monasterio del XVII, obra de recia sillería, remata, al estilo aragonés, un último piso de ladrillo con un gran alero artesonado.

Vista del conjunto monumental del monasterio y de su entorno. En primer plano las fachadas que miran a poniente

CONJUNTO EXTERIOR DEL MONASTERIO

Sabemos ya que Leyre se halla comunicado con la autovía del Pirineo A-21 por una carretera muy pintoresca, que se toma viniendo al monasterio en la dirección de Pamplona a Jaca, pasada ya Liédena, un poco antes de entrar en el pueblo de Yesa; carretera bastante empinada y que va faldeando la sierra. El monasterio empieza a divisarse desde una rasante de la cuesta. Sus variadas edificaciones causan la sensación de alzarse en una riscosa altura y que en torno suyo trepan los peñascos en bravío caos con los pinos, carrascas y demás árboles y arbustos que se aferran a la misma piedra en un afán de vida y de belleza invencibles.

A medida que nos vamos acercando, va perfilándose la iglesia, encuadrada entre las construcciones del siglo XVII y las del monasterio primitivo. Esta vieja residencia monacal se encuentra orientada al norte y es preciso rodearla para ganar la plaza principal de Leyre.

Una vez en ella, sorprende el conjunto monumental, que es de lo más heterogéneo, pero armónico. Ahí están los ábsides exteriores de la cabecera de la iglesia: tres recios y macizos bloques de bella y precisa línea, integrados por enormes sillares de una piedra dorada y caliente, con sus angostos ventanales y su torre. Coronando el conjunto, una espadaña del siglo XVI, al estilo cisterciense.

A la izquierda, el monasterio nuevo: una mole de tres crujías de piedra de sillería, sobrias y elegantes, rematadas por un último piso de ladrillo y por un alero artesonado muy saliente. Albergan el claustro, las celdas y demás lugares regulares de la comunidad benedictina.

A la derecha de los ábsides, el monasterio antiguo, en cuyas alas está emplazada la hospedería monástica.

En el muro que da a la plaza destacan sus saeteras y sus bloques de piedra ennegrecidos y colocados anárquicamente, que dan a la construcción un cierto aire de fortaleza.

Detrás está el patio de la hospedería, donde hubo un claustro románico. Se ve también la fachada lateral de la iglesia con sus contrafuertes lisos y pesados y un bello arbotante, amén de una puerta románica muy original.

Dando un rodeo a esta zona, llegamos a la amplia terraza de la fachada principal de la iglesia, cuya rica y armoniosa portada es del primer tercio del siglo XII. Al lado vemos una de las alas del monasterio nuevo.

LOS ÁBSIDES

El monasterio y la iglesia carolingia de Leyre fueron gravemente dañados e incendiados por Almanzor al finalizar el siglo X. Reinando ya Sancho III el Mayor (1004-1035), se emprendieron las obras de su restauración. Pero, tanto la iglesia como el monasterio eran pequeños y, al abordar su rehabilitación arquitectónica, también quisieron ampliarlos para cobijar al creciente número de monjes, y disponer de un templo digno de la importancia que alcanzó el cenobio en las primeras décadas del siglo XI como el centro religioso más vigoroso e importante de Navarra. Las obras de la ampliación oriental de la iglesia consistieron en la edificación de una nueva cabecera por delante del templo carolingio. Pero el terreno presentaba un acusado declive, que obligó a la edificación de una cripta para sustentar la nueva cabecera y mantener su pavimento al mismo nivel que la iglesia carolingia.

Las obras de la cripta y de la cabecera comenzaron a elevarse ruda y poderosamente. Ambos edificios presentan al exterior tres ábsides y una airosa torre. Los tres ábsides responden a una perfecta unidad de estilo y obra. Aquí no hay los titubeos que encontraremos luego en la cripta. Una misma calidad de piedra, una misma sobriedad del conjunto. Los tres ábsides son de una gran belleza de líneas, realzada por el tamaño y la calidad de las tallas de la piedra, de vetas rojizas, extraídas en los roquedales vecinos, y talladas a puntero, las cuales, al decir de J. Martínez de Aguirre, «no solo son enormes, sino además ligeramente desiguales y, conforme van ganando altura, el tamaño de los sillares es algo menor. Parecen labradas y asentadas una a una, ajustadas a lo ya edificado. Elaboración fatigosa que dio lugar a una creación única». Seudocónicos, macizos e iguales en altura, lo que constituye una novedad en el arte hispano, su única decoración son los ventanales y el alero. Para L. M.ª de Lojendio, «su vista produce uno de los momentos más atractivos del románico».

Los ventanales revelan bien a las claras la correspondencia que existe entre la iglesia y la cripta. No tienen adornos, ni columnas adosadas, ni capiteles, ni ventanales decorados, y su dovelaje es irregular,

Los ábsides, la torre y la espadaña, enmarcadas entre los monasterios viejo y nuevo. (Siglos XI-XVII).

resuelto sin clave. Los de la cripta son sensiblemente inclinados, con tendencia a arcos parabólicos.

El alero es una cornisa biselada de escaso vuelo y con canecillos, destinados a soportarla. Tallas rudas, pero expresivas, alternan cabezas de hombres o de animales, esquemáticas figuras humanas, bolas, atributos, adornos vegetales, entrelazados. Todos estos motivos están labrados toscamente. En ellos reconocemos las mismas novedades que encontraremos luego en los capiteles y cimacios del interior de la iglesia. Figuras de poca importancia, pero la tienen, sin duda, en el proceso del arte de Leyre, como demostraremos más adelante.

La torre está elevada sobre el segundo tramo de la nave lateral de la izquierda. Consiste en un cuerpo cuadrangular. Sus dimensiones son típicamente románicas. Se trata de una construcción maciza, perforada a media altura por cuatro ventanales de triple arquillo. Sus capiteles, cúbicos y lisos, bajo las losas de los cimacios biselados, se apoyan sobre fustes cilíndricos monolíticos, con plinto por basamento. Asegura J. Martínez de Aguirre que «la conjunción de una serie de peculiaridades, como el lugar de su ubicación, el aparejo empleado, la ausencia de motivos ornamentales que animen sus superficies y la disposición de vanos en el centro de su alzado, hacen de esta torre una obra singular, sin paralelos en el arte peninsular».

En la construcción de este conjunto intervino un maestro seguro de su técnica, consecuente y homogéneo, que lo llevó a cabo sin interrupciones visibles desde los fundamentos de la cripta hasta la cubierta de la torre. Durante mucho tiempo se le tuvo como un hombre primario y rústico, porque se consideraba que su obra respondía a la segunda consagración del templo en 1098. Pero si la adelantamos a la consagración de 1057, construida en la primera mitad del siglo XI, lo que parece rudeza es originalidad. J. Martínez de Aguirre dice que estos ábsides «son semejantes en planta a muchos de los que por entonces se erigían al otro lado del Pirineo y en el primer románico catalán, de los que no tenemos precedentes en Navarra». J. Cabanot los vincula a lo que por entonces se construía en Europa y hacen pensar en los que en el Poitu ofrecen caracteres parecidos. «Por lo tanto –concluye acertadamente L. M.ª de Lojendio–, son anteriores a los que más tarde se extendieron en España, según el modelo más típico de los de Jaca, León y Frómista».

La realidad de la primera consagración de la iglesia el año 1057 hace encajarlos, pues, en el primer románico, que en España se extendió del año 950 al de 1075. Las formas de su arquitectura y de su escultura les separan convenientemente del segundo románico, desarrollado de 1075 a 1150. Pero, como asegura F. J. Ocaña, «el análisis de las obras existentes del primer románico español poco tienen que ver con lo realizado en Leyre, por lo que, tanto estos ábsides como la cripta y la cabecera de la iglesia, quedan en un pantano cronológico y artístico de difícil clasificación. Y eso es lo que da valor a todo el conjunto: el hecho de no poder entroncarlo con las cronologías y las formas artísticas de los dos grandes momentos del arte románico, pero que nació y creció bajo sus alas».

Arriba, la torre y la espadaña cisterciense que coronan los ábsides.

Abajo, canecillos de los ábsides con tallas rudas, pero expresivas, alternando cabezas de hombres, animales, figuras humanas completas y otros motivos.

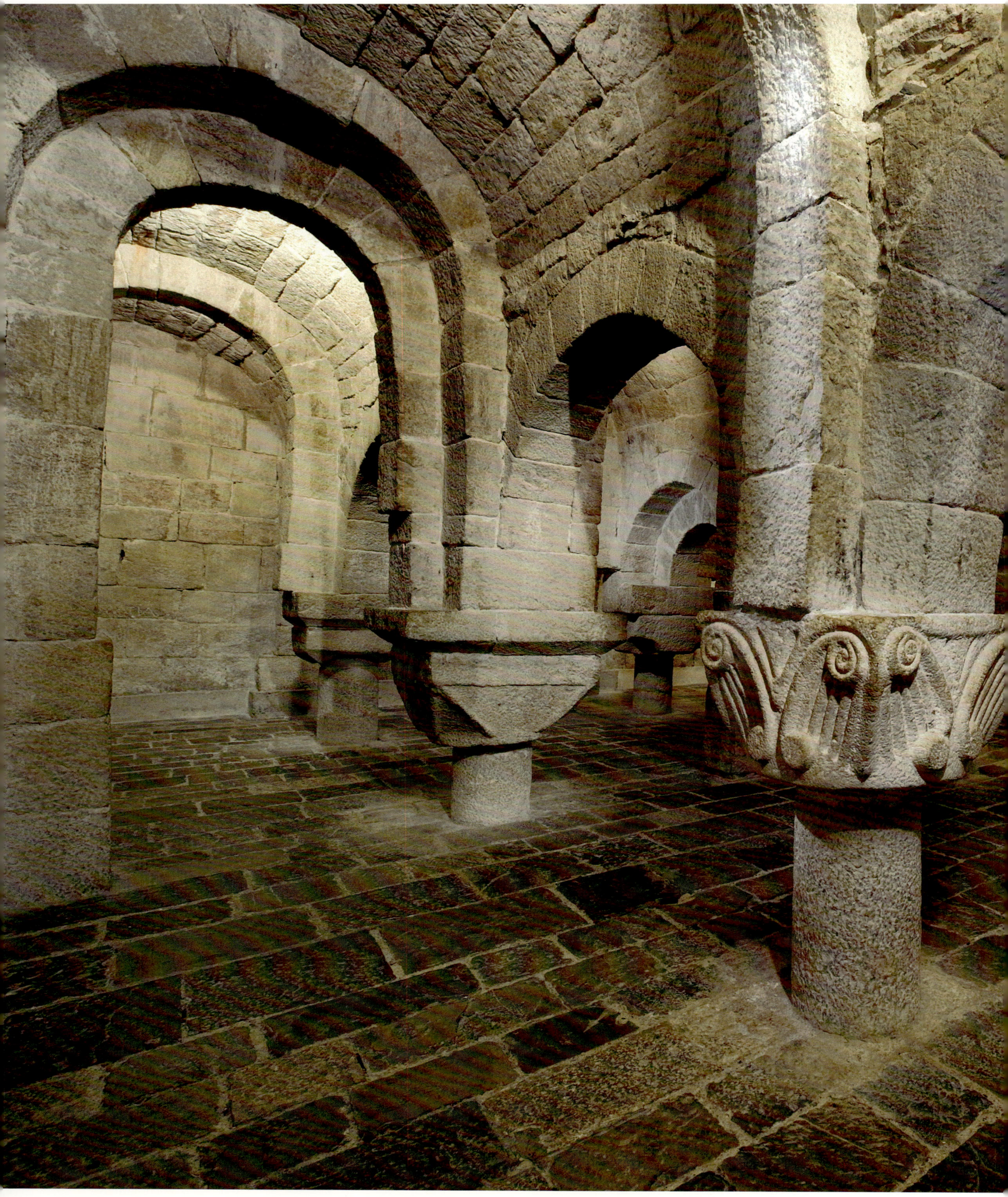

LA CRIPTA

Recordemos que parece haberse ejecutado para salvar el desnivel del terreno. Pero esta cripta está, además, para aguantar el enorme peso y las presiones de piedra que lleva la cabecera que hoy contemplamos; toneladas y toneladas de piedra que se iban a seguir añadiendo a las construcciones. Se extiende bajo las tres naves de la cabecera, constituyendo una auténtica «iglesia baja», como en ejemplares ultrapirenaicos. Dice J. Martínez de Aguirre, que «se distingue de otras criptas meramente litúrgicas, situadas solamente bajo la capilla mayor, y que alcanzaron cierta difusión en el primer románico catalán donde se cubrían con bóvedas de arista sobre columnillas». Con todo, los monjes la aprovecharían también como lugar de culto. Allí expondrían y venerarían los relicarios con las reliquias de los muchos mártires y santos que conservaban en el monasterio, así como también la memoria del abad santo, Virila, lo que coincide con la costumbre conocida en todo el orbe románico de dedicar las criptas a tal uso. No existen datos para poder pensar que haya servido también de aposento final de los reyes de Navarra enterrados en el monasterio.

Se penetra a su vestíbulo por la puerta del monasterio antiguo más próximo a los ábsides. Su portada llama enseguida la atención. La irregularidad más desenfrenada preside su estructura de tres arcos escalonados, con dovelas muy desiguales, embutidos el uno en el otro y este en el

Vista parcial de la cripta. En primer plano la arquería que divide su nave central en dos. (Primera mitad del siglo XI).

Planta de la cripta. Plano levantado por la Comisión de Monumentos de Navarra en 1867.

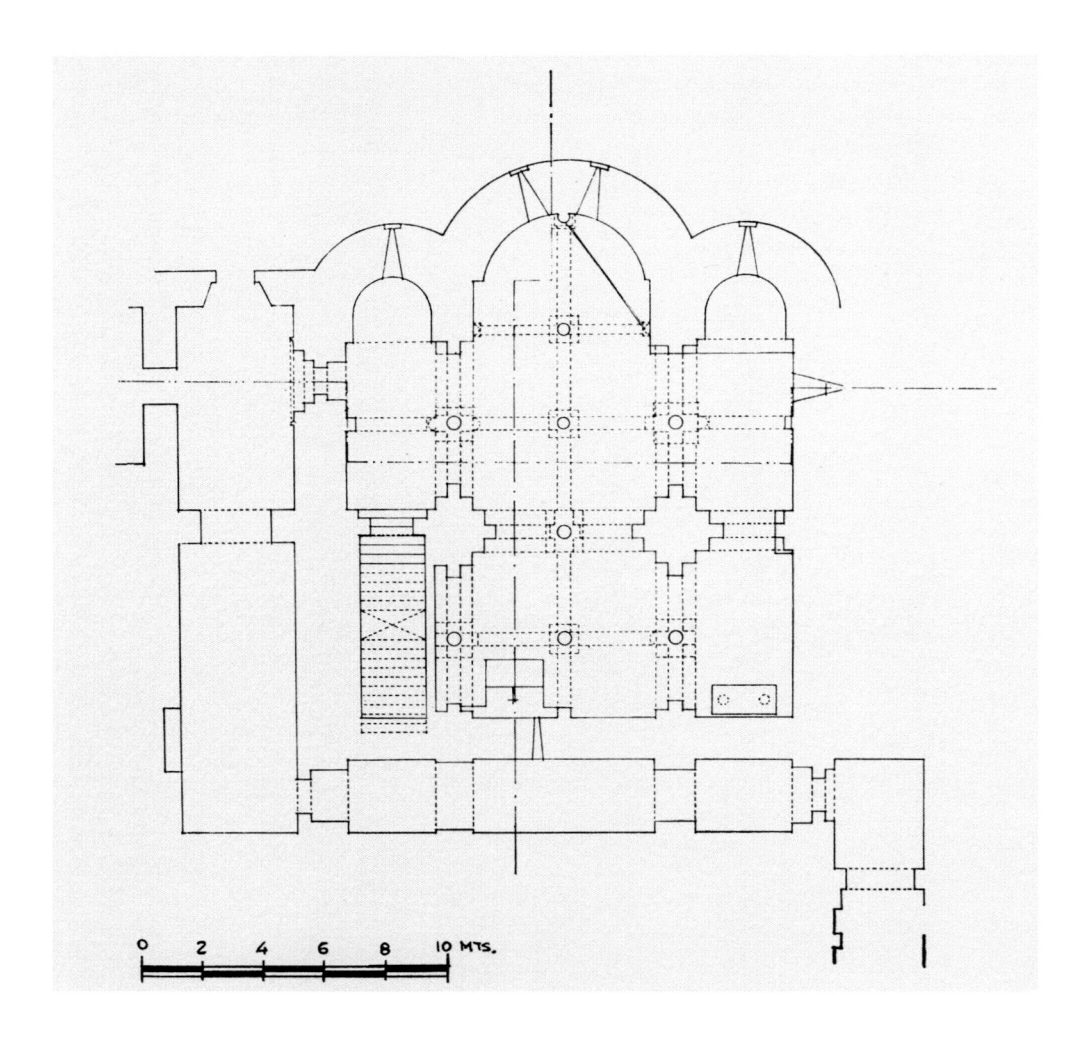

tercero, enmarcados por una arquivolta saliente, cortada a bisel. Descansan sobre machones, sin otro accidente que una imposta irregular abiselada. Es de un románico incipiente, que no ha recibido aún los elementos decorativos de su clase.

Pero originalmente también se realizaba el acceso desde la misma iglesia por una escalera en la nave de la derecha, que iluminaban dos ventanas de las que hoy solo queda a la vista la mitad superior. Esta escalera la hicieron desaparecer en las obras que se llevaron a cabo durante los últimos años de siglo XIX y primeros del XX.

Una vez en la cripta, la visión de su conjunto produce una sensación de arcaísmo muy pronunciado. La gallardía de su arquitectura fundamental, la altura de sus naves abovedadas, la gran dimensión de su conjunto, la amplitud del espacio que encierra, quedan como ahogadas por la presencia de unos robustísimos pilares acodillados de triple esquina y los descomunales capiteles, algunos de los cuales llevan grandes cimacios, sobre fustes diminutos, casi todos desiguales, que sostienen las bóvedas y los arcos formeros de separación de las naves. Pero sucediéndose todo tan armoniosa, rítmica y equilibradamente, que absuelven su pecado de origen. A todo ello añadamos la monumentalidad de su aparejo, tanto en los muros como en las bóvedas, a base de sillares de gran tamaño, amén de la ruda potencia de sus soluciones, las peculiares proporciones de sus elementos y la sencillez de su ornamentación, que le han conferido una especial relevancia en el románico hispano. Produce la sensación de encontrarse ante un monumento sin semejanza.

La planta es casi cuadrada, las cuatro naves son de igual altura y de la misma anchura, y sus bóvedas, de cañón corrido y perpiaños, algunos de los cuales van doblados. Separadas por tres arcadas paralelas, las dos naves laterales terminan en sendos ábsides, que responden exactamente a los tambores del exterior. A su vez, las dos naves interiores tienen un ábside común, que también responde al tambor central del exterior.

Sin embargo, esta cripta fue concebida para ser de tres naves, separadas por arcos de medio punto que apean en dos potentes soportes cruciformes alternando con columnas. Pero la exigencia del

Otra vista parcial de la cripta. En primer plano la arquería que divide su nave central en dos. (Primera mitad del siglo XI).

uso de un aparejo monumental, el deseo de abovedar todo el espacio con sillares de gran tamaño y que todo el pavimento de la iglesia quedara a idéntica altura, amén de la inseguridad a la hora de realizar los abovedamientos, obligó al maestro, sobre la marcha, a dividir en dos la nave central, lo que produjo desfases estructurales en las cuatro naves resultantes. La modificación afectó al exterior y también al interior del edificio. Por fuera hubo que abrir cuatro ventanas, en vez de las tres que vemos a la altura de la iglesia. La solución interior resultó más compleja.

Al decir de J. Martínez de Aguirre, el proyecto de la iglesia se basaba en la utilización de pilares compuestos de núcleo cruciforme que recibiesen arcos y bóvedas de hasta cinco metros de luz. Dicho sistema exigía en la cripta pilares de idénticas dimensiones, si bien el maestro optó por una variante menos adornada, los denominados de triple esquina, alternando con columnas de fuste raquíticos en la separación de las naves extremas. Una vez decidida la colocación de soportes intermedios que dividieran en dos la nave central, había que definir su forma. Recurrir de nuevo a los pilares de triple esquina hubiera dejado el interior de la cripta difícilmente practicable. Entonces el maestro imaginó otra solución: colocar una arquería central simple a base de los enormes capiteles sobre fustes diminutos. El gran tamaño de los capiteles venía obligado por la necesidad de soportar los arcos doblados, tanto fajones como formeros (la arquería central simple permitió disponer capiteles algo menores). El escaso diámetro de los fustes atenuó en lo posible la sensación de ahogo y su reducida altura parece corresponder a cierta inseguridad en el cálculo del peso soportable. El resultado final no era plenamente satisfactorio, pero solucionaba las necesidades.

La obra se fue resolviendo sobre la marcha, un poco al tanteo, sin preocupaciones estéticas ni tampoco litúrgicas, ya que la arquería central que divide en dos la mayor de las naves es un grave impedimento para la mejor utilización del altar mayor de la cripta. «Advertimos –subraya justamente J. Martínez de Aguirre– una planificación insuficiente, un fácil abandono de los planteamientos iniciales y una resolución de problemas sobre la marcha, ingeniosa y tosca a la par». Así, el abocinamiento inferior de las ventanas se talló después de asentadas las hiladas; los encuentros entre la pared curva del ábside central y el muro que lo divide en dos se resuelve de manera irregular; la puerta de acceso fue introducida una vez construido el muro; los capiteles no siempre tienen las dimensiones exigidas por los arcos fajones, que o bien quedan al aire, o bien reducen progresivamente su resalte. La robustez y la seguridad se consiguió, como lo prueba el hecho de que el conjunto haya resistido cerca de diez siglos.

El aspecto utilitario no impidió que hubiera hermosas esculturas de capiteles, único elemento ornamental de la cripta. Enigmáticos y únicos, su gran novedad es el tamaño y su bárbara decoración. Las formas artísticas que los adornan son de una gran simplicidad: formas inéditas, sin posterior repetición ni en el románico navarro ni en el nacional, lo que ha ocasionado que se buscaran, sin éxito, sus orígenes y derivaciones en edificios medievales de la zona. Su gran característica es ofrecer al conjunto una enorme monumentalidad, tanto decorativa como arquitectónica. Asegura F. J. Ocaña que «desde los primeros momentos de su conocimiento se quiso especular y ver en ellos formas

Arriba, vista de la cabecera de la cripta. (Primera mitad del siglo XI).

En el centro, a la izquierda, capitel de la cripta que lleva marcados con fuerte relieve ondas o arcos trazados con intención deliberadamente asimétrica y fina sensibilidad plástica. (Primera mitad del siglo XI).

A la derecha, una de las naves laterales de la cripta. (Primera mitad del siglo XI).

Abajo, a la izquierda, puerta de acceso a la cripta. (Primera mitad del siglo XI).

A la derecha, capitel de la cripta con bulbos que tienen la finura de unas perlas y unas curvas que descienden por los flancos del capitel. (Primera mitad del siglo XI).

visigodas, carolingias, merovingias, e incluso mozárabes, afirmaciones que no son posibles, si se hace atento examen de los capiteles de esos artes, pues las diferencias son enormes con cualquiera de ellos. Lo más tangible es atribuirlos al origen románico de la obra, pertenecientes a su estilo único, que en forma enlazan perfectamente con los de la iglesia superior, y valorarlos como un "únicum" dentro de la historiografía escultórica del románico».

Son once y despliegan siete esquemas decorativos diferentes. Cuatro exhiben bellos modelos con la curiosa decoración escultórica, típica y exclusiva de Leyre. Los que corresponden a las dos primeras columnas de la arquería central están tallados por sus cuatro frentes. El que da cara al altar tiene marcadas, con fuerte relieve, ondas o arcos, trazados con intención deliberadamente asimétrica y fina sensibilidad plástica. El que le sigue responde al tipo más generalizado en la iglesia; puramente decorativo, con una combinación de estrías y volutas, con bolas que representan bulbos o frutos; todo muy simple, tallado con sencillez. En la arcatura que separa la nave de la derecha hay otro capitel tallado solamente en tres de sus frentes con bulbos, volutas y estrías. En el capitel adosado al ábside central, que sirve de arranque a la arquería que divide la nave mayor, los bulbos tienen la finura de unas perlas y unas curvas hechas con gran sentimiento que descienden por los flancos del capitel. Otros no tienen decoración escultórica; se trata de cinco modelos distintos basados en estructuras geométricas; soluciones simples, pero en cada una de ellas se acusa gran sensibilidad. Uno de ellos parece la basa de una columna romana invertida en su posición.

Consagrado el conjunto ábsides-cripta-cabecera de la iglesia en 1057, «estaríamos hablando –al decir de F. J. Ocaña– de una cronología que debe encuadrarse dentro del primer arte románico (950-1075), de modo que las artes anteriores quedan lejanas. Incluso en el forzamiento de la defensa altomedieval, se ha llegado a conjeturar con que la arquitectura perteneciera a fechas románicas, y los capiteles fueran de una iglesia anterior, pero colocados posteriormente en la obra de la cripta. El problema estilístico sería que, ni incluso en esas épocas, pueden encontrase modelos semejantes para la comparación».

Vista parcial del último de los tramos de la cripta. (Primera mitad del siglo XI).

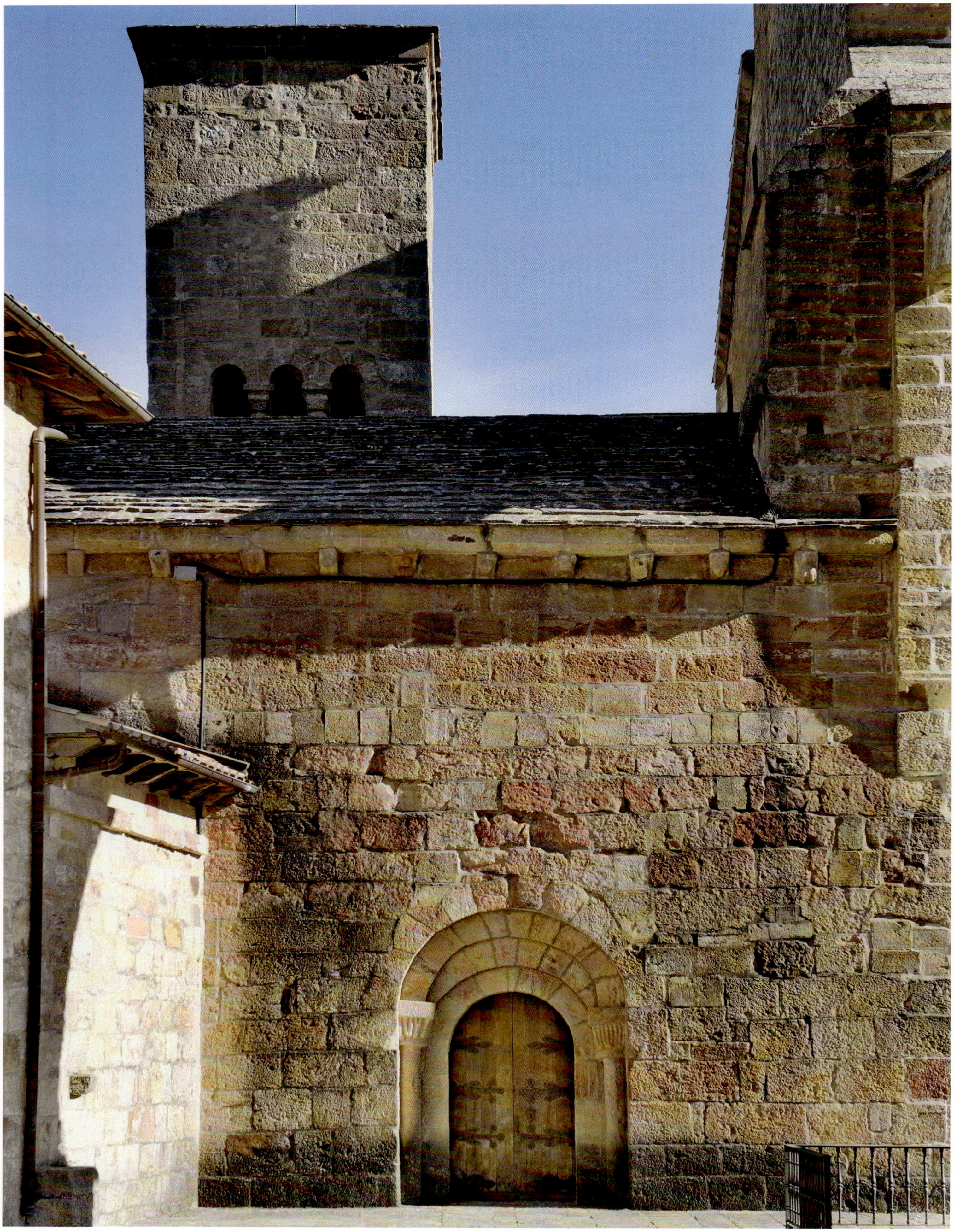

En la página anterior, lienzo norte de la cabecera de la iglesia. Por la portada románica se accedía del claustro del monasterio medieval a la iglesia. (Primera mitad del siglo XI).

Arriba a la izquierda, muro norte de la gran nave de la iglesia con su arbotante gótico y sus recios contrafuertes. (Siglo XVI).

Abajo, capitel del antiguo claustro románico del monasterio primitivo. (Primera mitad de siglo XI).

EL MONASTERIO PRIMITIVO

Lo más antiguo de lo que hoy se ve en Leyre es el lienzo que sigue a los ábsides. Son unas piedras un poco ennegrecidas e irregulares en las que se abren saeteras dispuestas en dos alturas, terminadas algunas en arco de herradura; una muestra de que el conjunto que integraba esta construcción estaba organizado como una fortaleza. Si se tiene en cuenta que las grandes invasiones árabes son de los siglos IX-X, bien podemos deducir que es una construcción bastante anterior a los ábsides y a la cripta. Parte mínima de lo que pudo ver san Eulogio de Córdoba, cuando visitó Leyre el año 848.

El otro testimonio de los restos de las primeras construcciones de Leyre no está a la vista, pero está allí. Me refiero a los cimientos de la primitiva iglesia carolingia. Se puso de manifiesto al levantar las losas del pavimento de la gran nave románica. El estudio lo hizo F. Íñiguez, quien levantó la planta de sus cimientos, que luego fueron cubiertos al reponer el suelo actual.

Allí hubo un templo de tres naves, de una anchura análoga a la gran nave actual. Responde a un tipo de iglesia más bien corta, con ábsides de media circunferencia y un pórtico emplazado a cinco metros de distancia, por el interior, de la portada actual. Esta iglesia fue la incendiada por Almanzor antes de terminar el siglo X.

Sabemos ya que fue el punto de partida de la futura ampliación, que son la actual cabecera y su cripta correspondiente. Respecto de la cabecera, todo permite sospechar que el templo antiguo le prestó sus naves. La cabecera nueva se prolongaba en la iglesia anterior, cuyos muros sirvieron de apoyo a la cubierta, que pudo ser de madera.

En el ángulo noreste se levanta un torreón, también de siglo IX. El muro que mira al norte conserva una de las puertas del monasterio románico. Ambos, y el lienzo que sigue a los ábsides, fueron embutidos en las construcciones que se llevaron a cabo en los últimos cincuenta años, al levantar dos muros paralelos a ellos y otro torreón en el ángulo noroeste para cobijar la hospedería externa. Resultado de estas obras es el patio abierto al poniente, muy en consonancia con todo el conjunto monumental.

Excavaciones relativamente recientes descubrieron una serie de túneles y la portada del pasadizo abovedado, que por detrás de la cripta y por delante de la cimentación de la iglesia carolingia, pasando por debajo del pavimento de la iglesia, comunicaba el monasterio antiguo con edificios existentes donde hoy se yergue el monasterio nuevo. Allí debieron ubicarse la portería y la hospedería medieval, las cuales desaparecieron al levantar sus tres alas en los siglos XVI-XVII. Dicho pasadizo es de tosca elaboración, cubierto con bóvedas de cañón corrido sobre fajones; al fondo se venera una imagen del siglo XVIII del abad santo de Leyre, Virila.

En otro de los túneles existe el *armariolum* donde los monjes antiguos guardaban los libros de uso cotidiano. En este mismo túnel, frente a la portada de la cripta, existe otra puerta, hoy tapiada, que comunicaba con el llamado «palacio real», «palacio episcopal», «palacio abacial» o «sala del concilio». También debió ubicarse la sala capitular.

Arriba, a la izquierda, túnel de San Virila. (Primera mitad del siglo XI).

A la derecha, el armariolum *donde se conservaban los libros para el uso de los monjes, ubicado en el túnel de la cripta junto a la puerta del capítulo o la sala del concilio de Leyre. (Primera mitad del siglo XI).*

En el centro, las saeteras del muro oriental del monasterio antiguo hablan de Leyre como lugar estratégico de defensa. (Siglos IX-X).

Abajo, cimentación de la primitiva iglesia carolingia, descubierta durante las excavaciones en la gran ampliación románica el año 1935.

El ala del monasterio medieval que mira a la plaza de los Ábsides, debido al desnivel del terreno, que pudo alterar la disposición habitual de los demás lugares regulares, por la colocación de las saeteras y de las demás ventanas, parece que tuvo tres alturas.

Pero las alas orientadas a la sierra y al poniente tuvieron solamente dos alturas. En ellas se ubicarían los lugares regulares, a los que se llegaba desde la iglesia y también desde la puerta abierta al norte. De ellos solamente queda la sacristía, comunicada con el templo por una puerta, y en donde todavía pueden verse el aguamanil, el *armariolum* para los libros litúrgicos y un arcosolio para los ornamentos.

Del ala occidental no quedan restos.

La documentación habla de un claustro, que desapareció durante los 118 años de abandono y dispersión. Su traza se precisa en planos del siglo XIX. Excavaciones recientes descubrieron sus cimientos, un fuste y uno de sus capiteles. La talla de este capitel de cuatro planos o frentes, que corresponde, por tanto, a una columna exenta, responde, con sus bulbos, al mismo estilo, aunque en menor tamaño, de los monumentales capiteles de la cripta y de la cabecera. Ello hace pensar que el claustro pudo tener unas galería con columnas y capiteles, aunque nada más podamos decir sobre el particular.

Desde aquí se contempla el muro norte del templo y en él un curioso arbotante y recios contrafuertes del siglo XVI, amén de la puerta por la que entraban los monjes a la iglesia.

Cronológicamente es la segunda puerta del Leyre de la época románica y, como el muro en que se inserta, anterior a la consagración de 1057. Comparada con la de la cripta, es notorio que entre una y otra puerta hay evolución y progreso y se advierte el tiempo transcurrido. Tiene una columna en cada lado, sin basa y con su capitel decorado con bulbos o pomas colgantes, todo muy elemental.

Los capiteles son monolíticos con los cimacios y no hay impostas. Sobre una sola pareja de capiteles se apoyan dos arcos y, en consecuencia, uno de ellos está increíblemente forzado. Al decir de L. M.ª de Lojendio, «se le podría señalar una fecha hacia los años 30 del siglo XI».

Túnel de la cripta.
(Primera mitad del siglo XI).

*La Virgen de Leyre
y uno de los capiteles de la iglesia
con bulbos, volutas y estrías.*

LA CABECERA ROMÁNICA

Si se accede a la iglesia por aquella puerta, se llega directamente al coro, dentro de la construcción románica, que se conoce estrictamente con el nombre de «cabecera románica». Para contemplarla con cierta perspectiva, es preciso situarse en el centro mismo de la gran ampliación románica.

F. Íñiguez habla de «un constructor de gran categoría que acometió una idea para él nueva»; J. Gudiol, de «rudeza sabia y muy espiritual», la obra cumbre del primer arte románico navarro, muestra del talento arquitectónico de las escuelas pirenaicas anteriores a las influencias que cambiaron las fórmulas constructivas en Cataluña y Navarra. J. Cabanot la vincula a lo que por entonces se construía en Europa: «Nos creeríamos –dice– en uno de los numerosos edificios que en el Poitu ofrecen caracteres parecidos». Para L. M.ª de Lojendio, es la primera de las construcciones románicas de España, con excepción de algunas iglesias catalanas de influencia lombarda, anteriores a la catedral de Jaca, la iglesia de Frómista o la catedral de Santiago de Compostela; la precisión de sus líneas, la originalidad de sus capiteles hacen de ella una construcción única.

Para F. J. Ocaña, participa de la cronología de la primera faceta del arte románico con una fecha concreta de 1057 como referencia a una consagración. Las fuentes documentales, en efecto, hablan de una consagración en dicho año, pero no debemos entenderla como finalización de las obras de los ábsides, la cripta y la cabecera de la iglesia, sino la fecha en que esta última estaba útil para las celebraciones litúrgicas y, en consecuencia, poder abandonar el uso de la primitiva carolingia, que todavía permanecía en el lugar para uso y función, mientras la nueva no era utilizable. De cualquier modo, es una referencia para poder situar su estilo, que es del primer arte románico, que se extiende desde el año 950 hasta 1075, según la clasificación clásica. Pero lo excepcional es que no representa en absoluto a ese tipo de edificaciones, porque no tiene sus características, pero tampoco las del segundo arte románico, que se extiende de 1075 a 1150. De lo que se desprende la importancia del monumento, que todavía sigue asombrando a propios y extraños.

La cabecera no presenta, pues, las características propias de la primera faceta del arte románico, sino que es un edificio mucho más avanzado en la técnica de la construcción, con potentes muros de enormes sillares bien trabajados, sin el pequeño aparejo de sillarejo que caracteriza a esas obras, sin arcuaciones superiores, con tres naves que salen de una cabecera triabsidal de grandes volúmenes, para proyectarse en el espacio como una obra de grandes dimensiones, pilares compuestos de núcleo cruciforme, con preocupación de abovedar la totalidad del edificio y adornar los capiteles y los canecillos mediante esculturas. Es precisamente esa característica, la de pertenecer cronológicamente al grupo de iglesias de la primera mitad del siglo XI, y no tener representaciones de sus caracteres, lo que le ha dado ese esplendor de rareza, sin posible clasificación con respecto a otras construcciones que se levantaron por la misma fecha.

Por ello nos resulta complicado asimilar la cabecera de Leyre a ese estadio inicial del arte románico, aunque la cronología así lo demuestre. Lo esencial es que, siendo fábrica de tan temprana cronología, no se comporta como obra de la primera faceta del arte románico, pero tampoco del que resulta inmediatamente posterior, porque las trazas tampoco son de ese momento. De modo que Leyre se queda en un vacío cronológico y estilístico, que es precisamente lo que da valor a esta construcción.

Consta, pues, de dos tramos desiguales, de tres naves y de un testero triabsidal en forma semicircular, por fuera y por dentro. Todo está resuelto como una realidad basada en los principios de resistencia que mostraba la cripta, adaptando sus apoyos a las presiones que ofrece esa zona inferior. Los dos tramos de sus naves están separados por pilares compuestos de núcleo cruciforme, donde apean los arcos fajones de la nave central, los de las laterales, y los formeros que separan ambas estancias, de una gran presencia estos últimos debido al gran tamaño de su formación. Son todos de medio punto, apeados en gruesas columnas sin basas, lo que añade primitivismo, que después se verá reflejado en la escultura de sus espectaculares capiteles y cimacios. Las bóvedas de las naves se realizan también en medio punto. Se alzan desde una imposta corrida que delimita la zona del paramento vertical y la del semicircular. Las de los ábsides se levantan en un cuarto de esfera, manteniendo la misma imposta separadora.

Estos dos tramos eran parte de una estructura mayor que no llegó a edificarse. Poseemos en la distribución actual el avance inacabado del tercer tramo. Se trata de las columnas iniciales de separación de los arcos formeros y las columnas de las naves laterales, que harían rematar el tramo no construido. Esos elementos constructivos se pueden ver hoy en el inicio de la gran nave, continuadora de la cabecera.

En los tres ábsides se abren ventanales. Los de las naves laterales tienen derrame interior y el del ábside central es de herradura y doble arco. Los pilares compuestos de núcleo cruciforme no son paralelos. Van abriendo la nave central, que es convergente en el sentido de los ábsides.

Las naves laterales son estrechas; la de la derecha es más ancha que la del lado izquierdo. Los tramos de la nave lateral de la derecha se iluminaban mediante sendos ventanales amplios (hoy cegados), mientras en el muro norte no se abrieron vanos. En el tramo inmediato al ábside de dicha nave vemos dos arcosolios abiertos en el muro; según J. Moret y otras fuentes documentales, allí estaban enterrados los restos de la familia regia navarra, cuando menos desde el siglo XVI. Y en el tramo inmediato al ábside lateral de la izquierda vemos otro arcosolio cegado y abierta en él la puerta de la sacristía primitiva.

Como en el exterior de los ábsides y en el interior de la cripta, la decoración también se sacrificó a la simplicidad estructural y se desvanece ante el ritmo de los arcos y las bóvedas. Con todo, el repertorio ornamental de los capiteles es algo más rico que el de la cripta. Son ventiocho y los hay de dos tipos. Los más son alargados, más proporcionados que los de la

Planta de la cabecera románica de la iglesia de Leyre. Plano levantado por F. J. Ocaña Eiroa.

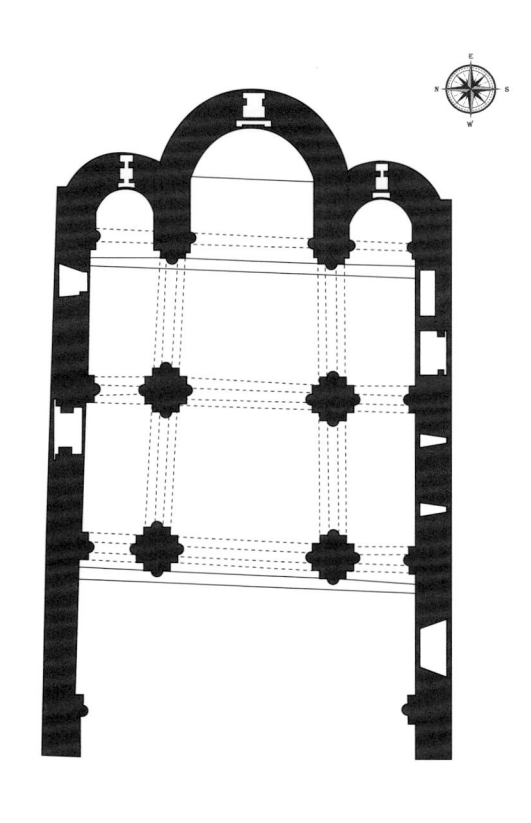

■ *Románico (1.ª etapa)*

Panorámica general de la cabecera de la iglesia de Leyre, consagrada en 1057, vista desde la gran ampliación.

cripta, de fuerte volumen, y se estrechan hacia el collarino. Otros se ajustan al modelo cúbico, son más cortos y su decoración es distinta de la de aquellos. Su ornamentación resulta elemental. Asegura L. M.ª de Lojendio que apenas desarrolla un repertorio vegetal y figurativo limitado. Por lo general, se insiste en el tema decorativo de la cripta: bulbos o frutos, estrías y volutas. Son contados los que escapan al esquema. Todos tienen collarino, circular, que en varios es doble. En los ábsides laterales existen tres con estilizaciones en rosetas. Uno en el frente de la cabecera, por la derecha, vuelve al tema de las ondulaciones talladas con fina irregularidad. Otro, que está detrás del anterior, y apoya el arco formero de separación de la nave de la derecha, tiene esquematizada la estilización de un árbol. En los de modelo más corriente parece que el artista quiso traer una remota referencia a los capiteles corintios. La obsesión por volutas y calículos es general en todos los capiteles románicos. No es muy forzado ver en las estrías y líneas o rayas que, sobre todo en los frentes laterales, se dibujan en curva, como un recuerdo de hojas vegetales. Los bulbos son auténticos frutos colgantes.

Cada capitel tiene su cimacio, que es un bloque de piedra con un chaflán biselado en su parte inferior. Algunos llevan curiosas tallas. Los hay punteados con regularidad, con un ajedrezado o con un vaciado de perlones. Otros con esquemas lineales de roleos y rombos. No faltan los de rayado geométrico, más o menos preciso, con ligeros rebajados e incisiones. Es notable el del lado izquierdo del arco de entrada al ábside central, que tiene esculpidos tres rostros humanos muy elementales enmarcados por unos arcos y en su chaflán biselado letroides árabes, descifrados por F. J. Ocaña, que rezan: «No hay más Dios que Allah».

En uno de los lados de los dos capiteles del arco de entrada al ábside de la nave de la derecha existe una esquemática figura humana de factura muy elemental. Esta talla solo tiene el valor de ser, con los tres rostros humanos citados, la única muestra iconográfica en la escultura de la cabecera. Excepción hecha, claro es, de los canecillos que sostienen la cornisa de los ábsides. Estos son de poca importancia en sí, pero que ciertamente la tienen en el proceso del arte de Leyre. Difieren del resto de las esculturas de la cabecera.

Arriba, a la izquierda, capitel de la cabecera de la iglesia con bulbos o frutos, volutas y estrías.

A la derecha, capitel de la cabecera de la iglesia con una inscripción árabe en el chaflán del ábaco, que reza: «No hay más Dios que Allah». (Primera mitad del siglo XI).

En el centro, altar mayor de la iglesia de Leyre, consagrado en 1057.

Abajo, a la izquierda, una de las naves laterales de la cabecera de la iglesia. (Primera mitad del siglo XI).

A la derecha, portada románica de la cabecera de la iglesia. (Primera mitad del siglo XI).

LEYRE. HISTORIA, ARTE Y VIDA MONÁSTICA 111

Tallas rudas, pero expresivas, en las que alternan cabezas de hombre, varios animales, figuras humanas completas, entrelazados y varios motivos decorativos. Un intento realista, aunque resuelto de manera primaria y elemental.

J. Martínez de Aguirre se pregunta: «¿Estamos ante un anuncio o de un eco del repertorio que desde mediados del siglo XI triunfará en el pleno románico? Da la sensación de que el maestro seguía fiel a su formación, pero que dejó entrar estas novedades que conoció personalmente o a través de algún ayudante venido en la fase final de la labra. Las diferencias entre los capiteles de la cripta y la nave parecen corresponder a un escultor que trabajó a lo largo de un prolongado lapso temporal, manejando formas con paralelos en la primera mitad del siglo XI». Estamos, pues, «ante la obra de un artista de formación limitada y notable originalidad».

El mismo autor que acabamos de citar dio con las motivaciones de obra tan monumental. Dice textualmente: «La nueva iglesia y cripta de Leyre, que era ya el monasterio más importante del reino, vinculado con la familia regia y escogida su iglesia como panteón real, persiguió un claro objetivo: manifestar a través de novedades y alardes constructivos al alcance de una poderosa comunidad, un nuevo rumbo y una nueva religiosidad. Detrás de esta renovación hubo tres protagonistas principales. Como promotores, un rey excepcional, Sancho III el Mayor, que dominó parte de la España cristiana y tuvo como objetivo europeizar su reino. El abad-obispo Sancho, que conoció personalmente a san Odilón y a Cluny, monasterio impulsor de la renovación espiritual y artística durante el siglo XI. Como ejecutor, un maestro de obras de arraigadas tradiciones, atrevido y capaz para resolver sobre la marcha los retos de la construcción. En paralelo, un escultor original con un repertorio que fue enriqueciéndose conforme avanzaban las obras y con una clara voluntad de grandeza monumental. Me gusta creer que fueron la misma persona». Y por eso «en Leyre sentimos (a nivel hispano, claro), como en pocos lugares, el nacimiento de la arquitectura monumental románica, esa génesis que antiguos historiadores hubieran descrito como los primeros vagidos de un estilo llamado a triunfar en toda Europa».

Panorámica general de la nave central de la cabecera de la iglesia, consagrada en 1057.

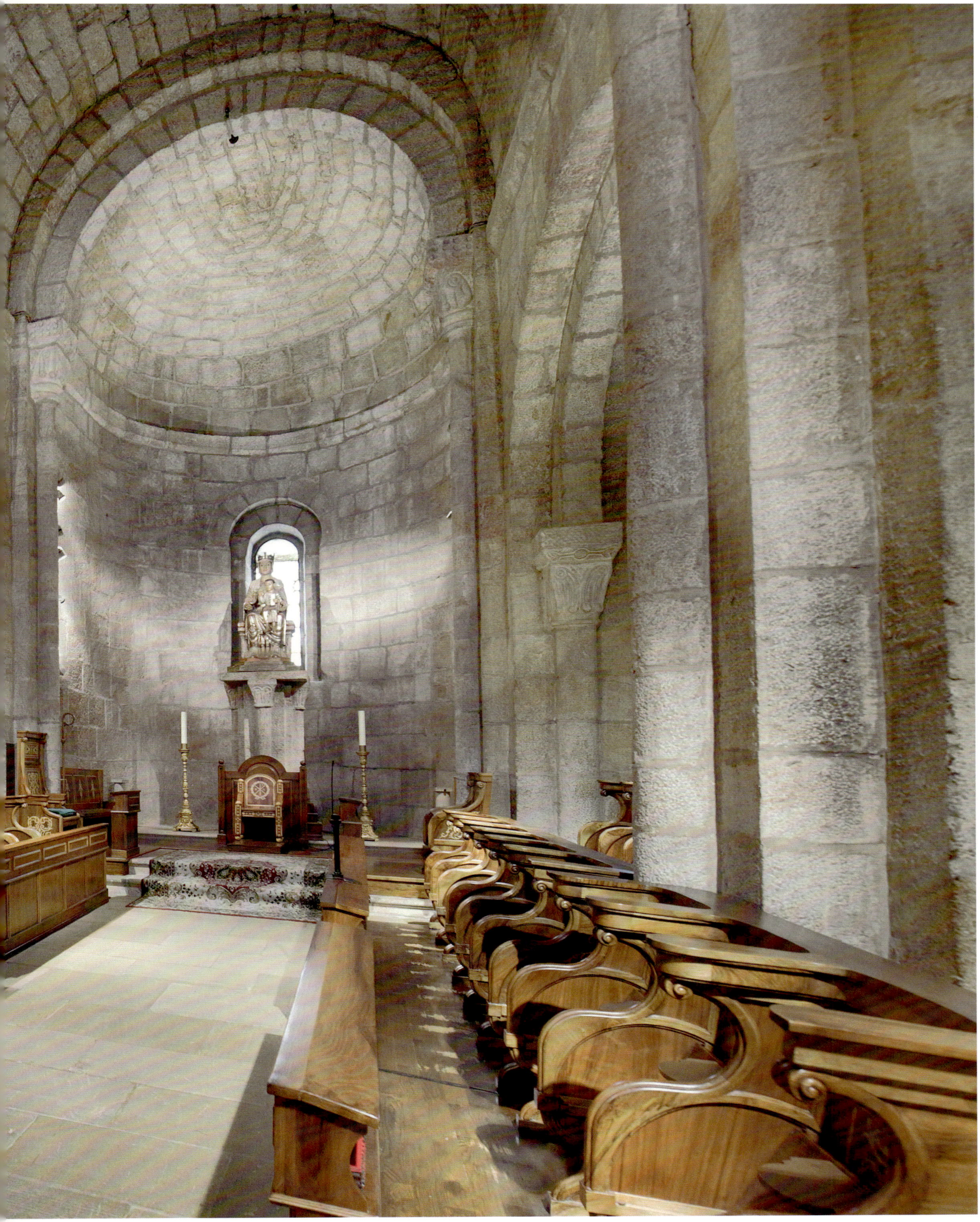

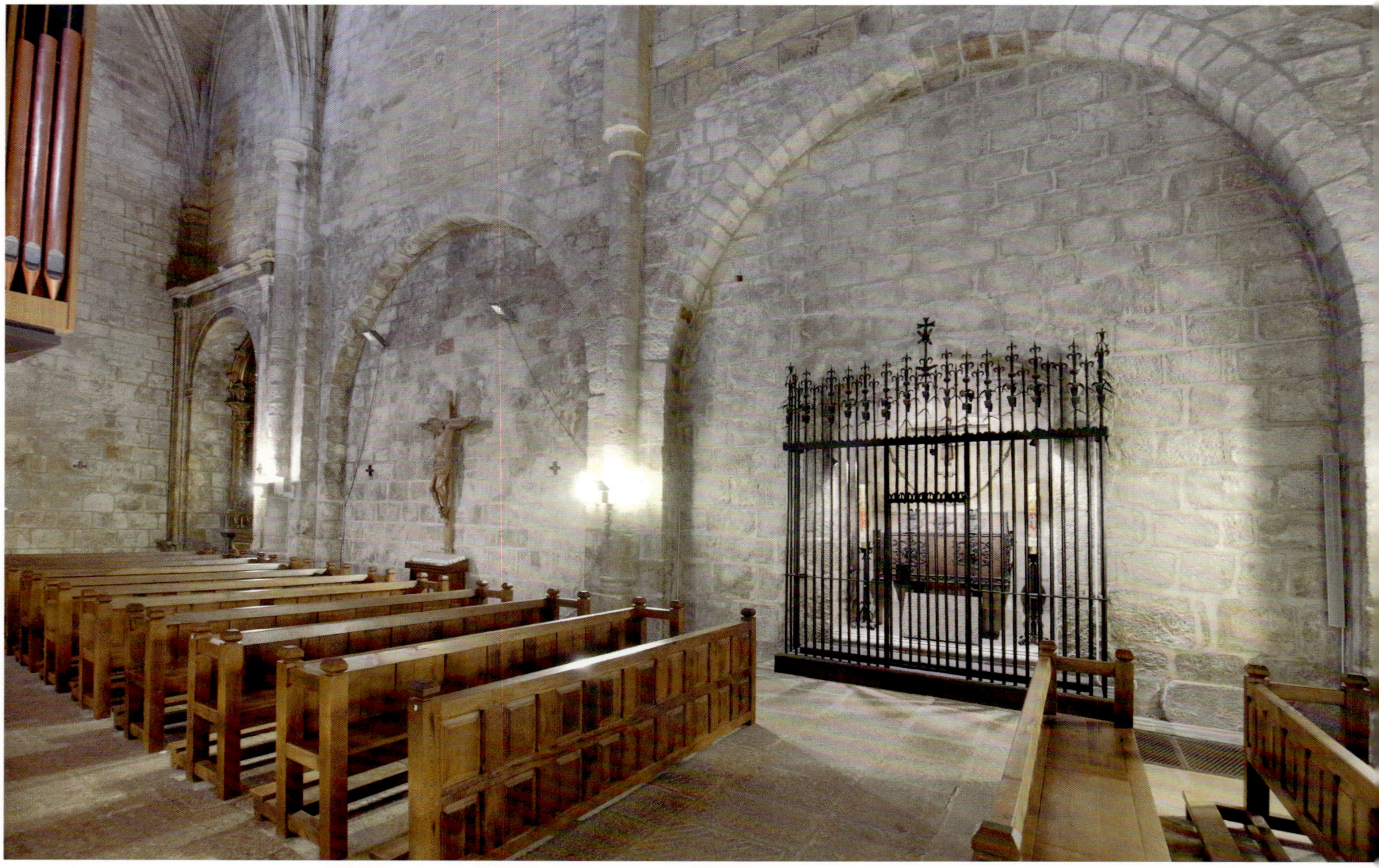

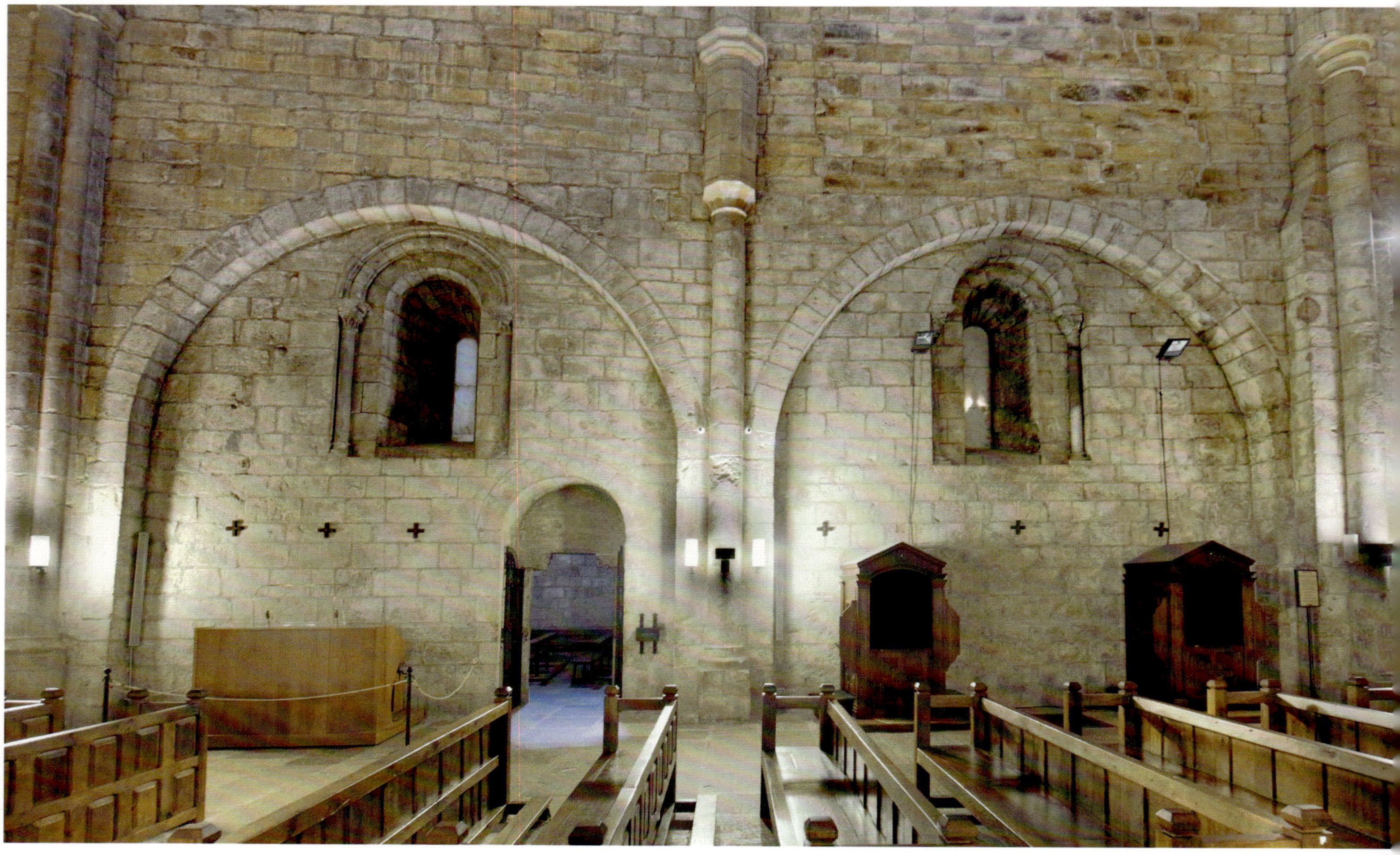

Románico (1.ª etapa) *Románico (2.ª etapa)* *Gótico*

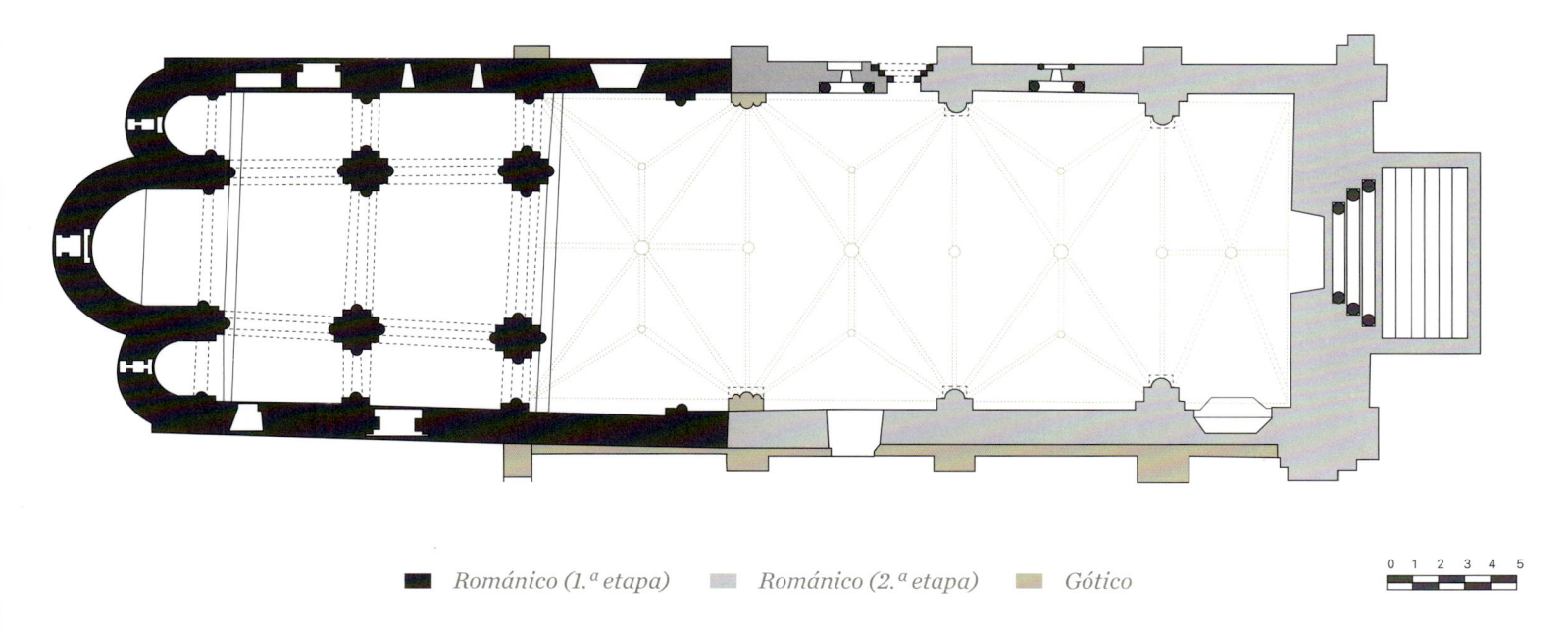

LA GRAN AMPLIACIÓN

Conectada la nueva cabecera de la iglesia de Leyre con lo que quedó en pie de la primitiva, quien hacia 1060 entrara en el templo encontraría la yuxtaposición de naves carolingias y románicas, recurso habitual en las iglesias de aquellos años a uno y otro lado del Pirineo. Pero en el último cuarto del siglo XI, los monjes derribaron todo lo que quedaba en pie de las naves carolingias y continuaron las obras de ampliación del templo, suspendidas en 1057. Alzaron nuevos muros perimetrales con dos portadas hasta alcanzar 47,30 metros de longitud y unos 14 metros de ancho y los cubrieron con una techumbre de madera. Cree L. J. Fortún que tal ampliación fue consecuencia lógica de las nuevas rentas obtenidas de la eclosión patrimonial que vivió Leyre a partir de 1083, demostración del auge económico alcanzado gracias a las orientaciones introducidas por el abad Raimundo, quien en solo tres lustros condujo al monasterio a uno de los momentos estelares de su evolución histórica. La iglesia así constituida perduró hasta el siglo XVI, cuando se edificó la bóveda tardogótica.

La obra del segundo románico

Pero la ampliación resultó tan larga y alta que descompensó el canon del conjunto, debido a que, después de una construcción de tres naves, cabría esperar se continuara con el mismo modelo, aunque en muy distintas circunstancias. Y no fue así, sino que se produjo un gran vano, que, en su dimensión de nave única, acogió toda la estructura anterior, y provocó una completamente nueva. En realidad, se constituyó en un segundo templo, después de arrinconar al primitivo de la cabecera, manifestándose como una realidad arqueológica diferente, donde desaparecen los espacios laterales, los pilares, las columnas y capiteles. Ahora todo es anchura diáfana, largo desproporcionado y altura de grandes vuelos. La relación armoniosa con lo anterior desapareció para formar nuevos volúmenes y otras metas edilicias.

Los dos muros laterales de esta gran nave se reparten en cuatro tramos en cada uno de ellos. El primero corresponde al avance inacabado de un tercer tramo de la cabecera y del cual hablamos hace un rato. Los otros tres tramos están ocupados por arcos de medio punto, algunos de ellos con un cierto apuntamiento. Hay mucha desigualdad en la confección y el

Arriba, planta general de la iglesia de Leyre. Plano levantado por F. J. Ocaña Eiroa.

En la página anterior, arriba, muro sur de la gran ampliación del segundo románico. (Segunda mitad del siglo XI).

Abajo, muro norte de la gran ampliación del segundo románico. (Segunda mitad del siglo XI).

tratamiento de esos arcos, pues no se producen del mismo modo en el muro norte que en el sur, donde incluso hay algunos pequeños volúmenes tapiados. Las columnas de refuerzo interior que existen entre esos arcos responden a un modelo clásico de sujeción de presiones de una bóveda que descansaría sus esfuerzos entre los contrafuertes exteriores y estas columnas interiores. Pero han sido modificadas para dar paso a un paramento más alto, que no había sido dispuesto en el orden establecido de esos arcos laterales. Por lo demás, sus sillares son de cantería de tamaño normal en lo románico y menores que los de la cabecera, la cripta y los ábsides.

Todo ello indica que estamos ante dos confecciones artísticas distintas. El estilo de esta segunda construcción responde a un tipo del segundo arte románico dentro de la cronología clásica atribuida a este período de 1075 a 1150. Una prueba de ello son las dos ventanas que se abren en el muro sur. Son de las denominadas «de tipo completo», muy diferenciable de todo lo visto en la cripta y en la cabecera, que respondían a otras cronologías y ambiente artístico. Una de ellas tiene en su arco moldura de bocel y la otra termina en arista viva. La dos llevan columnas adosadas con capiteles decorados. El repertorio de ellos es semejante: cabezas humanas, palmetas, tallos rematados en hojas diversas, roleos y trenzados, cintas perladas, abanicos abotonados, etc. Destacan los emplazados sobre la puerta meridional: uno tiene máscaras esquinadas de cuya boca brotan patas de tarsos individualizados y el otro aves enfrentadas picoteándose las patas, tema también existente en los capiteles de la Porta Speciosa.

Si todo ello no fuera suficientemente claro para establecer las diferencias aportadas, existe la puerta del muro sur que daba salida al exterior (hoy a la capilla de Santísimo y en el momento de su construcción a los edificios de la portería y hospedería monásticas) y que se abre en el segundo tramo de la ampliación. Dicha puerta manifiesta igualmente los caracteres de columnas con capiteles decorados, basas áticas, arco de medio punto moldurado y un tímpano con un gran crismón o anagrama del nombre de Cristo en griego con los habituales alfa y omega. Descansa sobre dos ménsulas: la de la izquierda parece adornada con una cabeza de buey y la de la derecha lleva un león de cuya boca salen dos piernas. Los temas de los capiteles son tallos triples enlazados y rematados en abanicos con botones, monstruos de esquinas de cuyas fauces brotan hojas irregularmente nervadas, tallos sinuosos que culminan en hojas lisas alancetadas. Hay otro capitel muy dañado donde -según F. J. Ocaña- los restos de unas líneas curvas pueden interpretarse como los lomos de aves en las mismas condiciones del capitel de la ventana.

A todo ello se puede añadir el tratamiento de la puerta occidental, la actual Porta Speciosa, que adopta modos y maneras escultóricas de esa misma época, pues también encontramos entre sus capiteles aves enfrentadas picoteándose las patas, aunque su diseño originario debió ser más sencillo y sus dimensiones más modestas. Pero de esta puerta trataremos ampliamente páginas adelante.

Comprendemos de este modo que la construcción de los muros perimetrales y de cerramiento de esta ampliación fueron realizados en un arte románico diferenciado del de la cabecera.

La documentación histórica nos habla de una segunda consagración de la iglesia por el obispo de Pamplona Pedro de Roda el 24 de octubre de 1098. Convocados por Pedro Sánchez, segundo de los reyes aragoneses que reinaba en Navarra, asistió al acto una representación de los eclesiásticos y magnates más significativos del reino. Cierto que los documentos que nos hablan de ella no detallan nada al respecto de la parte del templo que entonces fue consagrada y si suponía la finalización de las obras románicas, incluida algo de la puerta occidental. F. J. Ocaña, que es a quien seguimos fundamentalmente, cree que dada la similitud de elementos decorativos en los capiteles de las ventanas y de las dos portadas, la meridional y la puerta occidental, podemos admitir la fecha de 1098 como finalizadora de la obra. La nave estaba cerrada perimetralmente y con algún tipo de bóveda. Lista, por tanto, para la celebración del culto litúrgico. Aunque, de las dos puertas, solo estaría concluida la del muro sur; la otra se encontraría en precario para funcionalidad, puerta que, una vez concluida su ampliación y decoración durante el primer tercio del siglo XII en un románico avanzado, se llamará «Porta Speciosa», debido a la madurez de su escultura. Pero su diseño originario habría sido más sencillo y sus dimensión más modesta, quizás parecida a la puerta del muro sur, hoy conservada, aunque con lógicas variantes.

Arriba, la gran ampliación vista desde la cabecera románica. (Siglos XI-XVI)

En el centro, bóveda tardogótica de la capilla del Santísimo de la iglesia de Leyre. (Primera mitad del siglo XVI).

Abajo, escudo del abad Miguel de Leache en la bóveda tardogótica de la iglesia. (Primera mitad del siglo XVI).

Si todo esto no fuera suficientemente claro, podemos invocar el testimonio de la tradición del monasterio. Durante siglos, ininterrumpidamente, los monjes celebraron anualmente la fiesta litúrgica de la dedicación de la iglesia de Leyre el 24 de octubre.

Y lo que conmemoraban en ese día era la consagración en 1098 de la obra de los muros perimetrales y de cerramiento de la gran ampliación románica. Al día siguiente, esto es, el 25 de octubre, celebraban un funeral por los reyes de Navarra enterrados en la iglesia.

De cómo pudo ser la bóveda, no existen testimonios ni indicios, aunque la cubrición de ese gran vano hace pensar en una techumbre de madera en forma de artesa invertida. Ni hay indicios, ni cabe pensar en una bóveda de piedra por la gran dimensión de la misma y de la existencia de responsiones tan ligeras en el interior. Quizá sean estos apoyos los que pudieran hacer pensar en que se proyectó una ampliación de tres naves, que después no se llevó a cabo, y estos serían los apoyos de las naves laterales.

Es admisible identificar al maestro director de esta fase con el *Fulcherius* mencionado en una inscripción del primer contrafuerte septentrional.

El abovedamiento tardogótico

Es el tercer elemento arquitectónico importante de la iglesia. Se trata de una bóveda de crucería dividida en cuatro tramos oblongos: de medios terceletes y ligaduras, los más próximos a la cabecera; de medios terceletes, las dos centrales; y de crucería simple con ligadura longitudinal, la más cercana a los pies. Poseen cuatro claves principales y otras secundarias, de las que solamente las primeras llevan escudos labrados en piedra, cuyas armas, estudiadas por J. Martínez de Aguirre, han proporcionado su datación, bastante más tardía de la que se le venía asignando hasta hace poco. En su opinión, el primer tramo, comenzando por la zona cercana a los ábsides, posee las armas reales de Navarra-Francia, alusión a la monarquía navarra, tradicional protectora de Leyre. En el segundo tramo, el escudo corresponde a Miguel de Leache, abad entre 1501 y 1536, lo que determina la fecha de su realización. Tenemos en el tercer tramo las

Bóveda tardogótica de la iglesia de Leyre, decorada con blasones. (Primera mitad del siglo XVI).

armas legendarias de los primeros reyes de Navarra, protectores de monasterio (Sancho Abarca y sucesores). En el cuarto tramo, el escudo pertenece a los Añués de Sangüesa: Gabriel Añués, fue abad entre 1536-1560.

En consecuencia, puede establecerse una fecha de realización en la primera mitad del siglo XVI, coincidiendo con una fase de revitalización de la vida y la economía monástica que tuvo su continuidad con el proyecto de edificación de un nuevo monasterio, adosado al muro meridional.

Su anchura es de 14 metros. Para instalar las claves a 17,65 metros del suelo, fue necesario elevar más del doble la altura de los muros de la gran ampliación románica. Eso provocó una nueva ejecución de elementos sustentadores que pudieran soportar las presiones de las bóvedas. Los mecanismos resistentes se concibieron en dos órdenes, dice F. J. Ocaña: se robustecieron y sustituyeron algunos de los apoyos que ya existían, dado que ya no servían para los nuevos menesteres, como las columnas adosadas interiores de la ampliación románica. Y hubo que reforzar los muros laterales exteriores, ya construidos, con nuevos contrafuertes que llegaran en modo piramidal hasta el alero del tejado, como medio de mayor resistencia a la bóveda de piedra que ahora debía soportar. Los refuerzos del muro sur no pueden comprobarse, debido a su integración y dilución en las obras interiores del monasterio. Esta bóveda está considerada como una de las ojivas más bellas de Navarra.

También durante el abadiato de Miguel de Leache construyeron la bóveda de la capilla del Santísimo, adosada al muro sur del templo y con acceso desde la puerta románica del siglo XI, que se abre en dicho muro. Forma la planta de esta capilla un rectángulo irregular. La bóveda es de terceletes, con nervios moldurados sobre ménsulas baquetonadas en cuyas claves aparece el escudo de dicho abad.

Puerta románica abierta en el muro sur de la gran ampliación de la iglesia.

120 PANORAMA

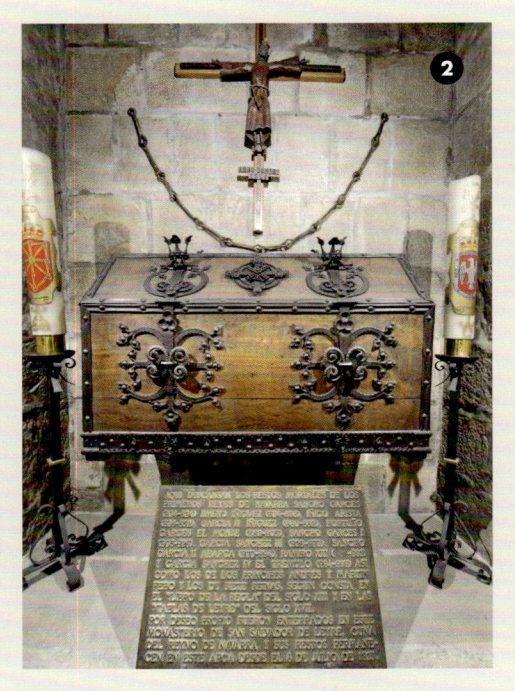

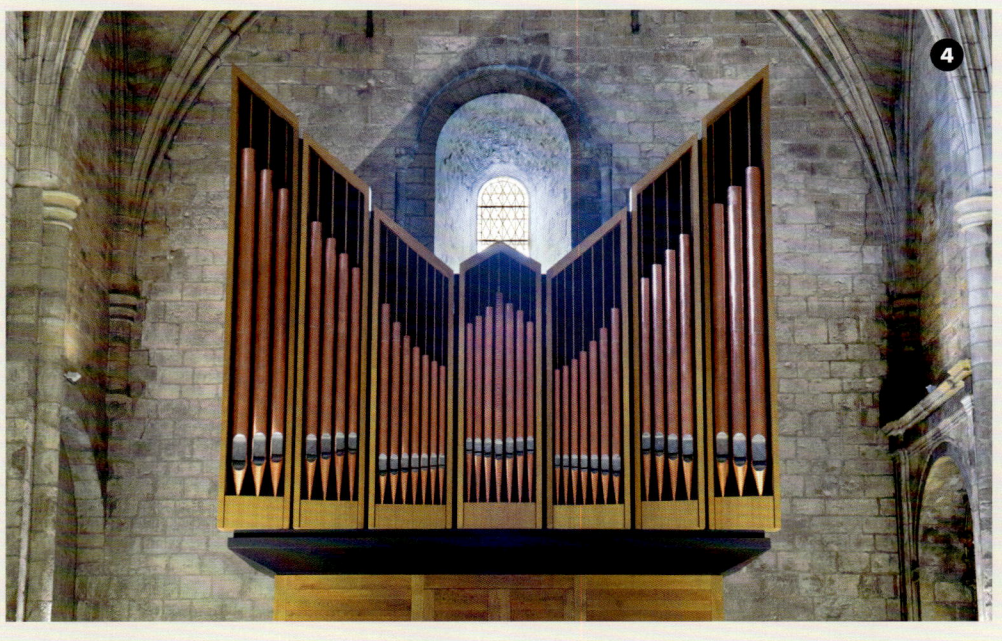

MOBILIARIO, IMAGINERÍA Y PANTEÓN REAL

Es ahora cuando podemos prestar breve atención a las obras de arte más importantes distribuidas por la iglesia.

1
La Virgen de Leyre

Preside la iglesia desde el ábside central. Recuerda la estatuaria monumental y rígida de comienzos del siglo XIII. De cara noble, lo más atractivo de ella es su majestad, realzada por la elegancia de sus vestiduras policromadas. Se sienta en amplio escaño. Sobre el regazo se sienta el Niño, el cual porta en una mano el libro y bendice con la otra. Está ubicada sobre un esbelto pilar cruciforme con medias columnas adosadas en cada cara, que terminan en capiteles historiados.

Tanto la imagen como el pilar son obras de escultores modernos: López Furió y Dionisio Rubio. En 1975 fue declarada Patrona del monasterio; con ello se pretendió satisfacer los deseos de las familias que le honran imponiendo a sus hijas en el bautismo el nombre de «Leyre».

2
El panteón de los reyes de Navarra

Se localiza en el muro norte de la ampliación románica, dentro de un arcosolio que cierra una reja del siglo XV. Los restos de los monarcas están encerrados en una arqueta de madera de roble, adornada con herrajes de foja de estilo neogótico.

En nuestro recorrido por la historia del monasterio, lo vimos identificado como el panteón más antiguo de los primeros caudillos y monarcas del incipiente reino de Pamplona. Donaciones reales de los siglos IX-XII dan como razón de ellas «el perdón de los pecados de nuestros padres, cuyos cuerpos descansan en Leyre». Sus nombres se consignaron en el *Libro de la Regla* y en las *tablas* de las urnas donde se recogieron sus restos en el siglo XVII.

Aunque páginas atrás dimos sus nombres, no está demás que los recordemos: Íñigo Arista, García Íñiguez, Fortún Garcés, Ramiro «rey de Viguera», Sancho Garcés II Abarca y García Sánchez II. J. M.ª Lacarra defiende que Sancho IV el de Peñalén también fue sepultado en Leyre.

Según las recientes investigaciones de A. Cañada, podrían añadirse a estos nombres dos caudillos que ofrecieron resistencia contra el poder musulmán en el siglo VIII: Íñigo Garcés, llamado también «Íñigo de los Íñigos», y Jimeno Íñiguez, apodado «el Fuerte», que eran el abuelo y el padre de Íñigo Arista. Siglos después fueron sepultados en Leyre el príncipe Andrés Febo, primer hijo varón de Juan III, muerto el 17 de abril de 1503, y su hermano Martín Febo, muerto en 1506.

3
El Cristo de Leyre

Se ubica en otro de los arcos de descarga del muro norte. Se trata de una talla de Cristo crucificado de tres clavos de asombroso naturalismo. Su restauración ha puesto de relieve su gran belleza plástica y la finura de su fisonomía. Es obra de un destacado artífice de finales del siglo XV.

4
El órgano de tribuna

Se ubica sobre el cancel de la puerta de entrada. Es una obra destacada que Organería Española construyó en 1966. Reconstruido recientemente en los talleres Blancafort O. M., de ser un instrumento en estado agónico, sin posibilidad alguna de desarrollar actividades culturales, es ahora un instrumento de referencia en Navarra, apto para actividades musicales de calidad, sean litúrgicas, culturales o formativas.

La comunidad buscó fondos para costear el proyecto «Virila» (confinanciado por POCTEFA-FEDER), tuteló el plan de reconstrucción, aportando de su propio patrimonio tuberías para completar el instrumento, y cargó con el peso de las actividades culturales que conlleva.

5
Retablo de las santas Nunilo y Alodia

Preside la capilla del Santísimo. Se trata de un retablo manierista del año 1633, obra de Juan de Berroeta, con bajorrelieves e imágenes de bulto de dichas santas.

6
La arqueta de Leyre

En frase de M. Jover, «es una de las piezas mejores de la eboraria hispanomusulmana y la mayor de las piezas cordobesas conocidas (18,8 x 38,4 x 23,5 cm)». Se trata de una caja rectangular con tapa troncopiramidal construida con diecinueve chapas de marfil de 14 mm, y su decoración es la más compleja de todos los marfiles islámicos conocidos. Al admirarla distinguimos las características de este arte: el gusto por el entrelazado y el arabesco, la simetría y la profusión decorativa, a base de ataurique vegetal. Los espacios se articulan por medio de figuras geométricas (medallones circulares de ocho lóbulos) con escenas de caza o deporte. Vemos animales reales, fantásticos, individuales o enfrentados. Sobresale la abundancia de figuras humanas con escenas de la corte cordobesa o escenas de jardín. Amenizan estos actos un grupo musical integrado por tres mujeres que cantan y tocan instrumentos. Fuera de los medallones, entre la vegetación, huríes completan la escena.

Aparentando formar parte de la decoración, hay una inscripción donde consta que fue dedicada a Al-Mansur, hijo de Almanzor, se hizo entre 1004 y 1005 y son sus autores Faray y sus discípulos.

Ignoramos cómo llegó a Leyre, aunque conocemos su función cuando pasó de manos árabes a manos cristianas, formando parte de un botín de guerra o de un presente a los reyes cristianos. Una vez en Leyre, contuvo las reliquias de las santas Nunilo y Alodia. Permaneció en el monasterio hasta la desamortización del siglo XIX. De aquí pasó a Sangüesa y luego a la catedral de Pamplona. Vendida a la Diputación Foral, desde 1966 se exhibe en el Museo de Navarra.

De fama internacional, declarada Bien de Interés Cultural, siempre ha sido considerada como un tesoro.

7
San Virila escuchando el canto del pájaro

En el primer arco del muro norte, podemos admirar un óleo del siglo XVII pintado por Juan de Ricci. Formó parte de un antiguo retablo emplazado en esa misma iglesia.

El abad san Virila es un personaje histórico, su existencia y algunas de sus actuaciones están bien documentadas y su culto está igualmente bien acreditado. Era abad en el año 928, y en varios diplomas de donaciones de bienes al monasterio de Leyre de los siglos XI-XII es nombrado como objeto de la devoción de los reyes pamploneses y de sus fíles. En torno al abad Virila se tejió una encantadora leyenda popular que aún hoy perdura.

LA PORTA SPECIOSA

Viene a decir F. J. Ocaña que el fenómeno de las grandes fachadas románicas decoradas con abundante escultura se introdujo en territorio español una vez que el segundo arte románico estuvo asentado, y la construcción de los edificios estaba muy avanzada o finalizada. Se produjo la inmersión en este mundo de plenitud escultórica a partir de principios del siglo XII en edificios de alta consideración estética, o muchas veces como remedo a iglesias que querían mejorar la belleza de sus antiguas puertas. El Camino de Santiago fue un perfecto ejemplo de la aparición y profusión de las portadas románicas, como muestran las iglesias de Santa María de Sangüesa, San Miguel de Estella, Santiago de Carrión de los Condes o San Isidoro de León, y la catedral de Santiago de Compostela.

Conviven en ellas los programas teológicos con los profanos. Allí podemos ver desde los clásicos tímpanos con la *Maiestas Domini*, la condenación de réprobos, los redimidos, diferentes tipos de apostolados y escenas bíblicas, hasta una amplia nómina de los oficios de la época y animales monstruosos, extraídos de los mitos del mundo antiguo, que se mezclaban con la fauna real del momento. Es un abigarrado mundo que nos dejaron los escultores como uno de los elementos más atractivos de las iglesias románicas.

La portada de Platerías de la catedral de Santiago es la más representativa de todo el conjunto señalado y hoy pasa por ser el mejor modelo de todas. Podemos datar su cronología a principios del siglo XII, certificada por la inscripción de 1103 que luce en las jambas de la puerta derecha, sin precisar si es fecha de inicio, realización o finalización.

La portada de Leyre, llamada Porta Speciosa, es la puerta principal de su iglesia, construida en dos fases, con fechas de consagración diferentes. La cabecera lo fue en 1057 y la ampliación en 1098. Como sabemos ya, la construcción de los muros perimetrales de la ampliación fueron realizados en un arte románico diferenciado del de la cabecera y debemos atribuir la fecha de 1098 a la consagración de sus muros, cubiertos con una techumbre de madera. Por lo tanto, estaba lista para la celebración del culto, con utilización de dos puertas, una en el muro meridional, y la otra en el occidental, quizá en precario, para su utilización. Esta puerta, una vez concluida su ampliación y remodelación en el primer tercio del siglo XII, dará como finalizada la obra románica en Leyre, y el nombre de «Porta Speciosa» con que se la singularizará hace justicia a la belleza con que se articularon sus formas y decoración.

Sin embargo, no representa los modelos monumentales que hemos referido, aunque se aproxima a ellos en la definición de portada, pues su distribución está basada en las normas generales de las puertas con decoración a base de columnas, capiteles de gran representación artística, tres a cada lado, que sostienen tres arquivoltas, y una más a modo finalizador que se apoya en impostas. La puerta es doble, dividida por un parteluz con capitel decorado. Seis figuras ocupan el tímpano, que se apea sobre las típicas cabezas del león y del toro. La parte superior muestra un friso con temas y efigies evangélicas y religiosas. Las enjutas de los arcos y los machones laterales de la puerta muestran gran animación escultórica. Se trata, pues, de un conjunto monumental con más de doscientas cincuenta piezas esculpidas, debido a la pequeñez y la gran densidad de los motivos representados. Añadamos la gran calidad con que se representan.

Tenemos en el tímpano, bajo un semicírculo de palmetas, centrando la escena, al Salvador bendiciendo. A su lado la Virgen, san Juan, san Pedro, Santiago y un escriba. Arqueológicamente las figuras nada tienen que ver, en su severidad y vestimentas, con el resto de la obra escultórica de las arquivoltas, friso, enjutas y machones. Se diría que pertenecen a otra mano y a otra portada de la que no se conoce su ubicación. Parece una obra repuesta, pues la distribución de las palmetas manifiesta gran desorden en su instalación y volumen. Solo podemos constatar la diferencia con todo lo que lo rodea, lo cual enriquece la puerta como obra valiosa y diferente, al mostrar signos de decoración exquisita.

Las arquivoltas son un abigarrado mundo donde se mezclan elementos de todo tipo: simios delatores de la lascivia, imágenes de juglaría, figuras de la vida cotidiana, que aluden a los oficios de la época, caras de animales andrófobos devorando a personas humanas, todo tipo de monstruos. Una descripción de lo presente en cada arquivolta excede nuestras

En la página siguiente, una vista general de la Porta Speciosa. (Siglos XI-XII).

LEYRE. HISTORIA, ARTE Y VIDA MONÁSTICA

Los capiteles, el tímpano y las arquivoltas y su abigarrado mundo, que mezcla lo real, lo religioso y lo simbólico.

posibilidades, por lo que cabe solo señalar la pertenencia de esta decoración al mundo medieval de figuras y tópicos señalados de la vida común, o en los bestiarios de la época, sin apartarse de los valores que entonces solían representarse mezclando el mundo real, religioso y simbólico.

En el friso aparecen san Miguel, un Cristo Pantocrátor junto a san Pedro, san Pablo y otro apóstol. Siguiendo hacia el centro, el tamaño de las tallas se reduce para salvar la curva del arco mayor con escenas del santoral local de las santas Nunilo y Alodia y tres figuras desgastadas por la erosión del agua. Hacia el extremo derecho, tres tallas del mismo tamaño: una representación alegórica de la puerta del infierno en forma de una cabezota de la que salen rayos, una danza de la muerte y un personaje con un pez, en alusión al profeta Jonás.

Bajo esta primera línea, la distribución de las esculturas es más anárquica. En la curva del arco, dos ángeles trompeteros llaman al juicio final y junto a uno de ellos se despereza un esqueleto. A la derecha, la Visitación y la Anunciación de la Virgen. Junto a esos grupos, un santo aislado, mal conservado. Por debajo, una vid con sarmientos y racimos se entrelazan.

En la enjuta correspondiente del lado izquierdo, un santo provisto de báculo y un libro (¿el abad san Virila?). Se completa este frente con un entrelazo de cordones. Debajo, como de relleno, la cabeza de un hombre barbado, con lo que se completa un friso de gran valor escultórico y alegórico. Se cumplen en este friso programas relacionados con la titularidad del templo, escenas del santoral local y para comprender el juicio final, el triunfo sobre el demonio, el infierno, la precariedad de la vida y la esperanza de la salvación, todo mezclado en una línea decorativa horizontal, con derrames verticales en las enjutas de los arcos.

Las partes superiores de los machones de la puerta ofrecen una figura nimbada con un libro en una mano, que señala con la otra. Se trata de la preeminencia de la Palabra, del Libro, fuente de información y salvación. Está encuadrada entre dos leones, de los cuales solo el de la parte baja es andrófobo, por la clara presencia del hombre tumbado, presa de sus tormentos. En el machón derecho apreciamos la

Tres de los capiteles de la Porta Speciosa.

misma iconografía, si bien las graves mutilaciones hacen difícil visualizar las escenas, pero los restos son bien claros.

La presencia de leones andrófobos a las puertas de las iglesias es tema repetido en el románico. Aparecen siempre con la característica de la fiera encaramada sobre el personaje, que presupone su muerte y devoración, como castigo divino, que en este caso está salvaguardado por el personaje que muestra el *Libro de la vida* para que no ocurra tal suceso. En la fachada de Santa María de Sangüesa y otras muchas son dos los leones y dos los sacrificados. Tema que tiene que ver con la aviso de la condenación y las penas del infierno.

Los capiteles son el sostén de las arquivoltas y comienzo de las columnas que finalizan en basas áticas. En los de la izquierda, de fuera a adentro, vemos figuras de leones de largas garras encaramados sobre sus patas y garzas, y cabezas mayores de los mismos animales sobresaliendo a modo de caulículos. A continuación una mujer se mesa los cabellos. El último representa dos dragones enzarzados en una posición de morder las garras de su contrario, elemento importante y común a lo largo de la historiografía del románico, que reproduce animales comiéndose las patas como un cliché de cuadernos de copia del medioevo, y que tiene en el claustro de Silos su presencia más abundante y artística.

Los capiteles de la derecha, de afuera a adentro, presentan: el primero una formación vegetal de hojas picudas con bola en el envés. El del medio es una representación similar, pero mejorada, de los dragones enzarzados en una posición de morder sus garras, vistas en el otro lado. Ahora los animales son aves, están mejor definidas, y ya no muestran cabezas de dragones, sino propiamente la fauna real con picos curvos y gran perfección en la disposición del plumaje. La diferencia de actitud se refrenda en que ahora los pájaros pican sus propias patas, y no la del animal afrontado. Y el más interior es de entrelazo con caras en las esquinas.

Algunos de estos capiteles dieron pie a muchas teorías. La más común es que se deben a la mano del maestro Esteban, que trabajó en la catedral románica de Pamplona. El *Libro redondo* de dicha catedral habla de la presencia de Esteban a partir del 11 de junio de 1101. Se le nombra como «magistro operis Sancti Iacobi». Esteban existe, pues, como constructor de la obra. No sabemos qué realizó, ni cuál fue su aportación. A pesar de constar su nombre en los documentos, su trayectoria sigue siendo una nebulosa sobre la que muchos autores han tejido una personalidad de arquitecto y escultor de dos fábricas prominentes de la Edad Media, no alejadas en el tiempo, pero sí en la geografía: las de Santiago y Pamplona.

Su mito llegó hasta Leyre haciéndole escultor de la Porta Speciosa, por las semejanzas iconográficas y formales de algunos de sus capiteles, especialmente los de aves que se pican las patas, el de los leones de largas garras encaramados sobre sus patas y garzas, y el de los entrelazos con caras en las esquinas, con otros capiteles de la portada de la catedral románica de Pamplona, hoy en el museo de Navarra, y de la cripta de Sos del Rey Católico, atribuidos también al dicho maestro Esteban.

Pero la existencia de los capiteles de pájaros picándose las patas no son una novedad en la Porta Speciosa. Sabemos ya que en una de las ventanas del muro sur de la ampliación románica de Leyre aparece el mismo animal, con la misma formación de pico y plumaje. Y en la puerta sur hay otro muy dañado donde los restos de unas líneas curvas pueden interpretarse como los lomos de aves en las mismas condiciones del capitel de la ventana. Tienen iguales características anatómicas y decorativas y parecen ser de la misma mano que los de la Porta Speciosa. Dichos capiteles son bastante anteriores a 1098, año de la segunda consagración de la iglesia de Leyre, incluida su puerta occidental en precario, y unos años antes de la llegada de Esteban a Pamplona, donde, como ya quedó dicho, trabajó a partir de 1101. Por tanto, es dudosa la presencia de Esteban en su elaboración.

Con todo, cree F. J. Ocaña que dichos capiteles y los demás de la Porta Speciosa son de la misma mano que los mentados de la portada de la catedral de Pamplona y de la cripta de Sos. Igual piensan bastantes autores. Una mano que evolucionó con el tiempo. Los de Leyre son los más antiguos; los de Sos suponen un paso adelante en la maduración técnica del escultor; su culminación está en los de Pamplona. Por lo demás, su escultor no pudo ser Esteban, el cual era maestro de obras, tracista de edificios y conocedor de la técnica de molinos.

Por ende, parece más lógico atribuirlos a un escultor que trabajó en Leyre, antes que Esteban viniera a Navarra. Trabajó después en Sos, y se incorporó más tarde al «taller de Esteban» en Pamplona. Estamos, pues, ante un escultor que, después de trabajar en Leyre, llegó a formar parte de los talleres catedralicios. Su producción en Leyre fue el anticipo de la que alcanzó luego en la catedral, que sería la cima de su trayectoria. Las conexiones son evidentes entre las esculturas de uno y otros edificios, como F. Íñiguez ya evidenció hace más de cincuenta años.

Cambia entonces completamente todo el panorama. Los modelos iconográficos y formales de la portada de la catedral no pueden ser los que influyeron en Leyre, sino al revés. Fue Leyre quien dio las pautas para lo realizado en Sos y también en la catedral pamplonesa, aunque aquí con mejor y más perfecta realización.

Cabría también la posibilidad de que, como el modelo de dichos capiteles debía formar parte de las plantillas de los cuadernos de los escultores medievales, fueran copiadas las formas de Leyre, y

Ventanal y matacán góticos de la fachada principal de la iglesia.

realizadas por otra mano en los de Sos y Pamplona.

Como colofón a todo lo escrito podemos señalar para la Porta Speciosa una serie de particularidades. Su diseño originario debió ser más sencillo, quizás parecido al de la puerta sur, hoy conservada, aunque con lógicas variantes. En 1098 quedó en precario para su utilización y, al ampliarla en el primer tercio del siglo XII, reaprovecharon sus capiteles, y añadieron abundantes esculturas hasta convertirla, según F. J. Ocaña, «en una portada en toda regla, aunque no del alcance de la de Sangüesa o Santiago, pero con todos los elementos para pertenecer a ese grupo selecto».

»El tímpano no pertenece al estilo y forma de las demás esculturas, lo que es una incógnita, y a la vez, un valor añadido. La escultura del friso, las enjutas, los arcos y machones se mantiene dentro del estilo del románico, que calibramos como cronología madura, lejos de las claridades que en Sangüesa la hacen pertenecer a una propia de entre dos siglos (XII-XIII). La escultura de las arquivoltas alcanza cimas de gran momento artístico, ofreciendo gran variedad de temas, en orden y concierto con bestiarios y formas comunes de la época, así como figuras de marcado carácter simbólico. La presencia de Esteban en su elaboración es dudosa, pues los modelos de los capiteles de la catedral de Pamplona, hoy en el Museo de Navarra, son unos años anteriores a su llegada a Navarra, donde trabajó a partir de 1101. Del mismo modo, no se puede negar la misma mano e identidad para certificar que pudiera ser un solo autor el de los capiteles de Leyre, Sos y Pamplona, que realizó un modelo muy común en el arte románico, y quizá procedente de los cuadernos de copias que debían poseer los maestros escultores, pero de inicio en Leyre, y no de vuelta de Pamplona».

En el hastial en que se halla inserto el conjunto, y en torno a él, cabe distinguir un núcleo románico. Sobre la visera que le protege, hay un ventanal muy alargado de estructura gótica. Lo son también sus capiteles, pero el arco está cerrado en riguroso medio punto. El resto, incluido el matacán, que da a la construcción un cierto aire de fortaleza, pertenece, asimismo, a la época gótica.

Detalle de algunas de las escenas que aparecen en el extremo derecho del friso de la Porta Speciosa.

Sala principal de la biblioteca.

EL MONASTERIO NUEVO

Es una mole de tres crujías de piedra de sillería, sobrias y elegantes, rematadas por un último piso de ladrillo y por un alero artesonado muy saliente. Por su estilo y las circunstancias de su construcción, hace honor a quienes lo proyectaron y levantaron. Se apoya en el muro sur de la iglesia y tiene un frente de 53 metros con una profundidad de 46. Sobre la planta baja se alzan cuatro pisos, los tres primeros de piedra, cortada en hermosos y regulares sillares, y el último piso en ladrillo pálido, con una serie de arcadas entre las que alternan las abiertas y las ciegas. Un gran alero volado corona la construcción y le presta un aire de noble y serena monumentalidad.

La obra del nuevo monasterio fue lenta. El primer acuerdo de levantarlo se tomó en 1567, siendo abad de Leyre Pedro de Usechi. Inició los trabajos Juan de Ancheta, distinto del famoso escultor que ha dejado tan magníficas tallas en Navarra. Se concluyó la obra en 1648, siendo entonces maestro constructor Juan de Gorría y abad Antonio de Peralta y Mauleón. Sus tres crujías albergan un claustro de dos andares, que comunica la iglesia con los demás lugares regulares de los monjes: sala capitular, refectorio, biblioteca, celdas de los monjes, etc.

En estas dependencias se exhiben diversas obras de arte que formaron parte del tesoro de los monjes antiguos y otras que la comunidad actual ha ido incorporando desde los principios de la restauración hasta hoy.

Las cuatro alas del claustro bajo son un museo de imaginería con santos monjes y otros del santoral universal. Destaca el retablo de San Bernardo esculpido por Juan de Berroeta en 1633 y que forma pareja con el de las santas Nunilo y Alodia, que está en la iglesia. Por los muros, luce una colección de cuadros de fines del XVII con escenas de la vida del profeta Elías.

En la sala capitular se conserva la sillería del coro antiguo (siglo XVI). Obra de Pedro de Montravel, conserva bien su delicadeza decorativa plateresca. Pero la pieza señera son la predela y el cuerpo central del retablo de las benedictinas de Estella de principios del siglo XVII, donde Juan III Imberto abandonó el romanismo en

Arriba, interior del claustro del monasterio nuevo después de su restauración.

En el centro, a la izquierda, las campanas de Leyre.

A la derecha, Virgen de los Remedios, obra de Juan de Berroeta. Presidió el retablo mayor. Actualmente preside una de las alas del claustro alto. (Siglo XVII).

Abajo, el refectorio de los monjes.

LEYRE. HISTORIA, ARTE Y VIDA MONÁSTICA 129

*Retablo de San Benito,
obra de Juan III Imberto.
(Primera mitad del siglo XVII):*

*Arriba, detalle del ático:
la escena del Calvario.*

En el centro, el salón verde con el ático.

*Abajo, el banco y el cuerpo central
en la sala capitular.*

busca del naturalismo barroco, en especial en las imágenes de bulto de los santos Benito, Mauro y Plácido. En la parte superior de las calles laterales hay relieves con la adoración de los pastores y de los magos. En los paños de la predela, se hallan san Pedro y la imposición de la casulla a san Ildefonso, los evangelistas y lactación de san Bernardo y san Andrés. Separan las calles columnas corintias. Son magníficos el dorado y la policromía.

En el muro de enfrente, dos bustos relicarios del siglo XVII efigian a las santas Cecilia y Catalina y un Cristo de la escuela de Ancheta.

En el Salón verde se encuentra el ático del mentado retablo de Estella. Tiene dos hornacinas ocupadas por las santas Escolástica y Gertrudis. La arquitectura central se reserva para un calvario con la Virgen y san Juan al pie de la cruz. Desde un frontón curvo, tutela el Padre Eterno. Los relieves inferiores representan a los santos Ambrosio, Gregorio Magno, Agustín y Jerónimo.

Una elegante escalera ceremonial de dos tramos comunica los dos andares del claustro con la iglesia. Cuelgan de sus paredes lienzos de los siglos XVII y XVIII: uno con el Santísimo Salvador; otro con la Purísima de la escuela de Escalante; en fin, una imagen de la Asunción del siglo XVIII. En el claustro superior se venera una imagen estimable de la Virgen del siglo XVII, obra de Juan de Berroeta. Estuvo bajo la advocación «de los Remedios» y presidió el retablo mayor de la iglesia, hoy desaparecido.

En el oratorio privado de los monjes hay una Virgen con Jesús y san Juanito del siglo XVIII, una escultura de San Virila y la arqueta del siglo XVII donde se conservan sus reliquias, amén de una tabla que representa la Anunciación, también del siglo XVII.

Hay otros espacios que merecen mención: el refectorio, la biblioteca con cerca de cien mil volúmenes, la sacristía y el locutorio. Entre los objetos artísticos que custodian estas salas destacan un aguamanil barroco, los cuadros de *La huida a Egipto*, de *San Benito escribiendo su Regla* y un relieve del Salvador, los tres del siglo XVII.

Sala capitular con la sillería plateresca del coro antiguo del siglo XVI. Obra de Pedro de Montravel.

LOS MONJES BENEDICTINOS

Muchos de los que llegan hasta las puertas de Leyre, después de visitar el conjunto monumental, después de haber recorrido los jalones más importantes de su ancha y dilatada historia e, incluso, después de haber visto a los monjes orando en el coro o trabajando en las granjas y talleres, se hacen estas o parecidas preguntas: «¿Cómo será hoy día la vida tras de estos vetustos muros? ¿Qué harán estos monjes? ¿Qué sentido tiene la vida monástica en el siglo XXI?».

Leyre es un monasterio benedictino cuyos monjes llevan una vida dedicada íntegramente a la contemplación. Como afirma el número 6 del decreto *Perfectae caritatis* del Concilio Vaticano II: «Están dedicados solo a Dios en el silencio, la soledad, la oración asidua y en una gozosa penitencia». No realizan actividades externas de apostolado, salvo la atención a las personas que visitan el conjunto monumental, a los fieles cristianos que acuden a su iglesia para participar en la liturgia monástica y a las personas de la hospedería monástica. Pero tienen conciencia de estar al servicio de la Iglesia y de la diócesis de Pamplona en que viven, en comunión con ella y con su obispo, comprometidos con todas sus necesidades y problemas, y empeñados, salvando su fisonomía propia de la vida monástica, en esa inmensa tarea de acercar a todos los hombres a Cristo.

Así pues, la vida en Leyre gira en torno a la primacía de la vida espiritual. La celebración de los oficios divinos marca la pauta de toda la jornada. La *lectio divina* y la oración privada introducen y prolongan su celebración, para todo lo cual hay un tiempo fijado suficientemente grande. Y luego está el trabajo. Trabajo manual en los talleres, que proporciona los recursos

Monjes orando en el coro.

Cementerio de los monjes.

para que la comunidad pueda mantenerse con decoro y prestar un servicio a la sociedad. Y los estudios de investigación. La bibliografía de los monjes de Leyre en cuestiones de historia, arqueología y en las ciencia eclesiásticas en general (Biblia, espiritualidad, liturgia, teología, historia de la Iglesia o historia monástica, etc.) es bastante extensa. También se practica la hospitalidad; como dijimos, hay abiertas dos hospederías donde los monjes reciben a todos aquellos que llaman a sus puertas buscando unos días de retiro de silencio y paz en este centro de vida espiritual.

Tal es lo que ha sido y hoy día es Leyre. Un monasterio que durante siglos desarrolló una misión eficaz en el campo espiritual, cultural y social, que sigue representando un papel airoso en el momento eclesial, cultural y social de la época presente y que trata de continuar su vida de futuro, deseando superar las glorias del pasado. Un monasterio apartado y alejado, pero al que acude un peregrinaje constante que puebla sus plazas, anima sus caminos, llena su iglesia y sus hospederías.

Hay días de gran afluencia en los cuales el gentío constituye verdadera muchedumbre. Pero tanto estos días como los otros, cuando la concurrencia es menor, todos los asistentes se mueven dentro de una atmósfera gozosa, de paz y serenidad. Los gritos, las conversaciones suenan atenuadas, como si se perdiesen dentro de la gran concha de silencio en que se convierte la tierra, vista desde estas alturas.

Todo esto no es más que el reflejo exterior del reposo del espíritu y de la gran paz del corazón que encuentran en Leyre todos y cada uno de los que acuden al monasterio. En Leyre uno se siente alejado del mundo y de todo aquello con que el mundo perturba su vida interior. Y es que el don magno y mirífico del monasterio es la paz, una paz que viene de Dios. Por esto en Leyre todo entona la misma canción. Cada brizna de romero, cada mata de boj y cada sendero de los que serpentean entre las rocas, cada roca que se eleva al cielo, el canto gregoriano de los monjes, las campanas de la torre, todo va diciendo, repitiendo la misma dulce invitación: ¡Subid, que Leyre es la paz!

Arriba, trabajo intelectual del monje en el silencio de su celda.

En el centro, a la izquierda, trabajo del monje en la fábrica de licor, elaborando el «licor de Leyre».

A la derecha, trabajo manual del monje en el taller de imprenta y encuadernación.

Abajo, Statio comunitaria en una de las alas del claustro, antes del rezo de Vísperas.

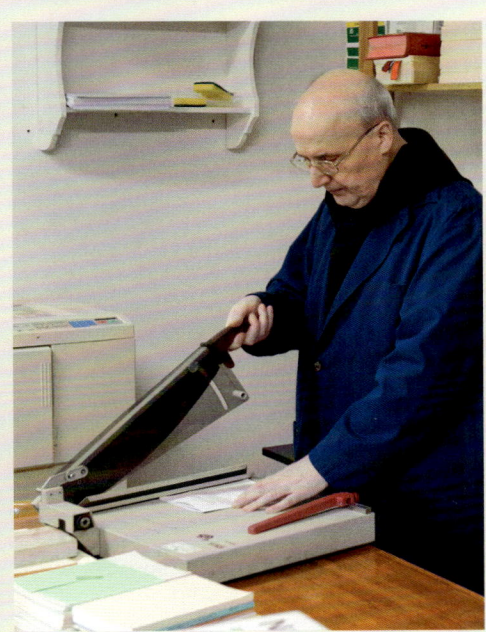

BIBLIOGRAFÍA

Archivo General de Navarra, Leyre.

Bango Torviso, I. G. (dir.), *Sancho el Mayor y sus herederos. El linaje que europeizó los reinos hispánicos,* Pamplona, Fundación para la Conservación del Patrimonio Histórico de Navarra, 2006, 2 vols.

Biurrun y Sotil, T., *El arte románico en Navarra,* Pamplona, Aramburu, 1936.

Cabanot, J., «Les débuts de la sculpture romane en Navarre: San Salvador de Leyre», *Cahiers de Saint-Michel de Cuxa,* 9, 1978, pp. 21-56.

Cañada Juste, A., «Sobre la presencia de Almanzor en Leyre», *Analecta Legerensia,* 2, 2005, pp. 59-70.

— *Nacimiento del reino de Pamplona. Sancho Garcés I (905-926),* Pamplona, Asociación Mayores de Navarra Sancho el Mayor, 2015.

— «Monarcas navarros sepultados en Leyre según el catálogo del *Libro de la Regla* del monasterio», *Boletín de Leyre,* 168, 2018.

Fernández-Ladreda, C., Martínez de Aguirre, J. y Martínez Álava, C. J., *El arte románico en Navarra,* Pamplona, Gobierno de Navarra, 2002, pp. 61-70 y 95-102.

Fortún Pérez de Ciriza, L. J., *Leyre, un señorío en Navarra (siglos IX-XIX),* Pamplona, Gobierno de Navarra, 1994.

— «Ascenso, apogeo y crisis de un monasterio benedictino: San Salvador de Leyre (siglos XI-XII)», en J. A. García de Cortázar (dir.), *Los grandes monasterios benedictinos hispanos de la época románica (1050-1200),* Aguilar de Campó, Fundación Santa María la Real, Centro de Estudios del Románico, 2007, pp. 9-57.

Fortún Pérez de Ciriza, L. J. y Fernández-Ladreda, C., «Leyre», en *Sedes reales,* Pamplona, Gobierno de Navarra, 1991, pp. 275-295.

García de Cortázar, J. A. «Monasterios hispanos en torno al año mil: función social y observancia regular», en *Ante el milenio del reinado de Sancho III el Mayor, XXX Semana de Estudios medievales, Estella, 2003,* Pamplona, Gobierno de Navarra, 2004, pp. 222-243.

— «Los monasterios del reino de León y Castilla a mediados del siglo XI: un ejemplo de selección de las especies», en *Monjes y monasterios hispanos de la Alta Edad Media,* Aguilar de Campó, Fundación Santa María la Real, Centro de Estudios del Románico, 2006, pp. 259-282.

García Gainza, M.ª C. (dir.), *Catálogo monumental de Navarra. Merindad de Sangüesa,* vol. IV-2, Pamplona, Gobierno de Navarra, 1980.

García Guinea, M. A. y Pérez González, J. M.ª (dir.), *Enciclopedia del románico en Navarra,* Aguilar de Campó, Fundación Santa María la Real, Centro de Estudios del Románico, 2008, 3 vols.

Gayllard, G., «La sculpture du XIe siècle en Navarre avant l'influence des pèlerinages», *Príncipe de Viana,* 17, 1956, pp. 121-130.

— «L'influence du pèlerinage de Saint-Jacques sur la sculpture en Navarre», *Príncipe de Viana,* 25, 1964, pp. 181-186.

Goñi Gaztambide, J., *Historia de los obispos de Pamplona,* Pamplona, EUNSA, 1979, 9 vols.

— «Abaciologio moderno de Leyre», *Studia Monástica,* 26, 1984, pp. 304-337.

Íñiguez Almech, F., «El monasterio de San Salvador de Leyre», *Príncipe de Viana,* 27, 1966, pp. 189-220.

Jover Hernando, M., «La arqueta de Leyre», *Boletín de Leyre,* 156 y 157, 2013.

Lacarra y De Miguel, J. M.ª, *Historia política del reino de Navarra desde sus orígenes hasta su incorporación a Castilla,* Pamplona, Aranzadi, 1972, 3 vols.

— «Acerca de los monarcas enterrados en Leyre», *Analecta Legerensia,* 2, 2005, pp. 71-89.

Lacarra y De Miguel, J. M.ª y Gudiol Ricart, J., «El primer románico de Navarra. Estudio histórico arqueológico», *Príncipe de Viana,* 5, 1944, pp. 221-272.

Lacarra Ducay, M.ª del C., *Monasterio de Leyre,* Burgos, Editur, 2003.

Lojendio, L. M.ª de, «Leyre», en *Navarra románica*, Madrid, 1981, pp. 39-104.

— *Leyre,* Pamplona, Gobierno de Navarra, 1981 (Temas de Cultura Popular, n.º 28).

López, C. M.ª, *Leyre. Historia, arqueología y leyenda,* Pamplona, Gómez, 1962.

Madrazo, P. de, *Navarra y Logroño. España, sus monumentos y artes, su naturaleza e historia,* Barcelona, Ed. Daniel Cortezo, 1886, 3 vols.

Martín Duque, Á., *Documentación medieval de Leire (siglos IX- XII),* Pamplona, Gobierno de Navarra, 1983.

Martínez de Aguirre, J., «La nave gótica de Leire. Evidencias para una cronología», *Archivo Español de Arte,* 64 (253), 1991, pp. 39-53.

— «Manifestaciones artísticas en Navarra durante el siglo XI, García Sánchez III el de Nájera, un rey y un reino en la Europa del siglo XI», en *XV Semana de estudios Medievales. Nájera, 2004,* Logroño, Instituto de Estudios Riojanos, 2005, pp. 367-398.

Molina Piñedo, R., «El monasterio de Leyre y la introducción del románico en Navarra», *Analecta Legerensia,* 2, 2005, pp. 205-224.

— «El monasterio de San Salvador de Leyre en el Siglo de las Luces (siglo XVIII)», *Analecta Legerensia,* 2, 2005, pp. 325-387.

— «Don Hermenegildo Oyaga Rebolé y don José Oyaga y Zozaya y su obra de restauración y mantenimiento en el monasterio de Leyre», *Analecta Legerensia,* 2, 2005, pp. 401-454.

Moral Contreras, T., *Leyre en la historia y en el arte,* Pamplona, Mintzoa, 1988.

— «La historia de Leyre en el contexto de la historia de Navarra», *Analecta Legerensia,* 2, 2005, pp. 11-41.

Moral Contreras, T. y Molina Piñedo, R., «La cultura entre los benedictinos de la restauración legerense», *Analecta Legerensia,* 2, 2005, pp. 523-549.

Mutiloa Poza, J. M.ª, «Constitución, consolidación y disolución del patrimonio de la Iglesia en Navarra. El monasterio de Leyre», *Príncipe de Viana,* 162, 1981, pp. 53-165.

Ocaña Eiroa, F. J., «La controvertida personalidad del Maestro Esteban en las catedrales románicas de Pamplona y Santiago», *Príncipe de Viana,* 228, 2003, pp. 7-58.

— «Planimetría de la iglesia mozárabe del monasterio de San Salvador de Leire», *Príncipe de Viana,* 239, 2006, pp. 743-774.

— «Leyre monástico y medieval», Inédito. Algunos capítulos de esta obra han sido publicados en *Boletín de Leyre,* n.ᵒˢ 150, 151, 152, 153, 155, 163, 164 y 165, años 2011, 2012, 2015 y 2016.

Orlandis, J., «La estructura eclesiástica de un dominio monástico: Leire», en *La Iglesia en la España visigótica y medieval,* Pamplona, EUNSA, 1976, pp. 349-390.

Pascual, A., *Leyre. Restauración y primeros 25 años,* Abadía de Leyre, 2005.

Quintanilla Martínez, E., *La Comisión de Monumentos Históricos y Artísticos de Navarra,* Pamplona, Gobierno de Navarra, 1995.

Ramírez Vaquero, E., «Leyre en los orígenes del reino de Navarra», *Boletín de Leyre,* 167, 2016, pp. 6-10.

— «Simbolismo de Leyre en la historia de Navarra y motivación de la tradición del homenaje a los reyes en dicho monasterio», en *Homenaje a los reyes y reinas de Navarra,* Leyre, domingo 3 de julio de 2017.

Ruiz de Oyaga, J., «Maestros constructores del monasterio nuevo de San Salvador de Leyre», *Príncipe de Viana,* 52-53, 1953, pp. 329-341.

Ubieto Arteta, A., «Abades de San Salvador de Leyre durante el siglo X», *Saitabi,* 14, 1964, pag. 31-36.

Uranga Galdiano, J. E. e Íñiguez Almech, F., *Arte medieval navarro,* Pamplona, Aranzadi, 1971, 5 vols.

LA SEGUNDA EDICIÓN
DE ESTE NÚMERO
DE LA COLECCIÓN PANORAMA
DEDICADO A
LEYRE. HISTORIA, ARTE Y VIDA MONÁSTICA
SE MAQUETÓ EN
BARASOAIN COMUNICACIÓN,
CON TIPOS DE LA FAMILIA
CHRONICLE Y FUTURA,
Y SALIÓ A LA LUZ EN LOS TALLERES
DE GRÁFICAS ULZAMA
EN EL MES DE DICIEMBRE
DEL AÑO 2018.